MÁRAI SÁNDOR

EGY POLGÁR VALLOMÁSAI

一个市民的自白

考绍岁月

［匈牙利］马洛伊·山多尔 著

余泽民 译

译林出版社

马洛伊·山多尔作品

目 录

第一章　　　　　　1

第二章　　　　　　93

第三章　　　　　　173

第四章　　　　　　243

后记　　　　　　　313

第一章

1

在这座城市[1]中,两层的楼房[2]仅有十来栋:除了我们家住的那一栋和国防军的两座营房之外,再有就是几幢公共建筑。稍后修建的武装部队司令部官邸也是两层,楼里安装了吊式电梯[3]。我们家住的那栋楼坐落在中

---

[1] 考绍市,马洛伊·山多尔的出生地,即今天斯洛伐克东部的科希策市,历史上属于匈牙利王国,第一次世界大战后因《特里亚农条约》被割给了当时新成立不久的捷克斯洛伐克,1938年《维也纳仲裁裁决》将考绍和其他一部分曾被割让的土地归还给了匈牙利,但1945年后,重又划给了捷克斯洛伐克。

[2] 匈牙利人说的两层楼,其实是中国人说的三层楼,因为当地人将最下面那层称为"底层"。以此类推,小说中的"一层""二层"相当于中国人习惯说的二层、三层。

[3] 这里说的吊式电梯,并非现在的直梯,而是多个轿厢像垂直的传送带一样上下滚动,轿厢没门,也不停留,但速度缓慢,乘客择机跨入,上行或下行。

央大街的马路边[1],那是一座名副其实的大都市建筑,地地道道的公寓楼,外墙高大,门道幽深,台阶宽敞(楼道里刮着穿堂风,上午总有一些赶集者在楼梯上歇脚,他们穿着绣有图案的毛呢外套,头戴绵羊皮帽,聚在那里吃腊肉、抽烟斗、随地吐痰),每层楼都有十二扇窗户一字排开,朝向街道。我们家住在一层。每套公寓都有一个狭小的阳台,夏季未至,邻居们就在阳台的铁栏杆上悬挂填满花土、种有天竺葵的长方形木盆。("让你的城市更美丽!"这是当时流行的一句口号,人们为了普及这个高尚的理念还成立了协会,即"城市美化联合会"。)那栋楼设计得漂亮、气派,是这座城中第一栋名副其实的"摩登"建筑,墙体是用粗糙的红砖垒砌而成,建筑师在窗框外贴满了花里胡哨的石膏装饰。朝新建的公寓楼上贴所能贴的一切,这是世纪末[2]建筑师们的共同心愿。

这座城里所有的房子都被称为"家宅",哪怕楼里住

---

[1] 格罗施密德一家(格罗施密德是马洛伊·山多尔原本的家姓)住在中央大街4号,但那里并不是作家出生的地方,据当地历史学家考证,其出生地在今天的蒂莫诺瓦大街1号。
[2] 指19世纪末,奥匈帝国时期。

有许多户人家和付租金的房客。真正城市几乎可以说是"隐形的",建在隐秘的深处,藏在街头巷尾的房屋外墙背后。假若哪位旅人透过拱券式大门洞朝里面张望,会看到庭院里建有四五幢房子,孙子和玄孙们都在院里盖房,把院子挤得逼仄不堪;如果一个男孩结婚了,家人就会为他在老楼的一侧新盖一座翼楼。城市隐匿在那些庭院里。人们心怀忌妒,带着荒唐的谨慎封闭地活着。随着时间的推移,每户家庭都在城中某个犄角旮旯为自己搭盖了一个小小的建筑群,只有临街的外墙以一副代言人的庄重面孔应对世界。这个世纪初[1],我父母在那栋全州闻名、在当地被视为名副其实的"摩天大厦"的楼房里租下一套公寓。那是一栋高大、肃穆的公寓楼,当时这类建筑在首都[2]已盖了数百座:住满了房客,楼上悬廊环绕,中央供暖,底层有公用的洗衣间,后侧楼道上有用人专用的厕所。那个时候,这座小城的居民尚未见过这样的建筑。中央供暖系统属于现代化设施,而用人的厕所,也引发了众议。要知道许多世纪以来,尽管主人们品位高雅,但从来没人关心过用人们在哪里或去哪

---

1 指20世纪初。
2 指布达佩斯。

第一章

儿解手。设计并建造我们这栋公寓楼的"摩登"建筑师，可谓是当地的"改革先锋"。他在自己的作品里，如此泾渭分明地将主人们跟用人们共同生活的"必须之地"区分了开来。上学的时候我经常夸口，说我家楼里有专供用人使用的厕所。事实上，出于某种羞耻感或厌恶感，用人们并不愿意光临那些被单独分隔给他们的厕所，没人知道他们到底去哪儿解手。估计他们还是跟过去一样，去他们许多世纪以来，自创世以来常去的地方。建筑师设计时可以随心所欲，用不着为节省地皮或建材花费脑筋。楼道里，房门开向面积跟卧室差不多大的前厅，那里立着带镜子的橱柜，墙上挂着装刷子的绣花布袋和鹿角标本；门厅里很冷，冬天会冻得人浑身打战，因为盖房时忘了在那里安装暖气；由于门厅里没有供暖设施，客人们的裘皮大衣会像冰坨一样硬邦邦地冻在衣架上。按理说，开在楼道内的房门才是从外面进屋的"正门"，可是这扇门只为贵客敞开。用人们和包括父母在内的家庭成员，平时都从开向悬廊的侧门进屋。那扇嵌有玻璃的小门开在厨房旁边，这里没装门铃，所以来人要敲厨房的窗户。家里人的朋友们大多也是从这扇小门进屋来。"正门"和挂有鹿角的前厅，一年到头也只使用两三次，在我父亲[1]的命名日,还有化装舞会的那天晚上。有一次,我央求母亲,请她允许我在一个并非周末的寻常日子里扬扬自得地独自穿过通向楼道的前厅走进家里,作为送给自己的一件生日礼物,那种感觉,简直像荣获特殊的恩赐。

庭院是矩形的,面积很大,中央竖着一个掸灰尘用的立架,看上去像一个可供多人使用的晾衣架;院子里还有一眼圆口的水井,借助电力将井水泵出,然后输送到住户家里。在当时,城里人还没见过水管。每天拂晓和黄昏时刻,楼长的妻子杜库什夫人都会来到井边,开动小型发电机,一直泵到安装于二楼房檐下的排水管里有一道涓细的水柱流到庭院,表明位置最高的水罐里也已经注满了饮用水。那个场面格外壮观,特别是在日落时分,楼里所有那些不会因围观而有损尊严的人都聚在一起,主要是孩子们和用人们。那时候,在城里大多数的住房里,电灯都已经相当普遍;电灯泡和奥尔牌汽

---

[1] 格罗施密德·盖佐(1872—1934),马洛伊·山多尔的父亲,祖先为萨克森人,著名法学家的后代。曾任考绍市公证员,一战后被选为市议员,后任米什科尔茨市公证员,还曾任检察长、律师协会主席。他的形象出现在马洛伊的多部小说中,如《反叛者》《忌妒者》《愤怒者》。

灯[1]交替照明。但是，也有不少地方仍然点煤气灯。我奶奶直到去世那天，始终用一盏煤气吊灯照明。在我高中毕业那年，父母将我送到相邻城市的一所学校走读，寄宿在一位唱诗班的声乐教师家里，我在煤气灯昏黄的光亮下学习了一年，也玩了一年的"二十一点"[2]；说实话，那种居住环境连我自己都觉得不大合适，都会为自己迫不得已屈身在如此落后的地方而感到自尊心受伤。在童年时代，我们都为自己家装有电灯而感到自豪，但是，只要家里没有客人，我们就会在吃晚饭时点上光线柔和、奶油色泽的煤气灯。在我们家里，总是弥散着一股煤气味。后来，不知哪个聪明人发明了一种相当安全的煤气点火器，薄薄的铂金片上面装有新发明不久的"奥尔纱罩"。充煤气时，铂金片开始微微抖动，炽热发光，并自动点着易燃物。我父亲热衷于科学技术类的新生事物，他是我们城里第一批在煤气吊灯上安装这种安全装置的人之一。总而言之，我们虽然有了电灯，可仍旧使用煤

---

[1] 汽灯类似马灯，利用点燃后发出的热量将煤油变成蒸气，喷射在炽热的、经硝酸钍溶液浸泡的石棉纱罩上，发出耀眼的白光；由奥地利化学家卡尔·奥尔·冯·维尔斯巴赫于1891年发明并获得专利。
[2] 一种扑克牌玩法。

气灯照明，特别是那些用人们，特别是在厨房里；在楼道内，楼长也点煤气灯。人们虽为电灯惊叹，但是对它并不很信赖。

中央供暖系统与其说供暖，不如说在制造稀里哗啦的噪声。我母亲不相信蒸汽的神效，以至于在孩子们的房间里砌了一个瓷砖壁炉。世纪初的所有奇迹，在彼时彼刻只是加重了人们的生活负担。发明者从我们受过的洋罪里吸取经验。几十年后，全世界都因电灯、煤气和马达而充满喧嚣，嘶嘶作响；不过，在我的童年时代，发明者仍在摸爬滚打，他们的发明还远不完善，应用起来问题很多，让勇敢的革新者和虔诚的信徒们疲惫不堪，头疼不已。电灯忽明忽暗，只能发出昏黄的光线；蒸汽暖气不是在刺骨的严冬里突然罢工，就是运转失控，房间里充满潮湿的寒气，因此我们经常生病。按理说，人们应该"赶超时代"，但我姨妈却不以为然，她不乐意"赶超时代"，继续在白色的瓷砖壁炉里添柴生火。我们则丢下现代化的蒸汽供暖，跑到她家取暖，享受在炉膛内闷烧的榉木发出的温和、幽香的滚滚热浪。

劲风吹过宽敞的庭院，总是发出怒吼和呼啸，因为庭院的北边无遮无挡，朝向环抱城市、即使夏季也白雪皑皑的巍峨山脉。根据建筑师的设计，在庭院两侧，与二楼外墙相连的是一楼的侧翼；在庭院尽头还盖了一排相当漂亮的小平房，相当于一套"两居室住宅"，楼长杜库什一家曾在那儿住过。这一切都使得这栋楼向远处延伸，占地面积相当大。估计建筑师本人不太相信这栋楼能够住满人家，所以没在庭院里修建更高的楼层。那栋楼可以说是一份新时代的宣言，是对努力攀升、拼命建设、勤奋经营的资本主义时代的一曲颂歌。那是城里第一栋不是为让居民们在熟悉的高墙内消磨一生而建的住房——据我所知，世纪初曾在那里居住过的老房客们，如今没有一位还住在那儿。那是一栋住满房客的公寓楼。家族史悠久的贵族人家，都不愿在这样的楼里购买住宅，甚至蔑视楼里那些刚搬进来、没有生存土壤的居民们。

2

我的父亲也这样认为，有身份的人不应该付房租，不应该借住在别人的房子里；因此，他为了能让我们尽快搬进自己的家而不遗余力。为了实现这个目标，他花了足足有十五个春秋[1]。然而有一天，当我终于跨进"自己家"时，只是作为一名回家探亲的大学生，那栋流光溢彩、宽敞得浪费的建筑并没有给我留下什么好印象。我的童年时代是在公寓楼里度过的。我一想到"家"这个词，眼前就会浮现出中央大街路边的房子、宽阔的庭院、带铁栏杆的狭长走廊、掸灰用的高大木架，以及装有电泵的水井。在我看来，那是一栋阴郁沉闷、杂乱无章的房子。没有人知道它究竟是怎么被建在那儿的。居民之间缺少友情的维系，他们甚至连邻居都算不上。住在那栋楼里的人都有自己世袭的身份，论阶层，分宗派。住在老楼里和平房内的人家，不管是仇敌还是朋友，肯定都是属于彼此难以相容的人。

楼里住了两户犹太人家：一户是所谓的"改革派"或"进步派"[2]，家境富裕、见过世面、已经市民化了的犹太家庭，他们租下了二层临街的整排房子，活得相当封闭、傲慢，从不跟楼里人来往；住在庭院后侧底层的是一户族亲

---

[1] 格罗施密德一家于1913年从这里搬走，搬到梅萨洛什大街。
[2] 这里的"改革派""进步派"均指19世纪晚期在匈牙利进行的温和的犹太教改革运动（Neolog Judaism）。

众多、信奉"现代正统派"的犹太家庭[1],他们家境困窘,并以特殊的方式迅速繁衍,总有更新的亲戚和新生儿出现,全家人挤在庭院后侧三个昏暗的房间里。有的时候,比如逢年过节,那里会挤满亲朋好友,嘈杂喧嚣,匆促忙乱,仿佛与会者准备做出什么重大的决定。那些"穷犹太人"大多是加利西亚人打扮,恪守教规。其实我并不知道他们是否真的很穷,但不管怎样,楼里信奉天主教的邻居们对这家人的好感,远远超过对那户封闭、富有的"改革派"人家的好感。有一次,住在底层的"穷犹太人"家里,有人率先剪掉了传统发型,换上普通人装束,脱下长袍,摘掉礼帽,剪短头发,刮净胡须,穿上流行时装。没过多久,大多数家庭成员纷纷效仿,摇身蜕变。孩子们改上市民学校,他们中有的人甚至报名上中学。十到十五年后,身穿长袍的犹太人不仅在我们楼里销声匿迹,就连在城里也非常少见。在我们楼里住过许多孩子,但我已经不能逐一记起。跟楼上颐指气使的"改革派"家庭相比,楼下这家"穷犹太人"跟基督徒的邻居们相处得更为融洽,更为友好。楼里人用庇护的口吻谈论他们,甚至有

---

[1] 指当地严格地信奉犹太教节日、习俗及传统的犹太家庭。

点夸大其词，称他们为"我们的犹太人"，夸他们是"非常勇敢、正派的人"。我们颇为自豪地对外宣布：在我们那栋高大、摩登的公寓楼里不仅住有犹太人，而且住的是真正的犹太人，他们有资格住在那儿。我们很少碰见二楼那家贵族气派的犹太人，他们活得潇洒自在，经常外出旅游，他们的孩子们在天主教中学里念书，女主人是一位消瘦、忧郁、患有心脏病的女士，能弹一手好听的钢琴曲，她的衣服都是在城里找裁缝定做的。毫无疑问，楼里的市民阶层和小市民家庭的妇人们都忌妒她。那位被楼里人称作维恩列布[1]夫人的富婆总是打扮得十分惹眼，招人嫉恨；就连我都觉得她那样打扮既不礼貌，也不检点。维恩列布一家住在我们家的楼上，"不管怎么说，他们仍还是犹太人"，可是他们活得过于浮华，过于奢侈，比方说，维恩列布夫人总会比我母亲打扮得更为优雅得体，弹钢琴和乘汽车也更加频繁。"什么都应该有所节制。"我在心里这样暗想。然而，我们跟笃信"现代正统派"的犹太人尤纳普一家[2]——包括他家的孩子们——却能更好地沟通和相互理解。他们也不必因为承认自己的犹太人身

---

[1] 维恩列布是维塞尔·奥斯卡保险公司的一名经理。
[2] 尤纳普·海尔曼是一位从事男装贸易的商人，当楼里开有一家服装店。

份,不必因为保持自己的饮食习惯、着装风格、节庆风俗和古怪混杂的方言土语,不必因为将德语、意第绪语、匈牙利语等多种词语掺杂到一起变成大杂烩而感到不安或表现出刻意的谦卑;包括他们自愿保持并且强调的外族性在内,让我们更多地感到他们只是一个具有异邦情调的部落而已。我们甚至还会同情他们,就像所有富于仁慈之心的基督徒那样,觉得自己应该庇护这种无依无靠的外乡人。我母亲有时会送一些瓶装的水果罐头给楼下那位一到秋天就坐月子的尤纳普夫人,而在复活节时,尤纳普夫妇则会将薄饼[1]包在干干净净的白布巾里作为礼物送上楼来,我们彬彬有礼地接过来道谢,饶有兴味地打开布包观看,不过我想,家里没有谁会吃它的,就连用人们也不会吃。我们同情并且接受尤纳普一家,但是从某种形式上讲,这种态度就像对待那些经过驯服后的黑人。我母亲有时会跟尤纳普夫人搭讪,当然只是在做大扫除时,她会站在楼上朝楼下喊几句友善的寒暄话。"哎,亲爱的尤纳普夫人!"我母亲说。而那位憔悴不堪、头戴假发、永远在喂奶的妇人则平静地应和:"哦,您好啊,尊贵的夫

---

[1] 逾越节期间犹太人吃的一种不发酵的、薄而脆的硬面饼。

人。"我不认为母亲这样寒暄是想让那位可怜的犹太妇人意识到她们之间"社会地位的差别";而且母亲也完全没有必要那样做。这家人对这种地位上的差别心知肚明,住在这栋楼底层的这家犹太人也从没有想过要巴结我们;直到很久以后我才意识到,这家人对于社会差别的谨慎小心,跟天主教家庭没什么两样,的确,他们或许更加神经过敏,他们跟我们所做的一样,以自己古怪的方式高傲而矜持地回避各种可能导致大家彼此亲近的机会。总的来说,楼里的住户们都很同情这家穷犹太人。我们怀着善意的默许,关注他们的节庆和非同寻常的习俗。毫无疑问,信奉"改革派"的维恩列布一家已不再按传统犹太人的节庆旧俗在庭院里搭帐篷,他们连犹太教堂都很少去。有一次我父亲甚感吃惊、略带愤慨地讲述说,他碰巧跟楼上那家做派张扬的犹太人一起乘火车旅行,那家人居然在车厢里吃包在棉花里的鲜葡萄,要知道那是在三月底!我们整个晚上都惊诧不已、愤懑不平地谈论此事,尤其是我母亲,她为这种"不当行径"倍感愤慨。

住在我们楼里的这两户犹太家庭之间从不往来。大家全都看到,维恩列布一家人简直生活在另一个星球上。男主人是一位制造商,在外地生产玻璃制品,三天两头外出旅行，肥胖，敦实，秃顶，维恩列布先生对自己的妻子态度恶劣，经常背着那位未老先衰、深情忧郁的女主人跟他公司里的女出纳们乱搞；显然，全城人都知道这件事。维恩列布夫人忍受着小说里才有的那种厄运煎熬，坐在敞开的窗前弹钢琴，琴声悠扬婉转，令人驻足倾听，乐音绵绵无终。楼里人都知道维恩列布一家不遵守犹太戒律，他们吃腊肉，用猪油做饭；出于某些缘故，楼里人对此也特别不满。如果说在这栋小市民很多的居民楼里有过"犹太问题"，那么肯定不是由那户族人众多、笃信"现代正统派"的犹太家庭引发的。我们楼里的所有居民对尤纳普一家及那些身穿长袍、垂着小辫进进出出的加利西亚亲戚所抱的同情心，远远超过对彻底开化了的玻璃制造商及其家庭的。我们对维恩列布一家优越的生活、市民化的布尔乔亚生活方式尤感忌妒，甚至有点惧怕他们，至于惧怕什么，连我们自己也不清楚。在十分有限的日常接触中，楼上的男主人对天主教邻居和楼下那家既谦卑又高傲的穷犹太人总是彬彬有礼，表情淡漠。比方说，我们从来没听父母说过要我们避开尤纳普家的孩子们，从来没有人禁止我们跟那些面色苍白、消瘦单薄的男孩们一起玩耍。他们穿着式样特别、很显老气的衣服,看上去就像"小大人",他们玩游戏的时候也总戴着黑色礼帽,一点儿都不耐心,在激烈进行的游戏中不止一次地嘲笑天主教家庭的孩子们是"贱种"[1]。当然,天主教家庭的孩子们并不太生气,因为他们不懂这句意第绪语是什么意思。当尤纳普家的六七个孩子跟庭院里长大的、信奉天主教家庭的男孩们一起兴高采烈地哈哈大笑时,维恩列布家的孩子们已在保姆的护送下去学校上课,或有家庭教师登门辅导,玻璃制造商的孩子们时刻都受到悉心监护,唯恐会跟楼下的犹太无产者们混到一起。楼上那家孩子从来不下楼跟我们一起玩,这种目中无人的自我封闭严重伤害了我的正义感,以至于有一天下午,我将维恩列布家已读三年级的大公子骗到地下室,并把他锁在锅炉房里。我悠然自得地回到家,没有告诉任何人。直到深夜我都缄口如瓶,那时警察已经赶来寻找丢失的孩子,维恩列布夫人发疯似的哭号,呼叫声在楼里久久回响。清晨,男孩被锅炉工发现了。最不可思议的是,维恩列布家的男孩始终没有出卖我。

---

[1] 原文"sabeszgój"为意第绪语,直译为"星期六的非犹太人"。过去,由于犹太人周末不劳动,只敬神,所以雇用非犹太人到家里帮工。这里有贬损之意,辱骂对方是"地位卑贱的异教徒"。

第一章

面对盘问，那位木讷、迟钝、睡眼蒙眬的少年固执地沉默，后来也一样，他从未因此报复过我，即使许多年后我们成了朋友，他也对此事绝口不提。也许他觉得我那么做是对的。孩子们总是迅速判决，而且不留上诉的余地。

慢慢地，尤纳普家的男孩们全都换掉了传统装束，但是这家人每年仍在庭院里用被子和毯子搭帐篷。作为一家之长的老尤纳普，那位少言寡语的部落酋长每天下午都钻进帐篷，一个人在那个稀奇古怪的建筑物里待好久。听他的儿子们讲，他们的父亲在帐篷里祈祷。有一次，我们透过被子的缝隙朝里面偷窥，看到男人坐在帐篷中央的一把椅子上，悲伤地望着前方。有可能是感到无聊吧。有一天清晨，整栋楼在一阵嘈杂声中惊醒，许多穿长袍的犹太人接踵而来，鱼贯而入，底楼的房间里挤满了陌生人。尤纳普家一个名叫拉约什的九岁男孩，终于从人群里挤了出来，他自豪而沉重地对我们的疑问做出解答：

"真可恨，我父亲夜里死了。"他用轻描淡写的语气说，神情中带着一股无法模仿的优越感。

那一天，他从早到晚都一脸傲慢，那目中无人的模样简直令人无法忍受。所以，就在那天傍晚，我们无缘无故地揍了他一顿。

3

我家住在一楼，我家的隔壁是一家银行[1]。银行在很早以前就租下了那三个窄长、昏暗的房间，经理室的房门开在楼道里，旁边是财务室，朝向庭院的那间是会计室。我父亲的书房跟经理室只有一墙之隔，墙上凿有一个"秘密洞口"，如果经理有事找我父亲，只需打开秘密洞口的小铁门，就可将信笺、文件或账单递给他。这种父权制的办事方式已经延续了几十年，确实颇有成效，银行的业务红红火火。两位年长的女出纳在会计室工作，收银员的任务交给一位提前退役的骑兵队长负责，他被不测的命运折磨得总是愁眉苦脸，跟在兵营里一样，他总对那些前来借钱或付利息的农民大嚷大叫。这位骑兵队长之所以辞掉军衔提前退役，就为了娶他的情人为妻，女人是一位贫穷的女教师。他自从做了这一行后，再没能在世

---

[1] 指考绍抵押银行。

界上找到自己的位置，他思乡般地眷恋过去的生活，于是总是诅咒这愚蠢的世界秩序，将一位骑兵队长贬为银行收银员，他迫不及待、粗言恶语地希望能赶快"发生点什么"。就在世界大战[1]爆发的第一天，这位已经退役的骑兵队长又穿上了旧军服，腰挎战刀走进银行，向重又对他变得毕恭毕敬的昔日老板郑重告别。我从未见过有谁能比此时此刻的他更幸福，他捻着胡子简短地应道："感谢上帝，终于发生了什么！"当时，有许多人都跟他一样热血沸腾地奔赴战场，结果在战争爆发的第一年就阵亡了。

不过，正是由于那家银行——"我们的银行"在一楼昏暗的房间里办得红红火火，我们未能嗅到战争的硝烟。银行的客户们扛着褡裢坐在楼道里歇脚，耐心地排队。他们当中大部分是来自州里北部郡县的贫困农民，那里的收成总是很糟糕，有几英亩地的人就已经算是中产地主；由于那里的土质贫瘠，草场荒芜，即使拥有五百英亩的地产，也称不上是庄园主。住在那个地区的斯洛伐克人大多不会讲匈牙利语，用人们也只会说一种图特语[2]

---

[1] 指第一次世界大战。
[2] 当时匈牙利人称斯洛伐克人、斯洛文尼亚人和克罗地亚人为"图特人"，这里大概指斯洛伐克语。

和匈牙利语混杂的特殊方言：在当地的乡绅圈里，人们虽然将匈牙利语作为正式的社交语言，但在家里，在家人之间，就连移居到那儿的匈牙利人都更习惯讲带齐普塞尔[1]口音的德语。他们并非刻意如此。他们是有都市人气质的匈牙利人，但也习惯了穿拖鞋和长袖衬衫，晚饭后连老爷们也用德语聊天。在我的童年时代，最自豪、最光彩、最荣耀的记忆就是：在我们住的楼里有一家银行，那是一家有收银员和现钞的真正银行，人们只需去那儿在纸上签几个字，就能立即取到钱。那个时候，银行业务对我来说就这么简单，无神秘可言。农民们一大早就扛着褡裢排队等着，褡裢里包着腊肉、帕林卡酒[2]和公证员给他们开的地产证明文件。每天中午十二点，银行都会进行一次"审核"，董事会成员、两位老神父、银行经理和法律顾问聚在一起开一个简短的"工作会议"，对一百、两百克罗那[3]的贷款进行投票表决，开单入账，客户下午就可以领走贷款。当时，钱多得让全世界惊叹，就连我们住

---

1 齐普塞尔是原来匈牙利王国北方一个讲德语的部落，现在位于斯洛伐克境内和罗马尼亚的西北部地区。
2 帕林卡酒是匈牙利产的烈性水果白酒。
3 当时的匈牙利货币。

的小城里也多得泛滥。除银行之外，还有个人信贷，退役的骑兵队长兼收银员有时出于"好心"和"侠义"，还会替客户代付欠账。贷款期限到了之后，农民们要么能还，要么不能；如果不能还款，就得拍卖十英亩地中的五英亩，由银行收购。那是一桩简单得不能再简单的生意，自然得就像世间万物，有因有果，平静无澜。银行里有许多钱，可以四处播撒。我们这些住在楼里的孩子们，都为这家和善、友好的银行感到由衷地自豪。大人们的金钱秘密，就像其他的那些生活奥秘一样令孩子们兴奋。我们清楚地知道，在我们楼里，在又笨又厚的保险柜里藏着大人们最常谈论的至尊之物。我们看到挂在前来借钱者脸上的谦卑，听到他们喋喋不休的哀叹和抱怨，还有他们对所有人低声下气地说"吻您的手"[1]；他们不仅对银行的股东们，即使对仆从们也这般毕恭毕敬。楼里有一家银行，这家银行不仅慈善，而且归属于一个大家庭，这对楼里的孩子们来说是多么大的安慰与自豪啊！我们觉得，只要住在这栋楼里，只要与这家银行为邻，谁都不会遇到太大的麻烦。我认为父母们也都这么想。这栋楼属于这家银行，好

---

[1] 匈牙利人最恭敬的打招呼用语，来自传统的吻手礼。通常男性对女性、年轻人对年长者、平民对贵族会使用该礼节。

心的银行允许楼里拮据的房客迟付房租，甚至还提供小笔贷款。我们有一种错觉，觉得银行的钱里有一小部分也属于这栋楼里的人家；那是一个仁慈、友善、可以信赖的世界，住户们去银行借钱，就像去找一家之主或一个富有的亲戚，银行会借给他们钱，想来谁会为了躲债而从这栋楼里逃走呢？孩子们天生就有了钱的概念。我们觉得，我们这些在银行的影子里降生并在它的庇护下长大的人非常幸运，就像定居在丰腴大地的古老源头，只要我们守着这家友好、善良的小银行居住，即使以后，我们都永远不会在生活中遇到任何麻烦。这个并不很高尚的古怪感觉一直伴随我到学生时代，甚至伴随我到在国外流浪的蹉跎岁月；即便那家银行早已倒闭[1]，但还是能在金钱问题上给我提供某种安慰和安全感，似乎我想跟金钱维持一种初始而直接的童年关系，而事实上，那些钱从来就不可能属于我和我童年时代的小伙伴们，想来这真是残酷无情。

银行的生意兴隆起来，股东们也都发了大财，就连雇员和仆从也不例外。有一位雇员成立了一个合唱团，另一位摇身当了作家，出版了两本讲述郊外城堡废墟传

---

[1] 这家银行于1916年倒闭。

说的书。每个人都有闲暇和精力欣赏艺术。就像一个羽翼丰满了的暴发户，银行在狭小的空间里已难以容身，于是大兴土木，在庭院里盖起一幢仙境般的玻璃宫殿。那是一件令人叹为观止的建筑杰作，简直像一座玻璃教堂：厚厚的玻璃板是从德国运来的，在金库的上方，盖了一个我后来在国外都很少见到的穹隆顶。农民们将这座银行宫殿称为"伯利恒"，他们像朝圣一样从周围的村庄纷纷赶来，在玻璃穹隆顶下悄声耳语，一脸虔诚，仿佛真是在教堂里。突飞猛进的资本主义在这个世界的尽头为自己建造了一座小教堂，所有看过它的人都对它气派的外表和精美的装饰赞叹不已，很难用准确的词语形容这座过度浮靡、浪费、辉煌、极度华而不实的建筑杰作。那里具有真正的银行所需的一切：保险库的铁门足有一人多厚，听到魔咒才应声打开；理事会大厅也铁门紧闭，里面配备有非同寻常的计算器和打字机；银行里还存储有许多钞票。最让我们这些住在楼里的孩子们好奇的是建在楼长杜库什家对面的保险库，地基打得很深，深埋在地下；在我们的想象中，一只只金属匣内装满了金银财宝。那是美好、欢乐的资本主义在我们眼前施展的魔法，变出了一座如此这般的童话城堡，只是年长的存款者们不喜欢它,那些老派、守旧的有钱人更乐意看到他们的财产存放在楼上昏暗房间内瘸腿的钱柜里。他们望着那座玻璃宫殿和固若金汤的地下室连连摇头,疑虑重重地唠叨说:"这是拿谁的钱盖的啊?"

4

"安德列大叔"掌管银行的日常业务,他为此付出了巨大的精力和热忱。安德列大叔是一位全国知名的大家族后裔,法学毕业,他跟整个那代人一样,在"自由职业"中谋求快乐,对州政府或市政府的官职不感兴趣。在童年时代,我对贵族阶层这种博学睿智的生命阶段有过近距离的观察,我后来发现,当代文学对这段时光及其角色的记忆有误。安德列大叔满腔热忱地投入了对他身心而言全然陌生的银行生涯,他一丝不苟地恪守营业时间,丝毫让人联想不到那类成天打猎、赌博、旅行,并在半夜三更打牌时接过卡西诺赌友欠账单的外地银行职员。生活总在发生着变化。没有人把安德列大叔看作经济学家,但是他在银行里誊写账目的时间远远超过打猎、打牌的时间。他也读一些书,偶尔外出旅行,他的生活很有节制，也许他这辈子对印戒的保管热忱远远胜过了贵族徽章。只是他偏偏不懂银行业务；但从来也没有谁真的期望他能懂。银行蹒跚起步，自行发展，一切都水到渠成；安德列大叔只需留心职员们是否在每笔贷款业务上都恪守了"银行规定"就可以。我觉得，要想如实描述这位外地储蓄所经理，并不是一桩容易的事，有可能费力不讨好。他经常将钞票像在合同上盖章一样地贴到吉卜赛人的脑门上，并忧喜参半地投票同意向浪荡小子诺斯蒂——"我可爱的小家伙"借款。在沙罗什州和泽普林州[1]，或许还能找到这样的人物，但在我们的城市里，在这个中规中矩的城市里，他这样的人物很难留存。安德列大叔，这位"银行经理"，每天早晨都分秒不差地赶到单位，戴上套袖，一直誊写到夜幕降临。首都一家实力很强的金融机构为银行贷款，佩斯的经理们都是傲慢、年长的犹太人，他们每年都下来检查安德列大叔的业务工作；那些年长的犹太人喜欢打猎，习惯以"你"相称，爱耍绅士派头，有时候我们对他们的古怪习惯感到好笑。实际上，安德列大叔在银行经理写字台前

---

[1] 沙罗什州和泽普林州，均是历史上匈牙利王国的行政州，前者现在斯洛伐克境内，后者现在匈牙利境内。

所做的事情，跟他的老父亲在州里和庄园内所做的没什么两样：他父亲需要留心的是，农民们是否按时完成了他们的交租义务。从前，农民要碾磨稻谷或交一半的收成，相当于现在付贷款利息，只是形式不同而已。

他们是否残酷地剥削农民？我觉得没有。他们只是定期收息而已，要知道他们也"必须靠什么活着"。只要让农民"劳作"，就不会有问题；只是后来，当安德列大叔由于过于复杂的家庭矛盾而放弃了这个职位时，一位来自首都的金融师接替了他，那人怀揣一个大规模的改革计划来到我们城市，就像一位挥着鞭子的殖民总督，结果遭到第一次重挫。那位新任经理显然出于善意，但过分大方地将储户们的钱大笔贷给了波兰葡萄酒经销商们，波兰人收购了当时的"山麓牌"葡萄酒，银行在那场不负责任的商业游戏中损失惨重，损失数额以百万计。父亲偶尔跟我提起这事，当时他以特殊的手段分厘不缺地拯救了储蓄者的钱；他找到那位当初派人接替安德列大叔出任殖民总督的首都金融机构负责人，那位以冷酷著称、国际知名、富得流油的大银行行长看了那份令人尴尬的调查报告后耸耸肩回答道："那就让这些先生们破产吧。"我父亲不动声色地提醒他说:"这样也行,那我就把这份材料带回去;不过在平衡表上也将留下您尊贵的名字。"那位声名显赫的银行行长突然紧张起来;随后按了一下桌铃,对应声进来的经理说:"我们百分之百支付。"就是这句由三个词组成的豪迈话语,让佩斯银行付出了几百万的代价。储户们不仅拿回所有的存款,还得到了利息。作为资本主义英雄时代的美丽传说之一,这个故事我听人讲过许多次。

安德列大叔和他的家人一起住在一层,跟他的两个女儿和他年轻、不安分的妻子伊伦娜住在一起,有一天晚上女人逃离了他,后来在首都布达佩斯成了一位知名女演员。这样的事情在这座城里很少会发生。就在出事的那天夜里,安德列大叔将两个女儿送到我们家睡觉,他自己则坐在饭厅里,无论我父母怎么劝慰他都无济于事,他不停地哭泣。我们几个孩子一言不发、脸色苍白、穿着睡衣蹲在他的周围,看着这个异乎寻常的可怕场景,盯着这个男人,这位新来的银行经理。直到午夜,他才止住了哭泣,擦了一下眼泪,用哽噎的嗓音说:"我从来就没有真正信任过伊伦娜。三年里,我几乎每天都跟她说,'伊伦娜啊,伊伦娜,你在欺骗我'……"我们跟小女孩们一起睡在床上,整整一夜都没有睡着,我们竖着耳朵听这个可怜无助、痛苦不堪的陌生男人的倾诉,还有父母劝慰他的话,我们感觉到一阵阵冰冷的惊悚,意识到即使成年人也主宰不了生活,陌生的生活和命运的神秘宿命向我们席卷而来,就在那天夜里,一个巨大的秘密轰然爆炸,看起来连成年人都无法明白地应对。后来,那个"不忠的女人"嫁给了一位佩斯的男演员,她自己也登上了戏剧舞台;我们城里的绅士们只要是去首都,都不会放过任何一个能够亲眼见到这位与众不同的女人的机会,回来之后,他们会用指背轻轻敲打着桌子,绘声绘色、津津有味地详细描述她出众的魅力。对他们来说,出走的女人是件稀罕物。他们的离婚也招致半个国家人民的不安和议论,被视为"破坏秩序""伤风败俗"。这是我童年时代唯一记得的一桩离婚案,尤其是,安德列大叔的妻子丢下了身为银行经理的丈夫和他的职业竞争者,嫁给了一位离经叛道的黑衣神父,那个人因为她竟辞掉了教职,回归到世俗生活。这样的不幸阴影困扰着我们城里银行经理们的家庭生活。随着时间的流逝,所有人都在我们的记忆中变得重要,他们的轮廓也逐渐变得清晰,童年的阴影也越来越大,我们开始怀疑,他们是否对我们的生活造成了影响？我们开始认真地思考，因为，即便是在我们年轻时代看上去似乎无足轻重的人物，我们对他们的记忆都会是那样无情地清晰。的确，安德列大叔既不是一个特别聪明的人，也不是非常有趣的人；当然，现在我已经知道了男女间的秘密，但在那时，当一个被抛弃的男人当着我们的面哭泣时，我确实是在那一夜第一次猜到了什么；那时候我第一次知道，男人和女人之间的关系不会总是那么平静，不会永远都是理想的田园诗；他哽噎的哭声始终留在我的耳中，我至今都能听到。

5

有一段时间，大概只有短短的几年，我的教父住在我家对面一层楼的一套三室公寓内，他是我父亲的弟弟[1]，很爱生气，烦躁不安；在我家里，包括我父亲在内的所有人，对他都像对待复活节彩蛋那样小心翼翼。他有一个骄傲而孤独的灵魂，本想当一名工程师，他对技

---

[1] 格罗施密德·卡洛伊（1874—1934），马洛伊·山多尔的叔叔。

术性的东西要比当兵在行（他在炮兵团作为志愿兵服役），他想将自己的才能投入技术领域。据说"当时大家都央求他延长服役期"，至少家里人后来都这么讲。从某种角度而言，他的秉性、天赋和整个人的精神气质都非常适合军官生涯。在日常生活中，尤其是在略受轻视的工程师行业，他总是忐忑不安，烦躁易怒，感到受辱，总是有许多"难堪事"。总之，他让人觉得，在生活中他没能找到自己的位置。当时，人们对工程师和医生的职业抱有歧视，认为不适合绅士去做；出身显贵的年轻人自然应该投身法律，不应该给人灌肠或摆弄容器和游标卡尺。我们家族在上世纪末，在外地，在等级意识严重、民族主义根深蒂固的匈牙利世界中的社会地位，对我叔父的"脏躁综合征"[1]（他自己对此一无所知，但当时年轻的弗洛伊德已在夏柯[2]的诊所里观察了歇斯底里患者，他自己都不知道这个术语）起了推波助澜的作用。我们家的祖上是萨克森人[3]，在17世纪移居匈牙利，忠诚效力于

---

1 又叫歇斯底里症，一种神经官能症类型。
2 夏柯，即让-马丁·夏柯（1825—1893），19世纪法国著名的神经学家、解剖病理学教授，曾是心理学家西格蒙德·弗洛伊德的老师。
3 萨克森人是日耳曼民族的一支。

哈布斯堡王朝，后来我的太祖父被利奥波德二世[1]册封为贵族，并被赐予"巴尼奥[2]伯爵·克里斯托夫"封号，主管马拉马洛什州[3]的皇家矿井。民族解放战争[4]期间，出于对匈牙利的热爱，我们家有许多家族成员参加了贝姆将军[5]率领的革命军。我有一位名叫日嘎的天祖父[6]在维拉古什缴械[7]后遭到降职，先后被流放到威尼斯和米兰的皇家军团服役，后来恢复了原来的名衔，退休时官至皇家卫队长。但在革命爆发前，我们家族在维也纳享有很好的声誉，被视为"忠诚分子"[8]。1828年，我的太祖

---

1 利奥波德二世（1747—1792）是哈布斯堡-洛林王朝的神圣罗马帝国皇帝，同时是匈牙利和波希米亚国王。
2 作者的太祖父为格罗施密德·亚诺什·克里斯托夫（1745—1798），于1790年11月8日获赐贵族封号——"巴尼奥伯爵"，匈牙利语"巴尼奥"意为"矿井"，奖励他主管皇家矿井有功。
3 匈牙利王国历史上一个位于东北部的行政州。
4 指1848—1849年爆发的、为摆脱奥地利哈布斯堡王朝统治的匈牙利民族独立革命和解放战争。
5 贝姆将军，即贝姆·约瑟夫（1794—1850），波兰将军、民族解放运动活动家。1849年曾领导匈牙利革命军。
6 天祖父为格罗施密德·（马洛伊）·日格蒙德（1829—1889），日嘎是昵称，曾任国防军中尉。他的哥哥格罗施密德·（马洛伊）·费伦茨（1818—1892）曾在1848—1849年独立战争期间任军事法官和中尉。
7 1849年8月13日，匈牙利国防军在维拉古什城堡向沙俄军队缴械，标志着民族解放战争失败。
8 指忠诚于哈布斯堡王朝的匈牙利贵族。

父被任命为老布达总督时,曾去维也纳觐见过弗朗茨皇帝[1]。"我对匈牙利国王佩服得五体投地,"他从维也纳写信给远在马拉马洛什州的弟弟说,"在这里住宿的开销非常昂贵,每天仅客房和取暖的开销就五个福林[2]。皇帝亲切地接见了我,并且提到我们的父亲。'对,对,'他用德语说,'我听到不少对你的夸奖。'"很可能这位有着德国名字的官员于1828年受到皇帝亲切接见时,获得了皇帝和蔼的赞赏,并在宫廷里被划为"拉邦茨派"[3]。在民族解放战争期间,我们家站在了起义者一边,并将名字匈牙利化,科舒特[4]政府特此颁发了批文,并于1848年8月将决议公布在政府公报上。从信念和行动上看,他们都是狂热的匈牙利人,尤其是我父亲和他的弟弟。当地的外族家庭对匈牙利持有的这种热烈、真诚的爱国之心实在令人钦佩,那些古老的匈牙利贵族家庭不仅容忍,而且真心接受了这些自愿融入匈牙利,并且成为匈牙利

---

[1] 指奥地利帝国的第一位皇帝弗朗茨一世(1768—1835),同时是匈牙利和波希米亚国王。他也是神圣罗马帝国的末代皇帝,利奥波德二世之子。
[2] 匈牙利货币单位。
[3] 指亲近并效忠奥地利哈布斯堡王朝的匈牙利人。
[4] 此处指科舒特·拉约什(1802—1894),匈牙利政治家和民族英雄,1848年革命领导人和国家元首。

人的外族人。有的时候,他们或许能够容忍某种与生俱来的外族品德——我的祖先是萨克森铁匠,我认为,我从他们身上继承了某种特殊的、对我来讲毫不轻松的、跟我的秉性相悖的、古怪固执的"责任感";在我身上留下了某种即便经过几个世纪的共生仍无法解释的异类感和外族感。从精神上讲,我们家是复杂而典型的天主教徒,这不仅是就"出生证"而言,从本质和观念上说也是这样。我们本能地回避新教徒,在社会交往上也是如此,就像他们也出于本能地回避我们一样;但在日常生活中,我们从来不提这个。

不管别人怎么"接受他"、承认他都无济于事,我叔父仍感到惶惑不安、痛苦烦恼。即使他拥有萨克森人的血缘、德国人的名字、奥地利的贵族名衔,他还是觉得自己不能完全、肯定地属于这个世纪末的匈牙利贵族大"家庭"。在这个"家庭"里,假如有谁能让外人感到从其骨子里散发着匈牙利贵族意识的话,那就是他了。他总是搜集家族的各种证书和纹章,喜欢绘制王冠,还将我父亲、母亲的家族纹章合二为一,设计出"统一的贵族家徽"(谁也不知道他从哪里搞来的那些资料,因为我母亲是摩拉维亚[1]穷磨面工的后代,我怀疑她的家族从来就没享受过贵族特权;另外,我母亲和她的亲戚们对这个问题根本就不关心)。这种"贵族行动"最终以特殊的方式使他获得了一种傲慢而焦虑的内心表达:回避州里的社交圈,从来不跟那些人为伍。他在国外生活了许多年,在波斯尼亚修建铁路和隧道,后来搬到了阜姆[2],在那里受一家法国公司委托修建了一座供电站,至今都为达尔马提亚[3]海滨提供电力。在这期间,他结婚成家,娶了一位温柔娴静的诺格拉德州女郎,匈牙利最著名的古典剧作家的后代。我小的时候,曾在那个文学史上著名的诺格拉德城堡和园林里度过许多个夏天。在那里,叔父带我阅读了那位古代的、拥有不羁灵魂的、在雄性时代的黄昏近乎发疯了的匈牙利天才剧作家写下的许多诗歌。正是这种"文学的亲属关系",使叔父在我眼里顶着某种奥林匹斯的荣耀光环。事实上,他对文学并不是很了解。他还单身的时候,曾住在我家对面一套朝向庭院的三居

---

1 摩拉维亚位于现在捷克的东部地区,因起源于该地区的摩尔瓦河得名。
2 阜姆,即今天克罗地亚的港口城市里耶卡,历史上曾是匈牙利王国的唯一出海口。
3 在克罗地亚境内。

室里，活得"逍遥自在"，就像法国小说里描写的主人公，他雇用男仆，经常会扇仆人的耳光；由于这些原因，我小的时候很怕他，后来又对他深感同情。他未能在阶层之间找到自己的位置，凄楚地隐居在诺格拉德州的一座小村庄里。在那里，他就跟在我们中间一样缺少"在家"的感觉，就跟他在同事们中间一样感到格格不入。他是我认识的人中第一个郑重、公开的反犹分子；假如有谁提醒他说，就其本质而言，在那些愤懑挣扎的阶层之间，这种"我的国家不属于这个世界"的姿态本身有着多么原始的天主教色彩，换句话说，具有犹太特征，他肯定会感到非常震惊。

6

这栋楼里有两家"店"：白天，银行接待往来的客户；夜里，楼下那家被称作"咖啡馆"的简陋巢穴，通过女跑堂和赛猪游戏掏空那些游手好闲的市民的钱包。对于底层的喧哗，楼里人并没有感到愤怒，而是宽容地忍受。居民们，包括在道德问题上相当苛刻的家庭，根本不会因为楼下有人在夜深人静时哐哐哐地跳舞而暴跳如雷。

这家"咖啡馆"对喜欢在白天喝咖啡、读报纸的客人们不感兴趣，因为它白天根本就不营业。到了傍晚，滚帘才会卷上去，几张铁皮桌靠墙摆放。"酒吧"里面，染过头发、穿着入时、体态丰满的女人们调蛋黄烧酒，沏俄罗斯茶。（那时候，香槟酒还属于闻所未闻的奢侈品，即使阔绰的军官们也很少能享受这样的挥霍——另外，在我们这座城市，几乎还没有"阔绰军官"这个概念，因为骑兵团驻扎在离我们五十公里外的相邻城市，而在我们那里扎营的炮兵和步兵军官们则更青睐朴实的喧闹、蛋黄烧酒和廉价葡萄酒。）光临这家店的客人，主要是牲口贩子，赶集商贾，乡村地主和来自周边地区、偶尔过一次夜生活的犹太房客。"绅士"只有酩酊大醉时才敢去那儿，这种时候，人们放下机械操控的铁皮滚帘高歌狂舞，声音大得能够吵醒熟睡的邻里；但是，对如此混乱的喧嚣，居民们不可思议地予以容忍。"咖啡馆"在楼下开了许多年。警察也不想插手市民的琐事；在这座四万人口的城市里，总共只有十五名警察维持市民们的生活秩序。十五位年老、肥胖的米哈斯纳·安德拉什[1]，我从小

---

[1] 1882年在匈牙利著名政治讽刺杂志《胡椒粒扬库》上诞生的一个布达佩斯警察的喜剧形象。

就认识他们，能够叫出他们每个人的名字。警察局设在一座意大利风格、带有门廊、摇摇欲坠的老房子里[1]，不过大多数房间是空的，只有那些在清晨被警察用带油布篷的小推车从街头巷尾收容到一起的铁杆酒鬼们会在那里一觉睡到酒醒。卖淫，是一项较为优雅、显然也更昂贵的营生，每个夜晚都在我们楼下的"咖啡馆"里进行；有的时候，那里也发生肉搏战。有一天夜里，整栋楼都被女人的尖叫声惊醒，大人、小孩都穿着睡衣拥到走廊，聚在庭院。我看到楼长杜库什先生正挥着一把扫帚揍一个穿长筒靴、留八字胡、模样简直像吸血鬼的牲口贩子，那家伙用十个手指紧紧掐住一个麦黄色头发的咖啡馆女招待那具本应该被温情抚摸的柔软肉体。那个场面相当恐怖，在黎明寒冷、刺眼的天光下，我恍惚觉得那不是真的，而是舞台上的一幕场景。估计这家店付了银行一笔可观的租金，所以即便它这么扰乱公共秩序，缺德地破坏街坊邻里的安宁，银行依旧置若罔闻。很久以后，银行才跟那家店的老板，那个精明狡猾、有商人天赋的吉卜赛头领中止了合同，而且并非出于"道德理由"，而

---

[1] 当地人习惯将这座房子称为"米克洛什监狱"，因为在17—19世纪这里曾是监狱，在1791年之前，这里是城里刽子手的住所。

是因为银行要用那几间房子；这个时候，银行即便少了"咖啡店"的这笔收入，也已经能够从容运转。

为了解决日常性的健康需求，城里也开了两家公开的会所：一家稍微廉价一些，简陋一些，开在碉堡大街；另一家稍微雅致一些，俗称"官房"，开在兵器库大街的一栋平房里，去那里消遣的都是官职较高的公务员和军官。街头的情爱勾当，则在大门紧闭的两家会所之间矮房错落的鲜花大街内进行，经营者不是私人业主，就是情爱街贩。那是一个充满欢乐、甜蜜的地下情爱世界。光顾那里的不仅有未婚的年轻人，已婚男子和军官也不少见；偶尔，当地神学院的一些年轻僧侣师生也会鬼鬼祟祟地闪身蹩进。那些老房子，自中世纪以来几乎毫无变化地保存至今。抹了白灰的窗户、永远紧闭的大门和用绿色或棕色油漆刷得又平又亮的外墙，向路人们泄露了墙内的勾当。城里的绅士们在"泡完咖啡馆后"来到这里，在"沙龙"里享受午夜的欢乐，店主们经常调换女郎。在我出生的城市里，这种地方我只去过一次，是的，当时我还相当年少，只有十三岁；后来出于羞惭之心，我再也没有去过那里，但是那第一次，也是唯一的一次造访，给我留下的记忆清晰而残酷。那次是楼里的一个男孩带我去的,他是香料师的儿子,一个充满野性、躁动不安的青春期少年。那是一个明媚、寂静的夏日午后,我们在光天化日之下溜进碉堡大街内的"廉价店"里,紧张得牙齿打战。大门口的撞铃在走廊内回响,大门的左侧有一个挂着垂帘、堆满特蕾西娅时代家具的房间。在镶嵌玻璃窗的房门后面,有一位包着头巾的老妇人坐在轮椅上,看上去活像童话书中描绘的、《小红帽与大灰狼》里讲述的那只假扮成外婆的大灰狼,她正透过眼镜好奇地打量我们并咧嘴微笑。我们朝庭院里跑去,因为香料师的儿子对这里的地形已相当熟悉,庭院的一侧有一面石墙跟街道相隔,底层和楼上的房门一字排开,全都漆成了深褐色,就像监狱或医院里那样。我们连"姑娘"的影子都没有见到。一只翅膀被剪、已被驯服的猫头鹰在院子里散步。后来,楼上有扇门打开了,一个女人出现在悬廊上,她将铁罐里的水泼到庭院里,然后转身回到房间,根本就没有注意到我们。我们一动不动地紧贴墙壁,我那位爱吹牛的朋友也小心翼翼地环顾四周,院子里安静得真跟监狱里一样。

过了一会儿,底层有一个房间的门被吱呀推开,一个女人出现在门口,她可能已经透过窗帘的缝隙窥视我们好久了,她微笑着招呼我们进她的房间。朋友走在前头,我几近晕厥、浑身冒汗、不由自主地紧随其后。女人讲的是带斯拉夫口音的匈牙利语,但别的我什么都想不起来了,甚至记不得她是不是年轻,是胖是瘦,金发还是黑发。房间里有一张布满污渍的长沙发,估计她刚刚起床,因为床铺上面还凌乱不堪,冒着身体的热气。铁皮盥洗池歪斜不稳地靠在墙边,墙皮剥落;在盥洗池的上方,贴着一张用图钉固定、字母是印刷体的《卫生忠告》。我认真地阅读起来,与其说是感兴趣,不如说是出于尴尬和局促。"用简便的方法就可避免感染"——这是政府部门颁布的《卫生忠告》里的第一句话。床前扔着几双男式皮靴。我们在床沿上坐了一会儿,朋友努力表现得轻松自如,漫不经心,其实他心里也很害怕;女人跟我们要了一支香烟,她坐到床沿,坐在我俩之间,微笑地望着我俩,一声不语。

什么也没发生。后来,朋友给了女人三枚六克拉伊卡[1]的硬币,我们从房间里溜出来,没有人注意到我们的逃跑,天色已近黄昏。那次历险抵消了马伊·卡洛伊[2]小

---

[1] 克拉伊卡为匈牙利旧币,是最小单位。
[2] 指德国流行小说家卡尔·马伊(1842—1912)。

说里令人亢奋不已的色情描写,以至于很长一段时间内,我对这类地方都失去了兴趣,尤其对我那位"阔绰"的朋友感到深深的失望。出发之前,他用小说般的谎言欺骗了我,"在那里面",他跟我一样紧张得牙齿打战,跟我一样不知实情。比方说,他告诉我,男人和女人的性接触跟我们以为的截然不同(其实,我当时什么都没有以为,一切在我的脑子里都云里雾里,所有不体面的东西纯属胡思乱想),最重要的是,男人要用力抱住女人,攥住女人的胳膊,然后咬女人的鼻子。鬼知道这是他从哪里听来的。后来,我对他的谎言产生了怀疑,于是我开始瞧不起他,不再乐意搭理他。

城里还住了两个"窑姐",两位年龄较大、并不怎么漂亮的女人。她们在一条小巷里租了一套住房,两个人总是一起进出,如影随形,脸上罩着面纱,戴着大风车似的帽子。她俩在业内的男人圈里,很受城里那些风流男士们的尊重。其中一位绰号"柠檬",另一位被学生们戏称为"橘子"。她们向那些有幸获得她们恩典的男人索要的钱数,很可能超过鲜花大街的那些情爱街贩和那些吉卜赛女郎或独身女仆。或许也正因如此,她们被赐予"窑姐"的荣衔。不管怎么说,"柠檬"和"橘子"是城市社会生活的一部分。在鲜花大街有一位看上去颇像家庭主妇、看不出具体年龄、身材丰满健硕的站街女郎,好几代男人都从她那里学到过情爱的秘诀。这位名叫"兰凯"的老姑娘,城里所有穿大衣的男人都认识她,就连严肃、寡言的警察们也都很怵她。随着时间的推移,这位老妓女赢得了某种类似家庭成员的承认。她曾是生活的一个有机组成部分,每个人迟早都会跟她产生瓜葛。

但是,关于"红蟹"的传说我只是耳闻,从来没有去过那里。在19世纪80年代,红蟹饭庄是一个名副其实的欢乐谷,既神秘又华贵,城里最高雅的绅士们爱去那里。那里经常发生奇怪的事情,这些事我是从一位乐观开朗的叔叔那儿听说的。那家神秘的"红蟹"——要比碉堡大街的老房子和我们楼下的"咖啡店"神秘得多——是作为国道旁的客栈修建的,位于几公里外的城郊地带。"主顾群"的男性成员大都是已有家室的丈夫们,所以我叔叔也在其列。如果想要放纵一下自己,他们就会去那里。"红蟹"是绅士们寻欢纵欲的去处,这是一个公开的秘密;然而我对那里"寻欢"的内幕并无更多的了解。当然,世界上没有纯洁的寻欢,有一次我叔叔当着我的面揭开了"红蟹"的秘密，他披露了太多的真相，说那里有时会为城里的绅士们举办露天的"原始人之夜"活动，让他们跟赤身裸体的农村姑娘们一起爬树，玩"扮演猩猩"的游戏。尤其让我震惊的是，那些地位显赫的城市老爷们，那些高贵家族的模范父亲们，居然会一丝不挂地坐在树枝上，在"红蟹"的花园里；遗憾的是，当我也开始追逐这类销魂的场所时，城外这家夜总会已经变成一家摇摇欲坠的乡村小酒馆。

婚外性生活就发生在这般简陋的环境下，如果谁感到了饥渴，就在这类浅浅的泥洼中解渴。"通奸"和有夫之妇的"堕落"，似乎只在小说帝国里才有。我在小的时候，从来没听大人们传过关于哪个"通奸"的"堕落妇人"的闲话；就连当地剧团的女主演们也处于严厉目光的监视之下，人们会"敌视"那些被发现"出轨"的人。

7

公寓很大，房间宽敞，窗户密集，但是不知道为什么，在我的记忆里，仍旧感觉到光线昏暗。也许因为在我小的时候，白天大多是跟兄弟姐妹们和家庭教师一起挤在"壁龛"内,在那个拱形棚顶、没有窗户、堆满带栅栏的童床和学生桌椅的小屋里度过的。"壁龛"将父母的卧室和饭厅连接到一起;彩色的玻璃门把临街的饭厅分隔开,以防阳光投进屋内。我们就睡在那间屋里,在那里做家庭作业;倒霉或者"受罚"的时候,大人禁止我们跨出家门,我们只能在"壁龛"里游戏。似乎谁也未曾想到过,那间宽敞明亮、一个月都没人进去的"沙龙"作为孩子们的房间才更健康、更适合。可是,在家里那个可能最高、最大、也最敞亮的房间里,所有的家具都用帆布罩着,那种布尔乔亚式冷漠的富丽堂皇,总让我觉得好像屋里死了什么人。"壁龛"是一间光线晦暗、没有气流的闷热小屋,那里才是我们真正的家;从来没有人想过这个,就连"家庭教师"也觉得这一切理所当然。尽管家里在白天阳光普照,我们却应该在灯光下读书。

我们家有五个房间一字排开,纵三横二,三个临街,两个朝向庭院。除了孩子的房间外,其他房间的面积都很大,通风良好。世纪末的布尔乔亚家庭,尤其是那些家境宽裕的人家,对孩子房间的质量和位置根本就不在意,即便他们溺爱孩子,在孩子的教育和衣着方面从不吝啬。那时候，人们对"卫生"的看法颇有分歧。当时，"杆菌学说"把许多家庭主妇搞得神经兮兮。我认识一些老妇人，她们染上了洁癖，从早到晚地清扫灰尘，戴着手套在家里爬上爬下，攥着鸡毛掸子追猎"杆菌"。毫无疑问，市民阶层的家庭主妇的最大理想，就是能让漆光的家具一尘不染。前来串门的教母们在喝咖啡时，会对女友家里进行现场检查，如果哪个倒霉蛋家的女佣粗心大意，忘了用抹布擦拭当天落在钢琴上的灰尘，访客就会大呼小叫。我母亲、两个用人和"小姐"，一天到晚打扫卫生。早晨用人打扫，"小姐"督查，随后母亲出场，就像阅兵式上的将军一样不留情面地严格检查，她用手指在家具隐秘的缝隙里又摸又抹，整个上午都用来追剿落网的尘埃。当时流行的口号是：无尘是"现代卫生"的先决条件。出于这个目标，很多家庭将孩子的房间粉刷成难看的颜色，狭小得如同储藏室；钢琴背后洁净无比，而浴室里的大多数地方却很少光顾，不怎么使用。我家由于孩子太多，所以浴室的利用率相当高，尤其是我父母对于"身体洁净"的观念与众不同，一点也不现代。无论冬季，还是夏季，年轻女佣每天早晚都要给浴室里的铁炉子生火，"小姐"则为孩子们洗澡；但是根据市井常识，"洗澡太勤对身体有害"，因为孩子们会因洗澡而变软。在很多地方，浴室被当成堆破烂的库房，尽管用人们进去洗东西，但也只能蜷缩在成堆的皮箱、晾晒的鞋和衣物，以及清洁衣物的用具之间的昏暗角落里。在我认识的许多人家，浴室里都包裹蒙灰，浴缸只在年底，在除夕时才能恢复一天的本来面目。世纪末的布尔乔亚市民，通常只在生病或娶妻的时候才洗澡。不过家里还是要有浴室，只是不太使用而已。在我们家昏暗的浴室里，也堆满了各种各样的杂物，我母亲几近绝望地努力保持浴巾、浴袍的整洁。尽管每个人都有自己的"专用挂钩"，就像剧院里的存衣处，可是浴巾、浴袍、罩衣在浴室里挂得满天满地，从来没有人能搞清楚哪件物品是他用的，哪块地方属于他。浴室里永远凌乱不堪，那里是气恼和烦心的温床。

要知道，"储藏室"都要比孩子们的房间或浴室宽敞得多和整齐得多。在那个高大、干燥、明亮的房间里堆集了许多没用的"存货"和大量食品，像是储满面粉和猪油的被攻陷的城堡，或者附近没有肉铺、食品店的村舍的中堂。事实上，家里到处都堆满了"存货"：在我母亲的衣橱里，在柜子和抽屉里，到处都塞满了尚待裁剪的麻布、编织物和成团的棉花。我们囤购的"存货"什么都有,包括鞋带和抹布。那是一种极其特殊的收藏癖,我母亲每隔一段时间就发作一次,那般得意扬扬地从购物街归来,仿佛我们住在沙漠中的某个角落,刚从浩浩荡荡经过的大篷车队那里抢购回稀罕、贵重的二手货。我们一麻袋一麻袋地购买面粉,一桶一桶地购买猪油,买像磨坊风车那么大的奶酪,无论买什么东西,分量都不会少于一公斤。尽管家里有大量的"存货",可我们还是省吃俭用,从不浪费。家里已经有三个孩子哭嚷吵闹,两个女仆"消灭"面包,厨娘每天中午要做七口人的午饭,而我母亲每个月只领到一百福林的"伙食费",或许还能从中省出些"盈余"……我们每天吃两顿肉餐,我父亲不能忍受午餐的剩饭。我母亲让厨娘做丰盛、油腻的匈牙利餐,一百福林养活七口人绰绰有余。那时候,匈牙利人过着迦南式既丰盛又廉价的日子;那时的廉价不是乞丐式的廉价,不像战后那样由于没钱而让人不得不精打细算,被迫贱卖家什以换取生活必需品。在物美价廉的和平时期,每个人都能搞到自己想要的东西。那是一种优雅、富裕、物欲的生活。清晨,让人感觉就像是家庭的节庆,命名日或婚礼日。我父亲刚刚刮好胡子,身上散发着科隆香水和光辉牌洗发水的味道从浴室里出来,走到精心布置好的早餐桌前。他穿着烟灰色睡袍坐到餐桌的主位,伸手拿过当地的报纸——我们订的当然是教会的报纸,由主教出资编辑、在主教的印刷厂付印的《费尔维迪克日报》[1]——在等待热茶从梅森[2]制造、绘有花卉图案的瓷罐里"涓涓流出"的空当,他匆匆地扫一眼重要新闻。那是相当隆重的一刻。即使在那一刻,父亲鼻子底下系胡子的线绳仍绷得很紧,他只在吃饭时才会解开它,并从口袋里掏出一把小刷子,规规矩矩地向两侧梳理一下散发着光辉牌洗发水香味的唇须。我母亲与他相对而坐,餐桌两侧各坐一对孩子,他们偷眼观看清晨举行的这个隆重仪式。孩子们的早点是黄油小面包配咖啡,冬天则配热菜汤;他们欣赏父亲用早餐时油然而生的那股可以弥补一切缺憾的高贵感。我父亲用早餐的样子是那样的威严,那般的优雅;他身穿绸缎面料的烟灰色睡袍,他那戴着印戒、女性般柔软的小手举止

---

[1] 《费尔维迪克日报》于1906—1919年间在考绍发行,作者在这份报纸上发表了他的第一篇文章。费尔维迪克是历史地名,《特里亚农条约》签订之前归匈牙利王国所有。
[2] 德国萨克森州境内的梅森镇是欧洲最著名的瓷器产地。

轻盈。每天清晨,饭厅里都洋溢着宁静的、父权家庭的仁慈氛围。他喝的是香气袭人的金黄色红茶,茶里倒了不少朗姆酒,他一边酌饮一边吃腊肉、半熟的煮鸡蛋、蜂蜜和匈牙利黄油。(他经常为了黄油跟我母亲争吵,也不知道我母亲是出于节省还是其他什么原因,她有时买回来丹麦黄油。我清楚地记得某日清晨的一幕,我父亲看穿了妻子的"诡计",从早餐桌前霍地站起,将"丹麦黄油"扔进厕所里!)父亲吃的面包片需要给他单独烘烤,我对他挑剔的用餐习惯表示谅解,这种"见过世面者的做派"持续了好些年。在我眼里,这种"早餐田园诗"是布尔乔亚家庭的祭神仪式。只有那种获取到了社会地位、在白天不可能遭遇任何羞辱性意外的人,才会用这种缓慢而挑剔的动作准备投入一天的工作。事实上,我父亲并没有获取到什么特殊的地位;他身处的阶层,是他本来就属于的阶层,正是这种归属在他身上折射出的自我意识,使他的态度和举止变得至尊至贵。大凡属于那个阶层、生活质量优越的人,确实可以心平气和地开始过一天的日子。

父亲用过早餐后,并不需要到远处去;最初只需到隔壁房间,后来办公区扩大了,占用了走廊尽头朝向庭院的三间屋子，他的大部分业务都在那里办理。我们一家人住在余下的五间屋内；我父亲在"沙龙"和饭厅之间单独布置了一个"谈话间"或"吸烟室"，屋里摆了几个书柜和新定做的家具。各种式样特别的家具从当地的家具厂运来，那些令登门造访的熟人赞叹不已的家具都相当"摩登"。"沙龙"是家里最多余的房间，一年也用不上几次，因为在当时，外地的市民阶层对在西欧盛行的"沙龙"式社交生活还很陌生；通常，客人们围坐在白餐桌旁，他们在饭厅里吃完晚饭，有时一直坐到天光破晓。即便如此，"沙龙"还是布置得格外精心。成套的桃花心木家具上镶嵌着珍珠贝壳，巨大的水银镜，宽大的黑漆桌，桌上摆着银质的名片盒，里面装满了地位显赫的熟人们和偶尔登门造访者印有全部名衔、官衔的名片，桌子上还摆有相册、一只大海螺，以及一枚我母亲曾在婚礼上佩戴过的、存放在玻璃匣内的紫薇花环。在烟灰缸的水波里，一条青铜美人鱼站在一个高台上手擎火把，谁知道这是为什么……屋里还有一尊真狗大小的腊肠犬铜像，那是家里一只死掉的爱犬的艺术再现。此外还有许多银制、铜制或大理石的"陈设"，就连雕刻的石块也是从破败了的梅森运来的。在带水刀割花玻璃窗

第一章

的黑色橱柜里,整齐地摆放着我母亲的藏书,其中有几本是她在少女时代收藏的,剩下的是后来我父亲送给她的礼物。许多铜制或桃花心木的陈设光亮、洁净得一尘不染;这个本来就很多余的房间使用得越少,反而打扫得越发精心。"沙龙"里的家具还是我外祖父的家具厂特制的,所以我们才开恩地没在重新装修时把它们扔掉。那些家具都是世纪末风格的工艺杰作,桃花心木与珍珠贝壳的奇妙组合,扶手椅的椅子腿被精雕细刻成多立克式和爱奥尼式立柱的样子。总的来说,每件家具都别具匠心、不遗余力地掩饰自身的使用功能,椅子看上去并不是为了让人坐才制作的,而只是为了摆在那里。这就是我们的"沙龙"。必须承认,跟我小时候在邻居家和熟人家看到的市民风格的客厅相比,我们家的"沙龙"无论是在保守的品位上,还是在沉郁的"风格"上,都更精美绝伦。跟匈牙利其他的家具厂一样,那些世纪末"摩登"家具的设计和式样,都是我外祖父的工厂每年仿照维也纳流行的款式复制过来的,毒害了两代人的审美品位。从"大法官时代"的彼德迈风格[1],从宽厚亲和、具

---

[1] 德国19世纪中叶流行的一种简朴而实用的家具风格。

有人性、品位良好的款式，毫无过渡地滋生出紫檀木和长毛绒的怪物。若拿那些世纪末流行的市民风格的家具，跟那些从世纪之交开始在匈牙利到处生产的福耳图娜[1]宝匣一般矫揉造作的"瓷器柜"、用葡萄串做装饰的皮椅、带玻璃门的卧室衣柜、椅座或靠背都包着红绒布的扶手椅相比，还是摆在"古日耳曼餐厅"内的家具用途明确，品位不俗。所有那些不具灵魂、让人头昏眼花的怪物，都搭配了必不可缺的装饰品。墙角耸立着棕榈树；在长沙发上，在脚踏的地方，在扶手椅上，到处都摆放着软垫。挂在墙上的刷子袋上绣有狩猎场景的织锦图案，站在写字台上的银鹿用犄角托着几支鹅毛笔，摆着猫头鹰造型的铜墨盒和雕成人手形状的大理石镇尺，彩色的珠帘，压在玻璃板下、用雪茄烟上的纸环精心拼贴成的壁炉守护神，羚羊蹄状手柄的炉火钩，用两只翅膀夹着一条卷曲青藤的搪瓷仙鹤，铁铸镀银、嘴叼名片的青鹭，许多用来遮挡窗户或家具的绒布、毛毡和垂帘，为了防止在某个角落不慎留下或可能飘落的一粒尘埃，遮挡可能偷偷溜漏进来的一线阳光……总之，整个这一代布尔

---

[1] 福耳图娜是罗马神话中的命运女神。

乔亚都是在这种室内陈设的环境下长大的。在我们家里，或许我父亲基于他出众的品位，多少对这些沉重的遗产进行了拣选——但是，我们仍旧难以毫发无损地彻底逃离那个时代的巨大阴影，在"沙龙"和书房里，还是留下了一两只青铜鹳鸟或镶嵌在皮画框内、再现"鹿肉宴"场景的刺绣墙饰。这种"新家居艺术"——包括他们居住、穿着、阅读和谈话的方式——简直是维多利亚时代没有品位的小市民生活方式在中欧的阐释。近代纯净优美的形式和华贵的家具，都被"获得启蒙的自由派市民阶层"嗤之以鼻，被视为一钱不值的破烂或祖母储物间里的遗物。的确，在那个年月，这种品位也是世界强权专制的结果。威廉皇帝或爱德华七世[1]宫内最为私密的起居室布置，跟柏林某位皮肤科医生候诊室内的家具陈设没什么两样。在科孚岛"阿喀琉斯宫"[2]皇帝房间的写字台前，高个子的客人坐在一张绷着皮面、可旋转的钢琴凳上，主人工作时也坐在那儿。假若与此同时，在匈牙利

---

1 威廉二世（1859—1941），德意志帝国末代皇帝和普鲁士王国末代国王；爱德华七世（1841—1910），大不列颠及爱尔兰联合王国国王和印度皇帝。
2 建在希腊科孚岛上的阿喀琉斯宫，曾是奥地利皇后兼匈牙利王后伊丽莎白（茜茜公主，1837—1898）的行宫。

某外地小城内某市民家庭的门厅里居然挂着绣有狩猎场景的鞋刷布袋,这能不让人叹为观止吗?

8

书房里,三个玻璃门的橱柜里放满了书籍。我母亲的"藏书"其实早就变成了装饰品,作为"沙龙"陈设的一部分和过去的记忆;桃花心木柜的柜门很少打开。几十部包有红色麻布封面的"世界长篇小说书库"占了我母亲藏书的绝大部分;剩下的多是德国小说。她最喜欢的作家是鲁道夫·赫尔佐克,她最喜欢的书是这位作家写的长篇小说《伟大的乡情》。弗莱塔格的《借贷》为黄色皮面,分上下两部,摆在最显眼的位置。此外还有对当时很多市民家庭的藏书来说不太感兴趣的席勒、歌德文集。他们认为那些书"陈腐,传统"。不过席勒还是可以跻身藏书之列,尤其是他写的《强盗》和《阴谋与爱情》,书橱里还有一部《钟声》的豪华版。人们在席勒身上,多少看到了自由派先驱和革命者的影子。歌德则是"僵化的形式"和"古典的蒙昧",乏味无聊。我认为,世纪末的市民阶层读歌德的作品,再多也不会超过在学校里读的《赫尔曼和多罗泰》[1]中的那几首歌和长大些读的《流浪者的夜歌》[2]。

我母亲偏爱"德国现代作家"。除了赫尔佐克和弗莱塔格之外,她还爱读斯特拉茨、翁普提达和几位德国幽默作家的作品。我对那些书说不出什么所以然,因为在小时候,当我能够打开父母书橱的时候,我就已对那些书产生了本能的厌恶,一本我都读不进去。奇怪的是,书橱里居然还有一本《莉莉·布劳恩[3]:回忆录》。我了解母亲的读书口味,她不会在书橱里收藏玛莉特、海德维希·科尔茨-马勒[4]之流的书。的确,像赫尔佐克和弗莱塔格,且不说他们的自身情感和爱国情愫,他们跟德克波拉克和维吉·鲍莫克一样是真正的作家。要知道,如今在市民家庭卧室的床头柜上,堆满了德克波拉克和鲍莫克的流行小说。那个时候,人们从来不买诗集。诗歌,意味着令人不悦的记忆,来自校园的梦魇,"死记硬背"和书窗苦读。在上世纪初的市民家庭里,将"大诗人"的

---

[1] 歌德写的一首叙事长诗,共分九歌。
[2] 歌德写的一首小诗,后因舒伯特谱曲而流行。
[3] 莉莉·布劳恩(1865—1916),德国女权主义作家。
[4] 海德维希·科尔茨-马勒(1867—1950),德国女作家。

金口玉言和不朽诗行抄到"摘抄簿"里的可爱而幼稚的风俗，就跟绣花、弹竖琴、在丝绸上绘画一样是大家闺秀"精神生活"的见证之一，但在世纪末就已经不再时髦。我直到现在都不理解，像克洛普斯托克[1]写的《弥赛亚》那种无聊至极的打油诗，怎么会混进母亲的藏书……在母亲的书橱里，匈牙利语书很少，她最喜欢的匈牙利语作品是威尔纳·久拉的小说《贝斯特茨的弟子们》；她也要求我读那本书，催得不依不饶，直到我硬着头皮开始啃。我记得，那是一本情感小说，不管怎么讲，要比同时代女作家的小说更引人入胜，更触动心扉，更含蓄内敛。我在书橱里还发现了一本卡琳·麦克里斯的书（我记得，书名是《乌拉·方格尔》），在大部头的书里夹有几卷《威尔哈根与克拉辛斯月刊》。世界上有上百万的市民阅读诸如《大陆与海洋》《家庭主妇》《家庭》《霍夫》《花园》等德国家庭杂志，匈牙利家庭也津津有味地翻阅那些在柔软纸张上印满了食谱、生活小常识和相关主题的短篇小说与诗歌的杂志。当然，"新时代"需要这些精神食粮。与《大陆与海洋》相比，朴实、细腻的匈牙利家

---

[1] 克洛普斯托克，即弗里德里希·古特里埃布·克洛普斯托克（1724—1803），德国诗人。

庭杂志可能具有更高的"文学性",不管怎么讲,不像德国同行那样对文学趣味的破坏是如此之大。

我父亲的藏书令人肃然起敬,占据了书房最宽的那面墙壁。在匈牙利作家中,他最喜欢读米克萨特的书。在他的书房里,收藏有法律著作、大部头的《民事法》、《案例大全》和与公民权问题相关的文摘等;屋里有三个固定在墙上的高大书架,上面堆满了文学著作。我们城市的市民读书量很大,大家喜欢阅读。在这座城市里,早在两百年前就举办过"文学沙龙";在18世纪末,卡辛茨·费伦茨[1]曾在这里从事司法工作;当匈牙利的平原城市几乎无一例外地还将杀猪节聚餐作为冬季的"精神生活"时,这里就已经在印刷报纸和杂志了。在中央大街带拱门的沙龙里,人们在一百多年前就对文学和匈牙利作品展开辩论。无论当时,还是后来,尽管这里人能讲多种语言,但是跟佩斯和布达[2]一样,匈牙利语在这座城市里占主导地位。在这座人口不到四万的小城里,不

---

[1] 卡辛茨·费伦茨(1759—1831),匈牙利作家、诗人、语言革新的领军人物、匈牙利科学院院士。
[2] 布达与佩斯隔着多瑙河相望,布达位于西岸,佩斯位于东岸。1872年两城合并成布达佩斯,并被定为匈牙利首都至今。

仅存在好几位书商，而且他们都挣了些钱。书商们做生意，就跟下班后坐进咖啡馆的先生们一样，惬意地坐在扶手椅上翻阅堆在书架上的新书。精神的洪流冲破堤坝，席卷了战后的图书市场，在我的童年时代，人们再次为所有新出版的书籍展开辩论。几乎每天，四位书商中总会有一位寄来"敬请审阅"的文学新作……我们家对书籍抱着虔诚的态度，关注每本新书，而且有一本"藏书目录"，那是一个麻布封面的硬皮本，里面记下了每本借出去的书的名字。在当时，一位市民阶层的女士一旦感到无聊时，既不会打牌，也不去电影院或咖啡馆，而是取出一本书阅读。我父亲的夜晚，也是这样手里捧着书度过的。我毫不夸张地说，在我们那座小城里，书籍对于世纪末的市民们来说，就像面包一样必不可少。一个属于中产阶级、有教养的人，如果没在睡觉前在床上花几个小时翻几页新书或某本心爱的书，就不可能让那一天结束。我家还订过一份英文杂志，一份名为《自然》的科学刊物，但是我们很少翻看，因为我家人的英文都不是很好，尽管一连几年，曾有一位年长、嗜酒的英文教师每周应邀来家里三次。有时午饭后我们惊讶地发现，他跟我父亲两人舒舒服服地坐在书房内的扶手椅上，以上英文课为借口安静地打盹儿。在匈牙利杂志中,我们订了蒂萨·伊什特万的《匈牙利观察家》;我父亲并不是工人党,他跟当过一段时间市议员的安德拉希始终"关系密切"。日报类的,我们订了《佩斯新闻报》,还有两份儿童日报,《我的报纸》《我们的旗帜》。上小学时,我总是激动不安地等待着后者,满心喜悦地阅读;看来那份报纸编辑得很好,因为总能说些让男孩子们感兴趣的话,不抱明确的意图,不用说教的口吻,读来有趣,寓教于乐。

每过一段时间,玻璃门的多层橱柜里就堆满了书。被寄来"敬请审阅"的那些书,大多数时候都被忘了寄回去,只到年底才跟书商结账,家人并不太计较为几十本放在大书橱底层从未翻过、落满灰尘的书付账。"藏书"的内容应分为两部分:一大半是经纪人卖给他们的,只有一小部分是他们根据自己的愿望、兴趣和好奇心挑选的。书橱里摆得最多的是《米克萨特全集》和全套的约卡伊[1]作品。那是一套精装的纪念版,一百部的约卡伊小

---

[1] 约卡伊,即约卡伊·莫尔(1825—1904),匈牙利浪漫主义小说家,国会议员。代表作有《金人》《铁石心肠人的儿子们》《黑钻石》《黄玫瑰》《一位匈牙利富豪》等。

说逐渐变少,因为每到学年末,当我们到弗尔伽什大街的旧书店卖已经没用的旧课本时,旧书店老板会掏五十克拉伊卡收购一本约卡伊的小说,他对其他的世界名著也同样不敬。我们之所以将约卡伊的书拎到旧书店去,并非出于轻率或贪欲——就拿卖《铁石心肠人的儿子们》或《一位匈牙利富豪》来说,我下了好些年的决心,确实出于需要才迫不得已出此下策。旧书店老板戈鲁斯曼先生对约卡伊小说的每日浮动价格了如指掌。有一些杰作,譬如《新领主》《金人》,尤其是《心灵教练》,在戈鲁斯曼先生书价单上的标价始终雷打不动,不管什么时候它们都值五十克拉伊卡;《囚徒拉比》最多能值十八克拉伊卡,《政治时髦》仅值十二克拉伊卡,《十日谈》人家根本就不买。他不太想收购特莫凯尼、伽尔东尼[1]、黑尔采格的书,甚至对米克萨特也不怎么感兴趣。因此,我不得不将我喜欢的约卡伊小说拿出去卖——我们家很重视生日和命名日,家人从来不会忘记在这样的日子里互赠礼物;我由于没钱,又不喜欢勤工俭学,不得不在生日或圣诞节前从父亲的藏书里挑几本卖,免得在这样喜

---

[1] 伽尔东尼,即伽尔东尼·盖扎(1863—1922),匈牙利历史小说家,代表作是《埃格尔之星》。

庆的日子里两手空空。说白了，我偷窃父亲的藏书，然后用卖赃物换来的钱买回各种各样别致的礼品送给我爱的人们。意图高尚并不能改变野蛮的现实，我跟朋友们一起从我父亲的藏书里偷出约卡伊，毫无疑问，那位戴着黑帽子、蓄了大胡子的戈鲁斯曼先生清楚地知道，八岁、十岁的孩子不可能通过正经渠道搞到《铁石心肠人的儿子们》。等到我读高中时，那套纪念版的约卡伊全集已经没剩下几本了。

在设计有作者签名的紫红色仿古封面上印着烫金书名的"匈牙利杰出作家"丛书占据了长长的书架。选集中万一缺少的，可以在"杰出作家插图版文库"里找到，那套书设计得格外华丽，封面上印有作者浮雕式的烫金头像，并且饰有紫罗兰叶的花纹，书里还有与文字相配的插图。那些插图是为了提高读者的阅读兴趣，用简练的手法刻画出诗人描述的或只能幻想的场景。我记得非常清楚，在列维斯基·久拉的"作品全集"里——所谓全集只是一本很薄的册子——有一幅题为《乞丐歌手》的诗歌插图，画中的歌手是一位盲人，一位留着长胡子的老朽，坐在石头院墙的墙根下弹竖琴。每当我翻到这一页插图，每当我读那首幼稚而悲伤的诗歌时都会流泪。

我至今能清晰地看到那些书的颜色:"经典小说书库"的翠绿色,科舒特"流亡文集"的棕黄色,黑尔贝特·斯潘塞尔作品的浅蓝色,布列穆《动物世界》的深褐色。还有豪华版的科学知识丛书,其中有一本的书名是《人类、地球和宇宙》——特别是最后一本非常吸引我的注意力,在我看来,作者和出版商能够在那个年代搜集到如此之多关于宇宙的或宏观或微观的具体问题并统统装进一部书里,实在是一桩勇敢的事。我记得还有一本很大很厚、用真宝石和金属片装饰封面的"珍藏版",图文并茂地讲述阿尔帕德大公[1]等人率领部落进入喀尔巴阡山盆地。能把这样一部恐怖的巨书走私到我们家的肯定是一位聪明的书商。托特·贝拉[2]的文集《口口相传》和《匈牙利奇闻集粹》;黑尔采格和特莫凯尼的几本书,《凯梅尼的崇拜者们》和《苦涩时光》等;书橱里还有奥朗尼[3]、沃洛什

---

1 阿尔帕德大公(845—907),匈牙利第一位大公(889—907),阿尔帕德王朝创建者。896年,他率领七支马扎尔部落从南俄草原迁徙到喀尔巴阡山盆地,定居在多瑙河中游蒂萨河流域一带。
2 托特·贝拉(1857—1907),匈牙利文化史学家。
3 奥朗尼,即奥朗尼·亚诺什(1817—1882),匈牙利诗人、匈牙利科学院院士。

马蒂[1]、裴多菲的几部旧版诗集和佩卡尔的一本书名为《多多中尉》的长篇小说。第一本在书架上获得公民权的"现代"书,是莫利茨[2]的《沙金》。那时候,我父亲热衷于读匈牙利传统作家的作品,比方说,他晚上会读一本柯尔切伊[3]、卡辛茨,甚至戈瓦达尼[4]的书。后来,我把一些"轻松"的作品带回家,卡林迪[5]的讽刺文学大受欢迎,大部分作者他们没听说过——他们读拉克希的评论时才发现了阿迪[6],只是在文学政治的辩论中听人提到科斯托拉尼[7]和鲍彼茨[8]——不过他们很爱看讽刺插图。"他们这样写作",这是他们的口头语。卡林迪的名著就以这种直接的

---

1 沃洛什马蒂,即沃洛什马蒂·米哈伊(1800—1855),匈牙利著名浪漫主义诗人、作家、律师、匈牙利科学院院士。
2 莫利茨,即莫利茨·日格蒙德(1879—1942),匈牙利作家、记者、20世纪现实主义文学的代表作家。《沙金》出版于1911年。
3 柯尔切伊,即柯尔切伊·费伦茨(1790—1838),匈牙利诗人、政治家、语言革新者、匈牙利科学院院士。
4 戈瓦达尼,即戈瓦达尼·尤若夫(1725—1801),匈牙利将军、作家。
5 卡林迪,即卡林迪·弗里捷什(1887—1938),匈牙利作家、诗人、翻译家。
6 阿迪,即阿迪·安德列(1877—1919),20世纪匈牙利最伟大的诗人之一。
7 科斯托拉尼,即科斯托拉尼·德热(1885—1936),匈牙利作家、诗人、翻译家、散文家、记者、评论家。
8 鲍彼茨,即鲍彼茨·米哈伊(1883—1941),匈牙利作家、诗人、文学史学家。

方式使当代文学大受欢迎。

每个星期一,都会有一个浑身酒气的驼背男人来我们家,背上扛着一只皮袋,袋子里装着《托尔纳环球报》《新时光》《威尔哈根与克拉辛斯月刊》等国内外文学报刊,应有尽有。"在这儿,他在这儿……"他嘴里哼着歌曲跨上台阶,既兴奋,又痛苦,仿佛《家庭主妇》的到来是一桩意义非同小可的大事。我们心情激动地等待着。他给我们的乡下生活带来了"文学"和"文化"。我有二十年没再见到这位送报人。二十年后,我有一次进城时与他偶然相遇,我的童年记忆也被突然唤醒。他在街上叫住我,用熟悉的眼神打量我,然后用手捂着嘴巴跟我亲热地耳语说:"我在城里传送了三十年的文化;您知道,结果怎样?我掉进了臭水沟。"他无奈地挥了下手,随后把我丢在街角。经过追问,我得知这个可悲的消息是真的;由于喝多了,他背着"文化"一头栽进了臭水沟,差一点被淹死。这是一个粗鄙的念头,但我还是觉得,一个市民文化的热心传播者,也不会有什么其他的宿命。

9

用人们睡在厨房里。不管家里的房子有多宽敞,毕竟不同于乡下那种少说也会有十几个房间的老式家宅。厨娘和女佣都睡在厨房，她们从早到晚都在那里做饭和洗碗。清晨，她们在厨房的水龙头前洗漱，刷锅水和脏水全都流进下水道。因此，在绝大多数市民家庭的厨房内，无论白天怎么通风，多少都会散发些臭味。尽管厨房里腌臜不堪，但既然社会做出了这样的安排，谁都不会抱怨。老爷们住在五间、八间或十间屋里，房间内有钢琴、青铜摆件、蕾丝窗帘，立橱里摆满了书籍、银器和瓷器，所有的一切都熠熠闪光，一尘不染，女佣们从早到晚在房间里擦拭，用鸡毛掸子驱赶"细菌"，干净的桌子上铺着桌布，端上的饭菜色香味美，简直称得上是艺术品——但是，用人们一辈子都只能在厨房的蒸汽中遭烟熏火烤，衰老萎缩，她们身上的汗味儿跟稍后摆到"老爷家"餐桌上食物的热气和香味混在了一起。这个情况没有人过问。女佣们的"社会地位"在世纪初逐渐市民化了的匈牙利家庭里格外特殊。她们并不属于"无产阶级"——在当时，这个词只限于在党内部使用——女佣们不是"有自我意识的产业工人"，她们对世界局势所知甚少。她们只是用人而已。她们挣的钱极少，比任何一名产业工人挣的都少，地位也更卑微；她们受到的压榨要比临时工更甚，只要稍加顶嘴，就会被开掉；即使她们在一个地方工作了二十年，也能被主人提前两周通知而遭到解聘。不过，她们"什么都有"，正如中产阶级家庭的主妇们常说的那样，她们"有吃有住"，还想要什么？她们的住处是一只摆在厨房内带抽屉的木箱，箱子里装着红色或条纹图案的"用人床具"——夜里，她们打开箱盖，拽出下面的抽屉，女佣们就睡在抽屉里——营养质量因家庭而异，不过在迦南战役之前，大多数匈牙利家庭给女佣的饮食相当丰盛，她们可以吃盘子里剩下的、被允许吃的肉块，每天有定量的面包、牛奶和咖啡，并且配给限量的糖块。大多数家庭的"储藏间"都上着锁。用人一旦被开除，女主人会在最后一刻检查被扫地出门者的行李，并毫不含糊地予以搜身，她们仔细地翻查用人打在包裹里的物品，看看有没有浴巾或银勺，因为俗话说，"所有的用人都是小偷"。即便"下岗者"已在这个家庭侍奉了几十年，平时连一根针都没有丢过，即便女主人颇有良心，但也会例行公事地进行这种搜身。对于这种侮辱人的搜身，用人们自己也不抗议，她们觉得这很自然。当女主人怀疑"雇来的敌人"有偷窃嫌疑时，她们的判断也大多正确——用人们喜欢偷东西，她们主要偷手帕、丝袜和毛巾。"雇来的敌人"会惹出无数的麻烦。我的童年时代充满了关于女佣悲剧的记忆。厨娘们一般都喜欢喝酒，尤其喜欢喝朗姆酒，她们以不可思议的方式想在酒精的微醺中忘掉自己的现实处境，"她们拥有一切生活所需之物"，首先有吃有住。年轻的女佣爱追男人，经常追得五迷三道，她们难以让人信任，尤其是以"放浪不羁"出名的斯洛伐克女佣。用人在家庭里的地位始终很低下，但是在过去，她们多少也算作家庭成员。她们为老爷、太太们服务，没日没夜地干活，挣钱很少，甚至根本不挣，不过，她们确实被视作家人，老了也能够得到赡养。过去的老爷们虽然威胁并惩罚用人，扇她们的耳光，掌握她们的生死大权，但会让她们住在门房养老。她们一旦被允许结婚（当然，这种事需要费一些周折），有可能跟丈夫一起被家庭接纳。总而言之，她们被视为家庭中一位地位卑微的远亲。但在市民家庭里，用人不是家庭成员。主人对用人态度恶劣，对她们缺少社会责任感。女佣一旦老了，丧失了劳动能力，通常会不由分说地被辞掉，仅仅由于她们"让人厌烦"。

在这个变化了的世界里，市民家庭的女主人抱怨用人是"白眼狼"，根本用不着大惊小怪。想来，无论女佣做得多好，她们都不再"依附"于女主人，不再跟"给她们一口饭吃"的家庭生死与共，因为她们一旦年老体衰,一旦因为什么事情惹恼了主人,马上就可能被踢出家门。无论主人用怎样和蔼的语调跟她们讲话,"雇来的敌人"都心怀疑虑,不相信自己能在市民家庭里待长久。她们嗜酒,追男人,偷方糖和毛巾,通过各种蠢事给女主人留下了恶劣印象,逐渐形成了公众观念中的"女佣族"。人们对女佣以"你"相称[1],年轻的女佣吻男主人的手,但这一切只不过是对美好、和睦、传统的等级世界的纪念,人们已丧失了那个世界相对人性的、"保护人"式的责任感。恐怕只有在千分之一的市民家庭里,能有劳碌了一辈子的老女佣。我们家的用人也经常更换,陌生人的面孔如同走马灯。厨房里住了两位用人,一位是年龄较大的胖厨娘,一位是归厨娘管的年轻女佣。家庭教师睡在厨房隔壁的小屋里,她们大多是来自摩拉维亚地区或西里西亚[2]的"女士",她们教孩子们学德语单词。当然,这些女士也做一些家务,打扫自己的卧室,整理孩子的房间,熨烫衣物,缝缝补补,但她们很留意自己

---

[1] 根据匈牙利人的传统习惯,男性对女性要以"您"相称,只有在关系亲近时才以"你"相称。
[2] 西里西亚是中欧的一个历史地域名称。目前该地域大部分地区属于波兰,小部分属于捷克和德国。

与用人之间的社会区别，尽管她们大多也是农民出身。中午和晚上，她们跟全家人一起用餐，但并不参与家人的聊天；饭桌上，她们只能用皱眉和无声的手势提醒我们，因为我母亲不喜欢她们在有我父亲在场时开口讲话。

孩子们跟用人的关系通常不错，当然是在"成年人"和"老爷们"的世界之外，从某种程度上讲，他们处于同一个社会阶层。母亲对我们要求很严，要我们对用人有礼貌，不准我们提出额外要求，要我们格外注意，哪怕给她们添了一点麻烦，都应该礼貌地道歉。我父亲搬到这套宽敞的公寓，搬进这套属于自己的房子里，厨房旁边有一个带拱圈的大房间供用人们居住；但我并不相信，在这座城里还会有哪个家庭为用人们提供单独的房间。那些金发、长辫的可爱女仆，又浮现在我的童年记忆里，她们都是十五到十七岁的斯洛伐克姑娘，来自周边的乡村，看上去壮实得像小奶牛。她们穿着毡靴来上班，更穷的则穿着旧布鞋，肩上扛着一包没用的破烂，带着一套换洗的内衣、一本祈祷经文和一幅圣像画。她们这么来的，也是这么走的，没有姓名，没有个性，像是来自同一个大家族的多胞胎姊妹。我想不起她们单个的面孔，但是能够看见她们，衣衫褴褛，流着鼻涕。在冬季涨水的时节，她们来自某个被大雪覆盖的小村庄，来自卡维查恩或米斯洛卡，来自农家的土坯房，那里人不到圣诞节就已经吃光了米糠面包，于是将女孩们送到城里工作。这些女孩的月工资只有四或五福林，而且那也只是在工作了好几个月之后，这时她们已经长了一些经验，不再像刚到时那样地笨手笨脚。"偷懒"是不行的，每个用人一个月只能出门一次，顶多两次。她们在星期日下午离开几个小时——四点钟洗刷完毕，五点钟换好衣服，七点半就得回到家里。1876年颁布的《关于用人与主人之间关系规定的第十三道法令》至今生效，印在《用人手册》的第三页，其中规定"用人……从开始工作之日起，成为雇主家庭中的一员"——但实际上这条毫无实效。这项管理条例中所规定的主人和用人的权利与义务，确定了他们之间相当不平等的关系。比方说，"如果用人在工作中违规，主人可以向法律部门起诉"；还有，"如果主人产生疑心，可以在用人在场的情况下检查用人放在主人家的箱子、衣物及所有物品"——主人们经常利用这条法令。法令中的第四十五条规定说得更加直接，"用人必须尊重、服从主人的指令，不能将主人的言行视为对自己尊严的伤害"，换句话说，主人可以训斥用人，可以把用人骂得粪土不如，但用人不能认为那是对自己尊严的伤害。在市民家庭里，用人们就是在这样的条件下跟主人们生活在同一个屋檐下。

厨娘们到了更年期或变成酒鬼后，有时会随手抄起菜刀跟性格暴烈的年轻女佣打成一团；通常来讲，很少有女佣能在一个地方待到一年以上。除了女佣之外，家里还经常有洗衣妇、熨衣妇和裁缝出入，这些外围的女工通常打扮成小妇人模样，对那些情窦初开、躁亢不安的男孩子有着致命的诱惑力。许多市民家庭都期望能雇到来自乡村的年轻女佣，帮助少爷们度过难挨的青春期，为他们提供身体上的私密服务。我经常听到有的父母满意地说，终于为青春期的儿子找到了一位漂亮的年轻女仆，因为这些姑娘毕竟比男孩们为解决生理性的首要需求常去找的那些女人要"健康一些"。女佣如果怀上少爷的孩子，会立即被赶出家门。有钱的祖父会带着某种轻浮、欣悦的自豪感，代乳臭未干的孩子父亲支付每月八到十福林的抚养费。这个早已约定俗成。

我感觉自己是女佣们的亲戚，我跟她们相处融洽，喜欢坐在她们中间，待在拖过地的厨房里，靠在壁炉旁听她们讲稀奇古怪的传说和令人困惑的幻想，直到母亲找到我并命令我回屋。在一大堆模糊不清的女佣面孔里，我想起一个人称"大管家夫人"的女酒鬼恐怖的脸。她多次醉醺醺地攥着菜刀从楼上下来，危险地胡乱挥舞，扬言要杀掉孩子们，杀掉我母亲，直到家人叫来警察，这才兴师动众地将她捉住。大管家夫人会在光天化日之下执刀亮相，趁邻居们毫无戒备，活像希腊戏剧中瞎了眼睛的命运使者；女佣、大人和孩子们都被吓得四散奔逃，躲到储藏室、地窖或阁楼里；疯婆娘的手里刀光闪闪，她在走廊里左冲右撞，很像童话中要捉孩子当午餐的凶恶女巫。这个大管家夫人，就是造成我童年时代神经官能症和精神敏感的罪魁之一，我对她怕得要命，犹如老百姓害怕魔鬼一样。自然，我从女佣们那里，也染上了不少对迷信与巫术的心理恐惧。大管家夫人在我们家里没待多久，有一天就"被肚子里的酒精突然点着"，我们幸好摆脱了她；许多年后，她为自己找到了一个快乐的解决方式。在当时，没有人想到大管家夫人实际上已经病了，她患有酒精导致的震颤性谵妄，应该被送进疯人院。然而，没有人会把女佣送进疯人院，估计在人们的意识里，疯人院是个很高档的去处。

第一章

楼长名叫杜库什,是一位颇有威望、脚蹬猎靴、蓄着捻尖了的八字胡的匈牙利大管家,模样正像扬库·亚诺什[1]在作品里刻画的那样。他在州政府工作过,身穿带穗的制服,脚蹬锃亮的皮靴,是一个舞台感很强、态度傲慢的匈牙利人;不管给他多少钱,他都不会拿起笤帚。当然,杜库什先生把家务事交给妻子做,自己则保持一副做派高贵、恪守传统的绅士形象,挣钱抚养两个儿子。杜库什的两个儿子小时候都曾是我的玩伴,其中一位机械专业毕业,后来改行当了水手;另一位上高中时,母亲将他打扮得优雅得体,当作贵族培养。杜库什先生过着优越的日子,每天都喝白酒,两个儿子穿体面的衣服,这一切都来自杜库什夫人挣的血汗钱,来自看门费、倒垃圾费、洗衣费和熨衣费,因为楼长夫人为整栋楼的邻居洗衣服,搓衣服,熨衣服。两个儿子被成功地培养成了有教养的绅士,从学校毕业之后,都在战争中阵亡了。从那时起,楼长夫人开始酗酒;后来,这对酒鬼夫妇从楼里被撵了出去。

---

[1] 扬库·亚诺什(1833—1896),匈牙利著名漫画家。

10

这就是我们居住的这栋楼和这套公寓。饭厅的窗户朝向一家大饭店[1]，那是全国最大的豪华饭店，弗朗茨·约瑟夫皇帝兼国王也曾在那里下榻，并且用过一次午膳。当时，在这附近举办了一次大规模的军事演习。我们家饭厅的窗户正对着饭店一层"国王套房"的窗户。有一次，我弟弟得了猩红热，我们也在那套非同寻常的客房里住过，但是由于紧张和兴奋，我整整一夜没有睡着。承租这家饭店的是一位棕红头发的酒馆老板，那次"国王驾临"，他胆大包天，居然向管理部门递上一张天价的账单；尤其是陪同弗朗茨·约瑟夫陛下的司仪官大光其火，对嗜钱如命的酒馆老板大加斥责，说他给全城人带来了耻辱。饭店餐厅通向一座高大的礼堂，那里经常举办音乐会、朗读会和全州庆典晚会，以及当地舞蹈学校"舞会彩排"之类充满科隆香水气味、带着晦涩和困惑记忆的儿童娱乐活动。饭店楼上有一间小活动厅，专门用来教城里年轻人跳舞和礼仪。年长的舞蹈教师有一

---

[1] 指夏尔科哈兹·利普特（1856—1901）建于1872年的夏尔科哈兹饭店，当时是费尔维迪克地区最大的饭店。

位气质格外高雅的年轻助手,托特先生[1],他从头到脚都喷了某种桂皮味香水;也许是香味太浓了,浓得让人反感,让我怕他,以至于我拒绝接受他的意见,永远没能学会跳舞。活动厅里点的是煤气灯,伴着永远沉闷的钢琴声,小舞女们翩然起舞,当时流行"波士顿舞",我们还特别学习了波尔卡舞,比如蒂沃利的兰德勒舞。"有几种动作,一辈子都用得着!"跛足的舞蹈教师金斯基先生[2]对那些怏怏不乐的左撇子女学员说。他穿着晨礼服在"出身于良好家庭、心性孤高的孩子们"中间快速跳跃,清晰地演示那些"一辈子都用得着"的动作要领。金斯基先生的那个原创动作永久地刻在了我的记忆中:男舞者从背后走近女方,舞步让人联想到公羊的跳跃,时而从右,时而从左,踏着四三拍的节奏不时向前探身去看女伴温柔、羞涩、充满期待的笑脸。胭脂膏味、孩子的头发味、年轻躯体的汗味、永远漏气的煤气灯味跟托特先生桂皮型的香水味混合到一起,使厅里到处弥漫着永不会褪色

---

[1] 托特先生,即托特·卡洛伊,舞蹈教师,他的舞蹈学校开在夏尔科哈兹饭店内。
[2] 金斯基先生,即金斯基·卡洛伊(1843—1911),舞蹈家,曾任匈牙利舞蹈教育家协会主席。1890年后曾在考绍执教。

的兴奋记忆,这是孩子们的爱的味道,直到今天,无论我在哪里,只要听到四三拍的波尔卡舞曲,就能嗅到这股味道。

透过我们家餐厅的窗户,可以看到方石铺地的宽阔广场,每天早上,运货夫和赶集者都聚集在那里,组成一幅色彩炫目的图画,就像是亚洲的某个集市。在广场一角,在我们家窗下,每天中午都人声嘈杂,不是伴随着送葬队伍的《亡人弥撒曲》,就是军人葬礼上铜管乐队吹的《葬礼进行曲》。对于城里的亡人,送葬者和神职人员只送到这儿,在这里祭奠灵柩,随后神父、火炬手和送葬者坐进酒馆,几匹全套殡仪披挂的黑鬃马从那里继续拉着殡仪车,以更快的速度朝墓地驶去。在我年少的十几年里,几乎每天下午两点整,当女佣端来午茶,窗下就会响起《葬礼进行曲》,都能听到神父用拉丁语唱诗的声音和军乐队嘹亮震耳的哀乐声——几乎每天中午,惶惑和悲痛都会绞痛我的心。我所感到的这种惶惑,其实并非源于莫名、残酷的死亡秘密,而是母亲僵化的教育原则,她有一次——也是永远地——禁止我们离开餐桌去看各种各样不知来历的陌生死者。如果是为军人送葬,半小时后管乐声会再次奏起,不过这时演奏的是欢快、跳跃的曲调,以此宣布"生命已经超越死亡的捷报"(有位教廷教师这样向我解释军乐队从墓地归来后的欢乐情绪)。有一段时间,军人葬礼隆重的送行仪式也诱导了许多步兵抑郁自杀;多愁善感的农村大兵在他们的遗书里坦言,他们羡慕那些享受隆重葬礼待遇的同村伙伴,他们也不能胆小地苟活,所以要追随他们的好战友去死,并请求家人、熟人和哥们儿不要嫌累,一定要跟着管乐队一起将他们送到墓地。有一阵子,自杀像瘟疫一样在大兵中传播,他们竞相用执勤的步枪饮弹自尽,为了能让自己村里的父老乡亲看到有乐队伴奏的盛大游行,军乐队会陪未婚妻一直抵达墓地。后来,军队部门禁止给自杀的大兵举行有军乐队送行的隆重葬礼。瘟疫这才渐渐过去,大兵们要琢磨一下,值不值得为一个没有音乐的葬礼去死。

在大广场边的一幢平房里,有一家名为"黄金梦"的小酒馆专门贩卖味道很酸的赫尔梅茨葡萄酒,那里整日挤满了运货夫。这个地方曾是我童年时代的乐园。直到中午,拉茨家的厨房都在烧饭,一群头戴绵羊皮帽、鞑靼人长相的家伙站在赶集马车旁,他们披着羊皮大氅,手攥马鞭,带着坚如磐石的尊严和耐心;在赶大集时,来自奥巴乌伊、伯尔索德、泽普兰和格莫尔郡的运货夫拉来了季节性的紧俏货，脚蹬高筒靴、头戴圆礼帽、身穿皮坎肩的斯洛伐克马车夫则兜售木材、松乳菇、干奶酪、羊乳酪、甜奶酪和填在羊肚里的奶酪球。在这个广场上，巡回马戏团支起帐篷。这里还搭建起全城第一座电影院，用自己开发的发电机供电，放映在各个城市间轮流放映的、可怜巴巴的几部片子。"萨拉蒙国王举起了右手！"在电影院观众席上的一个漆黑角落，配音者大声旁白，这时候，在剧烈抖动的画面上出现了一个正在活动手臂的模糊人影。那时候看电影，人们并不太注意影星、导演和布景；当然，那时的观众也没见过多大的世面，他们瞠目结舌、屏息静气地看着屏幕上的人活了起来。这个四方形的大广场上，每时每刻都展现着激动人心的热闹景象。演杂耍的、走绳索的、变魔术的巡回剧团在这里安营扎寨，跑马的、展览全景画的也在这里支起帐篷，在这里可以看到"胚胎发育"和"真人大小、躺在床上痛苦不堪、奄奄一息的教皇列奥十二世"——那尊垂死教皇的恐怖蜡像很长时间都在我的噩梦里挥之不去。我在这里第一次看到动物园，它给我留下了极深的印象。我第一次看到囚禁笼中的生灵，那幅场景刺伤了我的正义感，我们楼里的孩子们共同掀起了一场"解放动物"运动。在这个广场上，我第一次看到群殴，至少看到了一触即发的群殴序幕：在一个星期日的下午，建筑工人们跟克扣他们工资的工头打了起来，警察赶来营救那个狼狈不堪、穿大衣的家伙，广场上越聚越多的工人转而跟警察发生了冲突，穿乡下花裙、戴粗布头巾的村妇和披着羊皮袄的农夫也卷了进去，在广场的一角很快演变成流血事件，弯刀和匕首寒光闪闪，已经谁都不知道自己在跟谁打，为什么打，仿佛某种原始的愤怒毫无因由地骤然爆发……我们从家里的阳台上俯瞰了这场最后以宪兵队登场告终的特殊"革命"；宪兵的头盔上鸡翎飘舞，他们戴着白色手套，肩扛长枪，腰佩长刀，精神抖擞、节奏统一、步伐矫健地列队而来，在他们展开进攻的阵势之前，广场上已经空无一人。我记得那是一个下午，情景异常恐怖，人们相互之间并不很理解，只是彼此发泄长期以来掩藏在某个角落的可怕的愤怒。透过我们家漂亮居室的窗户，我能看到这所有的一切，包括大广场上的有趣场景。我想，就在那天下午，我看到了世界的某个"真面目"。

11

烧木柴驱动、箱柜外观、像咖啡研磨机似的一路嘎嘎作响的小火车，沿着中央大街朝着位于郊外的切尔梅伊度假村方向行驶；在有轨电车出现之前，正是这种古老而特殊的交通工具担负了城市的公交运输任务，现在，它主要是在夏天运载郊游的旅客。当道路被第一场瑞雪覆盖，小火车被关进库房几个月，一直要到春天，那熟悉的哨声和悦耳的铃声才会重新沿着宽阔的马路愉悦地欢叫。长长的中央大街（熟悉当地情况的人都精确地知道，那条路整整有一公里长）的一侧是贵族们散步的地盘，仆人、大兵、平民和穷人则走在路的另一侧。享用"贵族步行街"的成员们相当谨慎，除非万不得已，一般不会走到马路对面无产者的那一侧；几十年来已经约定俗成，行人自动划分成两个群体，仆人们也很谨慎，生怕稀里糊涂地走到老爷们专享的那一侧。既然在生活中，他们活在水火不相容的两个世界，为什么要在街上混到一起？"步行街"从中午十二点开始成为"老爷街"，晚上六点之后贵族们再次在那里汇聚。在大教堂的一角，在欧尔班钟楼前的空场上，站着一群法学家和军官，还有身穿波兰裘皮大衣、脚蹬白色长靴的州郡显贵，因为都市风流子的装扮更符合沙洛什州的时尚。入夜时分，在剧院门前，在大教堂和中央大街路边的一座伯爵府邸前，许多衣着高雅、仪态庄重的人在"步行街"成群结队地散步。在身穿深色服装的人群里，偶尔可见一个亮点，那是出门散步的"白衣主教"的奶油色教袍。这些杰出的教育者过着丰富多彩、视野开阔的社会生活。每天晚上，剧院里都能见到身穿黑色晚礼服和绸缎马甲的显赫人物站在演出大厅的前排，倚在将乐队与观众席隔开的乐池壁板上，或者双臂抱胸，或者用戴着白手套的手将望远镜举到眼前，神态自若地寻找包厢里的熟人，感觉像路易国王的宫廷显贵们在凡尔赛宫的剧院里。态度和蔼的神父们，总能吸引到"步行街"上众人的目光，他们世俗化的行为举止，很难让人联想到戒律严格的神职人员的生活；这种自由主义的世界观，这种世俗化的、富有人味的行为举止，不仅影响到他们的教育理念，也影响到他们的社会、科学研究工作。

大主教[1]也住在中央大街路边一座精致、典雅、巴洛克风格的府邸里，不过大家很少能够目睹他的尊容。他闭门索居，从来不参加社交活动，只有在黄昏时分，他那纤弱、瘦小的身影才会在几位政法教师和教区神父的

---

[1] 指费舍尔-科波里埃·阿古什顿（1863—1925），生活俭朴，一生奉献给了贫寒阶层的教育事业。

陪同下出现在外城偏僻的街巷里。这位大主教可是一位大人物,他是许多公爵的恩师;即使他后来搬到小城市隐居,宫廷也不会忘记他。罗马和维也纳方面也听取他的建议,尊重他的意见。他不仅声名显赫,还是一位苦行者,始终远离人群,淡泊寡居,信徒们只有在重要节庆时才能看到穿戴华丽、威仪四方的他。其他时候,他活得像一个隐形人,睡在一张军营用的铁床上,就像皇帝[1]、穷人或经过严格教育的僧侣。下午,他头戴一顶造型独特的大主教礼冠上街散步;无论冬夏,他都戴手套,只要遇到孩子们,他就会停下脚步,用戴着手套的手轻轻摸摸孩子们的脸。他在贫民区荒僻的小巷里散步,有一次我偷偷跟踪了他很久,被他纤弱的外表、别致的帽子和金手杖吸引,因为没有人戴着这样的高冠在街上行走。在一个街角,他注意到我,停住脚,招手把我叫到他跟前,问了我的姓名,随后拉着我的手把我送回家,就像牵着一头迷失的羔羊。这对我来说简直是奖赏,让我感到十分骄傲,好长时间我都激动万分地逢人就讲,当然是讲给愿意听我讲的人。我说:"大主教,一位真正

---

[1] 指奥地利皇帝弗朗茨一世,即使在宫中,他也睡在一张行军床似的小铁床上。

的大主教，拉着我的手把我送回家。"出于崇拜之情，我诚心诚意地决定以后要当一名神父，并跟一位骨瘦如柴的小伙伴（他是一位军官男爵的儿子）一起用旧衬衫和破袜子缝制神职人员的行头，做弥撒祭袍、披肩和腰带。好长一段时间，我们秘密地彩排弥撒、坚振礼和洗礼仪式；我演神父，他扮辅祭，我还会用拉丁语背绝大部分的弥撒祷文。这是一个特别的游戏：我们将柴屋布置成小教堂，搭起祭台，拿祖父用过的一只脏水杯充当圣杯；我们还从安布鲁茨大婶那里买来薄饼，当辅祭用刀尖轻敲水杯的边缘，我举起盛着葡萄酒的圣杯，毛骨悚然地品着嘴里的薄饼，体验《圣经·新约》里记述的那个时刻……那并不是一出好游戏，假如让大主教知道，他肯定不会再喜欢我。

在大主教府邸的后院有一间小屋，教会的报纸就是在那里编辑的。城里总共有四份日报，大主教的报纸和两份劳动党宣传物均用匈牙利语印刷，第四份是一份历史悠久、传播更广泛的德文报纸。报社是靠党费存活，编辑换得像走马灯。在当时，大多数的外地编辑都是浪漫主义骑士，浪迹天涯的临时工，他们频繁更换城市，更换报社，当地咖啡馆的大堂主管为他们的离去感到惋惜。外地的编辑们都崇尚文学，在咖啡馆里，不打牌的时候，他们会在大理石的桌面上堆满"最现代作家"的作品。他们周游全国，就像首席歌剧女演员；他们的薪水少得可怜，必须挣外快才能维持生计，靠牌桌上的运气，或给当地团体做媒体宣传。在当时，媒体既有威望，又有权势。在靠码字谋生的穷小子们当中，有一位本地编辑极具优势，那是一个十分自负、浑身赘肉的胖子，一天到晚气喘吁吁地在城里东奔西走，领结松松地系在腊肉般的双下巴下。他总是"公务"繁忙，每隔一段时间就去一趟布达佩斯，回来后煞有介事地跟熟人透露，他在那里跟"最高层人士"商讨国家大事……市民阶层害怕媒体。企业商人、银行经理和城里的公务员都在人前虚张声势地竞相炫耀自己与媒体的良好关系，他们实际上非常害怕公众监督。"编辑先生"始终是一个注重精神境界的人，他崇拜阿迪和现代诗人，但是与此同时，他经常造访外地储蓄所的经理办公室，在那里当然不会讨论文学和诗歌，而是为了别的事情争执。人们由于害怕媒体人，所以通常收买他们。当我们家人后来听说到这些时，我已在佩斯的报业圈混了好久，他们觉得我是个落魄之人，好像我是个剪草坪的工人或是屠夫。当时，记者在外地还不属于市民社会，人们跟他们打招呼，但不请他们吃午饭。若论社会等级，记者只比地方剧社的名伶靠前一点。记者的社会和经济状况只在后来这些年有所好转，受到尊重。

"报社"大多是与印刷厂毗邻的昏暗小屋，既是仓库和出版社总部，也是纸张销售点；废纸酸腐、沉滞的气味和印刷油墨，以及令人窒息的铅粉尘雾混在一起。"主编"叼着雪茄坐在出版社总部的办公桌后，脑子里盘算着执政党的赞助或如何争取到利润不菲的国家印刷业务；编辑将佩斯的电话号码贴在隔壁的写字台上；透过玻璃门可以听到印刷机器的轰鸣声和贴报纸女孩们的歌唱声。那是一个具有魔力的地方，谁去那里都会被感染。隔壁是制版车间，橱柜里的字架上摆着蒙尘的铅字。在学生时代，有一次我悄悄溜进一家熟人开的印刷厂制版车间偷看人家工作，老巴奈科维奇负责为当地最大的一家报纸排版。有一天他跟我说："还缺个头条，年轻人；让他赶紧写点什么。"我去了编辑室，可屋子里没人（编辑在什么地方打牌呢），我坐到一张桌子旁，想出几句奇言怪语，开始咬着笔杆写了篇文章，抨击腐败、专断的城市管理。巴奈科维奇读了文章，大为赞赏，立即开始动手排版。我兴奋地在城里转了一整天，感觉在我身上发生了什么不可救药的事。那年我十四岁。

夏季的那几个月，有钱人家都到城外度假，住在班库山或切尔梅伊山上的避暑山庄。烧木柴驱动、像咖啡研磨机般嘎嘎作响的小火车从6月1日起每天运营，一直驶到切尔梅伊泉边那家名叫"羔羊"的小酒馆。陡峭的盘山路从那里开始，穿过蘑菇味的野林通向山顶，通向班库的温泉度假村。那是一片原始森林，城市的领地，茂密幽邃的处女地。晴天时，从那块名叫"欧蒂莉亚"的林间空地举目眺望，可以看到国境上的峰峦。森林里到处都是野山莓、清冽的泉水、贵重的蘑菇、刺柏和蓝莓。那是"真正的"森林，以后我再没见过能够与之比拟的地方；无论法国还是英国的森林，都无法跟我童年时代的避暑地相比。那片森林无边无际，站在名叫"赫拉多瓦"的林间空地，我可以俯瞰山谷和美丽的小村庄，那是一幅清爽、多彩、宁静的风景画，那里的气候、味道、香气不同于我后来到过的国内任何一个地方。对我来说，从"欧蒂莉亚"或"赫拉多瓦"眺望到的土地才是我真正的"祖国"，与其他陌生的州郡相比，这里更真实、更内在。从山顶开始,是一片无边无际的松树林,松涛和寂静总响在我耳畔,就像一个生长在海边的人,即使住在大城市里,也永远能听到浪涛声。战争的第一天,暴风雨席卷大地;狂风吹走了我童年时代的大森林,吹走了与之相关、值得留恋的一切。

当一部分城市家庭在这里修建避暑别墅,或在乡村旅店租下鼠臊味的、长满厚厚苔藓的客房时,班库和赫拉多瓦的山林还很茂密,充满原始的美。第一栋装饰繁复的猎屋式别墅建在林间公路旁,主人是我的一位年迈的阿姨[1];她患病三十年,卧床不起,在病榻上万无疏漏地操持家务,掌管财产。每年初夏,家人都把她送到这儿"呼吸新鲜空气"。当然,她从来不会离开避暑小屋的潮湿的房间,窗户用布条封得死死的,屋里的空气令人窒息,她躺在用枕头和鸭绒被垫得很高的床铺上,躺在金丝雀、铜壶、篮子和钩针织物中间,向来访者夸奖新鲜空气的好处。待在房间里的客人则因堆放的杂物、病人的体味和空气缺氧而感到窒息,可是阿姨始终没有注意到这点,每年都要出来"换换空气"。不管怎样,

---

[1] 指作者母亲的教母克拉夫特·奥拉尤什夫人(1839—1919)。

这肯定对她还是有好处的,因为她确实活到很老。在山上,人们过着享受、平和的温泉度假生活,因为那时的市民们还不时兴去远方疗养,除非病了。晚上,马车从城里拉来丈夫们和第二天的食品。旅馆饭堂的餐桌上,防风罩护着蜡烛的柔光,这里有吉卜赛人演奏,在市民的田园生活中弥漫着某种不真实的和平气息。有钱人世世代代彼此依存,其生活方式的内在品质确定了家庭之间交往的基调。谁想去陌生的地方泡温泉呢?谁乐意去未知的世界呢?有一次,我跟父母还真去了国外泡温泉,在东海岸附近,我们带去了新采摘的葡萄,还有我才出生几个月的弟弟;母亲担心婴儿受不了旅途的颠簸,在火车车厢内的门窗之间支起一张吊床。这个发明的结果是,旅客们要绕开我们的车厢,更倒霉的是,从我们住的城市开到柏林,睡在吊床里的弟弟居然得了脑震荡,结果我们在柏林什么也没看,只看了医生和一间旅馆客房。也许这是我们后来再也不去国外避暑的另一个原因。我们也到班库避暑,在林边租下一栋别墅,在这里度过生命中或许最平静、最无忧的一段日子。一天里发生的重大事件,就是晚上有一户城里人驾驶自家的小汽车到来(或许那不仅是城里,也是全国的第一辆,唯一的一辆小汽车），车身漆成蓝精灵的颜色，开得很慢，不停地鸣笛，在小孩子们的帮助下像蜗牛一样爬上班库山的陡坡，在那里，度假的人们正兴奋地恭候。铁工厂老板弗雷舍尔先生[1]的汽车总是停在旅馆门前，为度假村增添了庄重的色彩；我们这些孩子们，每天都汗流浃背、激动万分地将这新时代的庞然大物推到那里。在晚上六点左右，我们站在山下等候。铁工厂老板坐在驾驶室里，点着一支烟，态度和蔼地招招手，喜形于色、得意扬扬地鸣几声笛，朝等在那里的孩子们喊道："过来推吧，帮帮车轮的忙！"行至半途，我们在魔鬼沟遇到一位老律师贝日拉先生[2]，他可能是城里最年长的人之一。他厌倦了律师的行当，在他办公室的写字台上方，挂着一块用红丝线绣的牌子，上面写着："我不收支票！"他整日在山林里捕蝴蝶。老先生自己也变成了一个孩子，帮助我们推汽车。就这样，我们在太阳落山时抵达度假村，累得筋疲力尽，却心满意足。我们用自己的方式与时俱进，尽管有点古怪。

---

1 弗雷舍尔先生，即弗雷舍尔·卡尔曼（1863—1925），铁工厂和机械厂老板，他的两个女儿在班库山上有度假别墅。
2 贝日拉先生，即贝日拉·夏穆（1843—1932），律师。

12

从班库山的一个眺望台，可以俯瞰到处是钟楼、屋顶和窄巷的城市；这里有两座"贵族墓园"，罗西利亚和卡瓦利亚，在那里安息的都是富裕人家，建有气派的灵堂，不像葬在平民公墓千坟一面的墓室内的无产者或犹太人。罗西利亚是名人、商贾、当地大家族、缙绅和世袭贵族的墓园；在弥漫着麝香草、木樨草香气的卡瓦利亚墓园里，长眠着有钱的乡绅大户。在城市不大的地盘上，挤满了小街和小市场，它们之所以非常狭小，是因为建在曾经的城堡和防御工事里；在指向天空的屋顶之上，在密密麻麻的建筑群中央，在像是用圆规标出的中心位置，尚未完工的大教堂钟楼兀然耸立。这座有六百年历史的教区大教堂卓尔不群地矗立在城市上空，像是几百年来围绕它涌流的一切生命与思想的核心：仿佛穿越了时光和时代，维持着城市的平衡，犹如物化的思想，远远就可以看到它在日常的喧嚣、混乱和城市噪声中昂首站立。矗立在城市上空的瞭望塔高达五十三米，监视火灾的发生，守卫城市的和平。在大教堂隔壁，从五十米高的欧尔班钟楼传出深沉、庄重的钟声,早在拉库茨[1]时代,它就宣告着喜庆、苦难与死亡。这座三廊式、彩色陶砖镶顶、高大鎏金的大教堂,凌驾于小城之上。

每当我从教堂门前走过,都会感到脊背发凉。在教堂里,昏暗的光线下总在举行弥撒,总会有谁在哪个祭坛上高声说话。"当我从大教堂的门前走过,心里会充满什么样的感觉?"——我们有一位匈牙利语老师,每年都给我们出这个他最钟爱的作文题,我每年都这样回答:站在大教堂门前,我心里充满了"升华感"。大教堂,这个博大、崇高的思想化身,多少会让这座城市诚惶诚恐。它太磅礴、太辉煌、太神秘了,朦胧而崇高,让人无法适应,无法思考,它神气、傲慢地居住在城市上空。在教堂的一座地宫里,拉库茨的骨灰保存在一口硕大的大理石棺椁里。石棺周围摆满了月桂叶花环和各种旗帜,上面刻着:为了自由。每当我随学校郊游或虔诚拜谒,只要看到在破旧旗子上绣的这个词,都会感到非常震撼。那种感受十分特别,就像一行慷慨激昂、惊天动地的伟

---

[1] 指拉库茨·费伦茨二世(1676—1735),曾领导匈牙利人反对哈布斯堡王朝统治的艾尔代伊(特兰西瓦尼亚)大公。1906年10月29日,他的遗骨被隆重地安葬在大教堂的地宫内。

大诗句，每每咏读，都会让人感到脊背发凉。当我读到这个词时，我并不知道它确切的含义；或许并不是出于口号中常喊的"为了祖国"和"热爱祖国"，而是仅仅由于那个词的含义本身：自由。每当我从大教堂门前走过，这个词都像一句含混的暗号在我脑际响起，或许为了它，活着才有意义。

第二章

1

大多数的婚姻都不美满。夫妻俩都不曾预想到,随着时间的推移,有什么会将他们分裂成对立的两派。他们永远不会知道,破坏他们共同生活的潜在敌人,并不是性生活的冷却,而是再简单不过的阶层嫉恨。几十年来,他们在无聊、世俗的冰河上流浪,相互嫉恨,就因为其中一方的身份优越,受到过良好的教育,姿态优雅地攥刀执叉,或是脑袋里有某种来自童年时代的矫情、错乱的思维。当夫妻间的情感关系变得松懈之后,很快,阶层争斗便开始在两个人之间酝酿并爆发,尽管他们在同一张床铺上睡觉,在同一只盘子里吃饭,可许多时候连他们自己都不能理解:在他们之间表面看来并无矛盾,似乎一切正常，为什么会在背地里如此不诚实地彼此嫉恨？对于另一个阶层，他们憎恨，蔑视，或忌妒。假如男人的出身"比较高贵"，女人自然会乐意展示自己阳光的一面，在全世界人面前粉墨登场，试图有尊严、有魅力地跻身丈夫所属的那个更上层的社会舞台；但是回到家里，在大床上，在餐桌旁，她们则会为自己遭受的某种内心伤害而毫不妥协地报复对方。一方的列祖列宗所享有的尊严及世代积累的财富不会伤害另一方的阶层情感，这样的婚姻凤毛麟角，打一个比方，社会地位较高的一方总会时不时地跟对方说，"在我们家这样"或"在我们家那样"。家庭里始终存在着阶层争斗。

这种阶层争斗在我们家里也进行着。从来没有谁知道这个，也从来没有人谈论这个。我母亲的父母和祖父母，都是所谓的"普通人"；她的祖父是磨坊主，她父亲则是一位木匠。后来，由于她父亲生意红火，作坊扩大，并且雇用了许多伙计，所以家里人称他为"工厂主"；晚年时他成为企业家，自己不再拿着凿子、刨子在车间里工作，只是签收订单，分派任务。不过他这种地位提升，对我们来说帮助不大，因为在他身上永远沾着手工劳动者的"低贱"。当着外人的面，我们当然承认他，承认有这位谦卑的长辈，他用"自己的力量"获得成功，成为工厂主，不需要自己劳作，只管接收订单。然而我父亲的家人，包括我们这些孩子，都更希望我的外祖父一辈子都是月薪只有三十福林的市政府公务员、临时雇员或好吃懒做的州政府秘书。小时候，我们为外祖父曾跟胶水、木锯、刨子打过交道而倍感羞惭。当着小伙伴和学校同学的面，我从来不提这位身为工厂主的外祖父。我希望那段历史能被时光掩埋，即便我不得不提起"工厂主"的事，也会不好意思地垂下眼帘。有一些熟人，他们用格外钦佩的语调谈论我的外祖父，讲述他为人谦逊、有自知之明的良好品性，他们使用的语气仿佛在说：劳动不是一件耻辱的事。唉，怎么会不是？！我们之所以认这位外祖父，只是由于我们别无选择。其实，他很早以前就去世了，我们这些孩子从来没有见过他，他善解人意地消失在不幸的死亡里，去世那年，他只有四十七岁。即便如此，我还是觉得他给家人带来了耻辱，但我并不清楚这到底给谁带来了耻辱。是给我父亲的家族或孩子们，还是给我？我父亲总是用敬重、赞许的语调谈论我母亲的家族；但是孩子们的耳朵非常敏感，我们从敬重和赞许中听出某种不由自主的礼貌和相当饱满的骑士风度。很有可能，即便我的外祖父是一位养犬者，父亲也会接受他；或者用同样的礼貌和骑士风度接受跟我母亲相关的一切。但是，阶层争斗仍旧以含蓄的方式、用骑士的武器进行着。我们这些孩子已经带有偏见、有意识地排斥我母亲的家族。我们从来不谈论它。直到上了大学，我才摆脱掉这种盲目、懦弱、虚假的恐慌，开始对我母亲的家族产生兴趣，开始意识到我跟那个家族的直接关联，感到自己确实是我母亲的儿子。

生命在懵懂中悄然流逝，说不出口的话语、我们当时的举止、沉默与恐惧，这些就是生命，真实的生命。就跟每个生命的自身平衡一样，家庭的平衡也十分脆弱。我认为，我们家人之间既不比大多数家庭中的成员们爱得更多，也没有恨得更少。犹太人家庭不是这样，基督教家庭很难理解犹太人家庭中那种有意识的相互依赖。在犹太人眼里，家庭至上，之后才是家庭成员；在基督教家庭里，每个人将自我排在首位，有多余的情感才分给别人，时多时少，包括分给家庭。犹太人为家庭活着，基督徒靠家庭活着。也许存在少数的例外，不过绝大多数情况都是这样。当然，"我们家人彼此相爱"。父母对孩子们温情脉脉，倾注心血养育我们，父亲的态度非常和蔼，总能满足我们的一切愿望。但是即便如此，我们家有时仍分为两派，母亲一派，父亲一派。我们就像圭尔夫党人和吉柏林党人[1]那样相互斗争。为什么呢？因为某种情感伤害、反应敏感、防卫意识的过度激亢潜移默化地作用到我母亲那派的家族成员身上，正是那些从未摆到桌面上谈论的问题所造成的紧张，影响到我们的家庭气氛，比方说，我们因为一把衣服刷争吵，背后实际另有缘由。这种无关大局的革命，在每个家庭里都会发生，有的发生在7月14日，有的则在热月里[2]。

2

我走在亡人中间，必须小声说话。亡人当中，有几位对我来说已经死了，其他人则活在我的言行举止和头脑里，无论我抽烟、做爱，还是品尝某种食物，都受到他们的操控。他们人数众多。一个人待在人群里，很长时间都自觉孤独；有一天，他来到亡人中间，感受到他们随时随地、善解人意的在场。他们不打搅任何人。我

---

1 圭尔夫党和吉柏林党，是12至14世纪活跃在意大利的两个敌对的党派。
2 指1789年法国大革命的开始和1794年恐怖统治的产生。

长很大，才开始跟我母亲的家族保持亲戚关系，终于有一天，我谈论起他们，听到他们的声音；当我向他们举杯致意，我清楚地看到他们的举止。"个性"，是人们从亡人那里获得的一种相当有限、很少能够自行添加的遗产。那些我从未见过面的人，他们还活着，他们在焦虑，在创作，在渴望，在为我担心。我的面孔是我外祖父的翻版，我的手是从我父亲家族那里继承的，我的性格则是承继我母亲那支的某位亲戚的。在某个特定的时刻，假如有谁侮辱我，或者我必须迅速做出某种决定，我所想的和我所说的，很可能跟七十年前我的外祖父在摩拉维亚地区的磨坊里所想的一模一样。

外祖父留给我的遗物很少，总共只有一张老照片和一只啤酒杯。啤酒杯上烫印了一幅外祖父的肖像。啤酒杯和照片上的外祖父是一个蓄着络腮胡须、额头很高、脸庞虚胖的汉子，他的嘴长得很敏感，肥厚的下唇向下撇着。他身穿一件盘扣式的匈牙利民族上装正襟端坐，下身却穿着西裤和短靴。他性格乐观，整日忙碌，结过两次婚，总共生了六个孩子。他挣钱很多，但是从来没有学过财会，兜儿里揣着账本和支票，四十七岁去世时，留下一屁股债务和一大笔乱账。但是在外祖父的老宅里，大家活得非常开心。家里住了一大群人，伙计和学徒们也住在那儿，午餐的时候，经常二十来人围坐在餐桌旁。

进门后的右边是"样品间"，里面堆满了新家具。当地许多人都买外祖父的家具，埃格尔[1]大主教的几个沙龙也是请他布置的，那些刻有"R. J."标记的桌子和扶手椅至今仍摆在大主教的客厅里。外祖父的家宅和作坊占地面积很大。的确，在他的"木工厂"里，已经使用机器和车床进行工作，但是外祖父始终在外套口袋里记账，用铅笔随手将收支记在凌乱的纸片上，过一段时间，纸片就会丢掉。这位手工匠总是到处"流浪"，他在国外的流浪岁月应该归在未婚的独身时光内。拉丁人几十年都不离开自己的城市，那些出国的人，多少会被看成是冒险家。大世界的缤纷色彩和混乱秩序，只有这位手工匠和那些在奥匈帝国境内被派东派西的现役军官们才知晓。外祖父去过捷克和德国，当了师傅后，三天两头去维也纳采购，学到了现代工艺的新诀窍。总之，他要比当地那些拉丁式的乡下人更了解世界。他生性热情、冲动、不安、幽默，喜欢饕餮大餐，特别能喝啤酒，而且很容

---

[1] 埃格尔是位于匈牙利东北部的一座城市。

易讨女人欢心。当听到院门外有个年轻的流浪汉用德语唱"一位穷困潦倒的旅人……"时，外祖父就会透过玻璃门用德语喊，"谁要穷困潦倒，就不要旅行"；但是随后，他会将流浪汉请进屋里热情款待。他的三个儿子都在一流的学校读书，一个考上军校，另外两个读中学；他的女儿们也都读书识字，只有我母亲在我外祖父去世后才从女子师范学校毕业。

这就是我知道的关于外祖父的一切；我从来没有见过他，他在我出生前二十年就去世了。他的肖像挂在我房间的墙上，我长得简直太像他了。我的脸也是充满渴望，虚胖，敏感的嘴角向下撇着，长了一副络腮胡子，我跟这个从相框里望着我的陌生人就像从一个模子里刻出来的。我爱流浪的秉性、我的敏感、我斯拉夫人的躁动不安和开朗快乐，都是从他那里继承的。这个陌生人继续在我身上固执地活着。也许，一个人从他祖先那里继承的不仅是身体特征；就像我，不仅长着他的嘴、他的额头、他的眼睛和他的头型，在我身上还可以看到他的动作、他的笑意、他的好色倾向，还有某种潇洒和玩世不恭。我也喜欢将记录我生活和事务的账本揣在兜儿里。不过，我祖父也同样活在我身上，他更简朴、更严肃、更和善，他也死得很早，我从来没有见过他。我必须跟这些陌生人一起共同生活，并在自己身上痛苦摸索着雕刻出他们，可是他们很少允许我开口。比方说，我的外祖父是小城市里的福斯塔夫[1]，他是当地有名的、心性快乐的啤酒友和酒桌上的领袖。我工作的方式也是从他那里继承的。我喜欢用手工艺者的方式抱怨自己所担负的任务，喜欢体力劳动者的身体节奏，喜欢在无足轻重的日用品上不遗余力地雕琢打磨。应该感谢他，是他使我成了一位相当不错的手艺人。有时候，外祖父会跟祖父打架，假如外祖父更强势，那么我至少半年都会兴高采烈，在我的工作和生活中充满了某种欢愉与轻松。每逢这种时候，我身上的流浪倾向就会突然爆发，既无计划又没目标地出游几个月，不管给家里和作坊留下什么样的烂摊子。

我外祖母出嫁那年只有十六岁。女人脸上罩着轻柔的面纱。我外祖母跟外祖父一起只生活了四年，先是生

---

[1] 福斯塔夫是莎士比亚戏剧《亨利四世》中的戏剧人物。他是王子放浪形骸的酒友，既吹牛撒谎又幽默乐观，既无道德荣誉观念又无坏心。他是一个没落贵族，好酒贪杯，纵情声色。他是军人，却缺少骑士的荣誉感和勇敢精神，没有新兴市民阶级的进取心。他愉快乐观，重自我享受，利用拍马、吹牛、逗笑、取笑来谋取生活。

下我母亲，后来还怀过一个孩子，不幸的是，第二个孩子死于新生儿高热惊厥。家里没有人提这件事。孩子的名字我也是很偶然才知道的，有一回，我母亲一不小心说漏了嘴。叶兰菲是个女孩。家族里面，不管是我外祖母亲生的孩子，还是她非亲生的后代，都对跟外祖母有关的记忆保持沉默。外祖母只留下一张照片，一张手工上色的照片，照片上是一副美丽忧伤的女性面孔，与其说是少妇，不如说是女孩。即便她有什么秘密，全家人也都守口如瓶。非亲生的孩子们不乐意提她；我母亲对她也记忆寥寥。外祖母是一个孤儿，由一位年长的女亲戚拉扯大。我猜，她那位亲戚挺穷的。我外祖父四十多岁时，带着他跟自己前妻生的五个孩子，又娶了一个年轻女孩。女孩茫然无措地在那幢大房子里走来走去，感觉像是被收养的第六个孩子。听家里人说，她从来不笑，一脸严肃地坐在长餐桌旁，坐在外祖父的右手边，在家里像一个陌生人。外祖父是个乐观开朗、说话幽默的男人，他讲的故事不管谁听了都会感到有趣。偶尔，连那位忧伤的妇人都会禁不住发笑，这种时候，她会从桌边站起，用手帕捂着嘴，"临时到隔壁房间笑一会儿"。她不好意思笑……这里有什么秘密吗？她觉得我母亲（她的第一个孩子）长得很丑，并且为这个丑孩子感到羞愧，以至于连看她都不敢看，喂奶的时候，总用一块手帕遮住孩子的脸。我母亲知道这个，还是从她同父异母的姐姐嘴里听来的。这个少言寡语、落寞忧伤、很可能有心理疾患的女人在那个家里总共仅生活了四年。不管怎么讲，她对我的生活也有所影响。我身上的绝大部分恐惧都来源于她。很可能这个女人因为要在与自己同龄的成年孩子们面前扮演妻子的角色而感到羞窘，她不好意思在一个前任女主人的孩子们极力维护死者威信与记忆的家庭里流露母爱。很可能她做的一切都有过失，都不完美，都很蹩脚，内心的惊恐导致了她歇斯底里的自卫，因此当外祖父讲笑话时，她要跑到另一个房间里去笑，因此她总是沉默不语，因此她觉得自己的孩子"奇丑无比"，大概她试图用这种谦卑来接受已亡女主人的记忆和那些欺负人的孩子们。我一旦害怕，一旦疯狂，这位陌生妇人就会在我的心里开口絮叨。其实我连她姓什么都不清楚；从来没人当着我们的面提过她的名字。每当应该提起她的时刻，家里人就像天文星相，突然消失在茫茫的寰宇里。她给人留下的都是不好的记忆，所有认识她的人，谈到她时都会眼帘低垂。相片上的她穿着绣花坎肩,白皙、纤细的脖颈上戴着一个串在一条黑线绳上的银十字架。在她衬衫的领口上,绣着精致的铃兰花束。她的眼睛聪颖、清澈、伤感,简直像是玻璃做的。这两个人在我身上继续活着。

3

自从我那位天性乐观、放浪不羁的外祖父去世之后,家里穷得没剩下一块铜板。我母亲当时还是个孩子。她的两个同父异母的姐姐已经出嫁,一个嫁给了当地家境优裕的政府官员[1],另一个嫁给了一位维也纳画家[2]。留在家乡的那位姐姐收留了我母亲,并且"抚养"了她。那是一个既很冷酷,又很有激情的女人;家里的人都很怕她,就像害怕一个穿裙子的撒旦。他们过着富裕的贵族生活,买了一栋大房子。这位同父异母的姐姐对我母亲的态度很糟糕,糟得出乎想象。她会拎着鞭子走来走去,见谁

---

1 拉特克夫斯基·伊尔玛是作者母亲的同父异母姐姐之一,嫁给了当地储蓄银行经理斯塔德·山多尔(1839—1907),即后来提到的"山多尔叔叔"。
2 指拉特克夫斯基·茹若,1885年嫁给了奥地利画家弗朗茨·维森塔尔(1856—1938)。

抽谁，抽我母亲，抽她的孩子们，有时候还抽打她的丈夫。她丈夫是一个少言寡语、性情柔弱的男人，在那个家里，其他人仿佛都不存在，只有女主人的意志。这个可怜的女人总是怀揣巨大的怒火；在我的记忆里她像是一个邪恶的女魔。她的愤怒像瘟疫一般在周遭蔓延，她狂躁的嘴里总是吐沫四溅，在她肥胖、矮小、暴躁的身体里，痛苦的愤怒总是噼啪地燃烧。"伊尔玛稍微有一点躁狂症！"家里人全都这么说她。有些人认为她患有精神病，还有些人认为她就是一个具有破坏倾向、品性邪恶的坏女人。如果她患有"虐待狂症"，就不能简单地归为生性邪恶和冷酷无情，那她只是一个病人而已。

莫非一个人需要这样遥远地寻找生活不幸的根须或痛苦的幼芽？看起来确实能追溯到很远。由于伊尔玛病态的倾向，我不得不一辈子承受痛苦。女人就像一个复仇天使，从黎明到黄昏都在楼房的底层徘徊，游荡，楼里的邻居们也都很怕她。其中包括一位老军官[1]，他在自己的戎武生涯中一级级地晋升，最高也只获得了少校军衔，他是我们家忠实的朋友之一。他是奥地利人，始终没能

---

[1] 指瓦格纳·亨利克（1858—1906），皇家和王家炮兵队队长。

完美地学好匈牙利语。亨利克是他的教名,为了纪念他,我也得到了亨利克这个名字[1],在我看来这是许多名字中听起来最有文学色彩的一个,像小说里的人物。这位马其顿裔的军人穿着得体,举止优雅,故意带着军营式严肃,本性亲切自然,温和内向,是军旅中单身大兵的榜样,就像《飞叶》[2]里刻画的那位"看上去严肃、骨子里温柔的上校父亲",只要听到伊尔玛令人不悦的嗓音在庭院里回荡,他就会战战兢兢地躲进兵营或啤酒屋里。无论女佣、楼长,还是客人们,所有人都会在这个愤怒灵魂的或长或短的暴风雨中缩成一团,瑟瑟发抖。少校对我们一家忠诚耿耿,全心全意地喜爱,即便家中的气氛有时很恶劣,但他仍能有"找到家"的感觉;他是伊尔玛的丈夫——脾性温顺的山多尔叔叔最信赖的朋友,在白天里的任何时候都敢来到我家串门,闯进这座遭围攻的城堡,炸弹、手榴弹横飞乱炸,集中火力射击对城里的居民们来说感觉已是休息……伊尔玛将少校也踩在拖鞋底下,尽管——无论作为女人,还是从情感角度——她

---

1 作者的全名是格罗施密德·马洛伊·亨利克·卡洛伊。
2 《飞叶》是1845—1944年在慕尼黑出版的一份德国著名的幽默与讽刺周刊。

都没有权利这样做；如果他多喝一杯，她都会立即夺过酒杯，晚上十一点钟一过，她会马上撵他回家；假如第二天她得知少校昨晚去了咖啡馆，她会一整天都不搭理他。这位忠诚的战士对伊尔玛的畏惧，至少跟家里的孩子们一样，就像她的丈夫山多尔和其他所有的近亲和远亲；外人对伊尔玛的暴虐统治也栗栗危惧，毫无疑问，她那副蛮横无理、恶语伤人的性格无可遏制地威胁到所有出现在家庭帝国边缘的人。让人同情的是，这位善良、真诚的"家庭好友"，这位软弱、无助的老军官误入了这座可怕的地狱，在这栋楼的庭院的一个角落，租下了一套底层公寓，从那之后他和我的家人一样，许多年都逃不出伊尔玛的恐怖阴影，摆脱不掉这奇特、可悲的厄运。

晚饭之后，两个老人——山多尔和亨利克掏出藏在桌子底下的长颈瓶喝葡萄酒，我们所有人都为他俩打掩护。伊尔玛只要走到他们跟前，都会没完没了地"训教"他们。城里的商人们也都很怕她，因为她让他们吃过腐烂或没味儿的食品，会逼迫他们当着她的面尝尝她前一天从他们商店里买回的变质奶酪……她一视同仁地"抚养"我母亲和她的女儿们，换句话说，她用同样"公平"的严酷对待我母亲，就像对待自己亲生的孩子。"我替你妈妈当你的妈妈！"有时她会这样喊道；当然，她把她当作一个小女佣使唤，让她伺候孩子们，只是不付薪酬。她经常殴打我的母亲；有一次，她用一根芦苇棒在我母亲的额头上抽出一道伤口，那时我母亲还是个小姑娘；那条又细又长的白色疤痕永远地留在我母亲脸上，当她生气时，那个白色印迹会突然在额头变得闪亮，十分显眼。伊尔玛是家庭的灾难。我父亲，作为求婚者出现在我家，对我母亲来说就像童话中英雄救美的王子。也许伊尔玛唯一感到有些惧怕的人，是我父亲。当我父亲将伊尔玛赶出家门时，我父母还是年轻夫妇，许多年过后他们还是和解了。没错，后来的情况是这样：伊尔玛经常坐在我们家里，她的丈夫去世了，她的孩子们也离开了考绍，我们负责照料她，她在我们家用餐，我母亲帮她解决所有的生活所需。我们这些孩子称她作"外祖母"——而且我们很讨厌她。也许这位可怜的妇人根本就不值得我们这样地讨厌，她是一个不幸而痛苦的灵魂，她为了在很久以前受到的痛苦伤害而报复我们所有的人。但是这件事我只是在很多年以后才偶然知道的，那时她已经死去多年。她并不是真正的"外祖母"，她只是借用了这个头衔，出于我们的礼貌和宽宏，因为她"抚养了"我的母亲。要知道，我们是多么地憎恨这个招人讨厌、装腔作势的外祖母！每个星期天她都在我们家用午餐，总穿着一袭黑衣登门，脖子上和耳朵上都佩戴着黑色珠宝，刚到清晨，家里就充满了紧张的氛围，女佣们仔细地打扫卫生，女厨师紧张地做饭，孩子们洗澡，梳头，并精心打扮。"外祖母"悄然而至，显得拘谨，垂着眼帘，直到午餐结束都不太讲话，所有人全都围着她转，她则扮演"穷亲戚"的角色，善良的寡妇，她当然不敢挑剔孩子们的言行，不敢抱怨午餐和烤蛋糕的方式，她已经戒掉了奢华、富有的习惯……就像一位被流放的王后，身穿黑衣、态度庄重、一声不响地坐在餐桌旁，完全一副外祖母的装束，肥胖的肩膀上披着黑色的丝绸围巾，只是她的目光迅速地从一张脸扫到另一张脸，留意到一切，不同的情绪、紧张的气氛、在所有家庭聚会时都在所难免暴露出的各种细小矛盾，不时带着讥讽的微笑低头看着盘子。伊尔玛的守寡阶段，她统治的黄昏持续了长长几十年，所有人都从她身边逃离，她的丈夫逃进了坟墓，她的孩子们逃到其他城市，朋友们也都避开了，只有我们咬着牙忍受她，有时也会公开反叛，无奈地接受，像接受宿命。在星期日午餐结束的时候，当女佣拿来她的黑外套,她开口道别。这种时候,她总能说出一些令人出乎意料的奇妙句子,那些话像毒药似的注射进我们的身体,那折磨人的毒力足以让我们整整痛苦一周。每隔一段时间,我们需要正式地前去探望:这种时候,她完全是一个"可怜的寡妇",勉强能靠自己微薄的收入维持生存(她不仅得到退休金,孩子们也出手大方地接济她,我们也帮助她解决所有的日常所需,但是即便这样,她依然还是经常在冰冷的房间里接待我们,或调小煤气灯的火苗,因为她"付不起取暖费和照明费")——她动用自己的所有想象力,换着花样向我们展示一位可怜寡妇的生活是多么的贫寒与孤独,让我们满怀内疚和不安回到家,考虑怎么才能帮助她减轻命运的折磨。

她活了很久,在我的记忆里,她像一位阴郁的守护神始终凌驾于我的童年时代之上,家族戏剧和各种误解的愤怒女神,穿着蕾丝的黑衣,散发着薰衣草的香气。终于有一天,这片阴云也终于从我们家的头顶飘走,我们将伊尔玛安葬到山多尔叔叔身边,毫无疑问,他们会在那里继续他们永恒的争吵。但是在她去世了几十年后,在一次晚餐后饮酒交谈的氛围中,一位家族的远亲,一位八十多岁、牙已经掉光的老先生偶然向我讲起，他在年轻的时候曾与伊尔玛爱得死去活来，但最终没能娶到她，因为他们两家都很穷。这段平庸的浪漫史震撼了我，"她有过一段惊天动地的爱情！"没牙的老人喃喃自语，用颤抖的手指着墙上的一幅油画肖像，那上面画的是十八岁的伊尔玛：活泼开朗的面容，是一位娇美的年轻姑娘，继承了外祖父敏感的嘴唇，眼睛里闪烁着激情的光芒。这位年迈的老人，或许是唯一的一个真正爱过伊尔玛的人，他讲述了一部长篇小说，最触动人心的情节就是，两个年轻人最终没能生活在一起……很有可能，正是这段失落的爱情在伊尔玛的头脑里燃起了复仇之火，一生都将怨恨报复在自己的丈夫和孩子们身上。在我身上也报复了一点。

4

那个名叫耶诺[1]的男孩，是我母亲最年长的哥哥，他一心想当音乐家，但是只加入了军乐队，由于失意，他

---

[1] 耶诺，即拉特克夫斯基·耶诺（1867—？），作者母亲同父异母的哥哥，据作者所知，耶诺服役期间在克罗地亚的普拉自杀，普拉曾是奥匈帝国海军最大的军港。

在普拉服役期间饮弹自杀。他的音乐爱好犹如咒语,始终困扰着这个家族。大多数家庭成员都秉承了先人的艺术天赋。伊尔玛的一个女儿学习绘画,另一个学习唱歌。我母亲同样有艺术才华,走火入魔地迷恋音乐。她的另一位同父异母的姐姐远嫁到维也纳,将音乐天才传给了她的孩子们,那位姐姐有六个女儿,其中有一位至今仍是世界知名的舞蹈家;其他人不是靠着音乐谋生,就是为了音乐活着,有的作曲,有的教学,有的演奏。音乐是生活的顶级元素,人们逃遁其中,音乐强迫我们和后代们追随它步入高尚的帝国,听从内心的意愿。在童年时代,我听过并且学过音乐,曾想当一名职业音乐家。或许正因如此,我才听音不准。小时候我听音乐听腻了,以至于长大后我下意识地逃离了音乐帝国,尽管有的时候我对自己失去的东西惋惜不舍,但是出于羞恼和焦虑,我依旧远离了各种音乐。有一次在巴黎,我偶然听了一场交响音乐会;当音乐响起,我感到一股荒诞可笑、无法排解的烦躁不安,最终我不得不中途退场……我始终不能理解那位由于未能当上音乐家而开枪自杀的耶诺舅舅。在我看来,音乐是一种惩罚,指法训练时,每当我用错误的指法敲击琴键,母亲就攥着一根藤鞭坐在我身边敲我的指甲。直到今天，我一听到音乐——毕竟我还是想听，就像一个想家的流亡者——就会在心里自说自话：你看啊，其实并不那么疼。

一个儿子开枪自杀，因为没当成音乐家；另一个儿子中学肄业，因为想干屠夫这一行。这个家庭真的很奇特。耶诺的弟弟德热[1]，已经上到了六年级，但是脑袋一热，向我外祖父表示，他必须放弃人文科学，因为除了屠宰行业，他什么都不想干。外祖父是个严肃、公正的人，他叹了口气，第一次说他需要些时间想一想。经过一段时间的考虑和权衡，外祖父把德热叫到身边，语重心长地聊了许久，之后狠狠地揍了他一顿。在当时，打孩子是一种普遍接受的教育手段，扇耳光就跟祈祷或勤奋工作一样，属于日常性的工作范畴。第一次打孩子，并没有什么特殊目的或日常意义，父母和老师大打出手只是出于演练，只是遵循传统。打完之后，外祖父说，这件事他已经想通了，德热选择自己的职业没什么错。十六岁那年，德热揣着六年级的肄业证书很快去了布达佩斯，在一家屠宰场当学徒。

---

[1] 德热，即拉特克夫斯基·德热（1870—1930），作者母亲的另一位同父异母哥哥。

我跟这个不安分的怪人只见过两面。家里人提到他时都压低嗓音，仿佛在谈一个疯子。在我看来，这个孩子很健康，是个稀有之人，他不仅敢于而且知道怎样按照自己的意愿活着。试想，假如德热当时没有"脑瓜一热"地异想天开，而是读完中学，拿到毕业证书，然后当一名公务员，徘徊于对他来说不仅陌生而且反感的阶层里干他不喜欢的职业，那将会多么可悲可怜！也许德热会变成一个具有病态倾向的危险分子！幸好，德热顺其自然地成了一个简单、勤劳、知足的人，他按时成家，开办商店，把几个女儿拉扯成人，等到自己命数将尽，带着基督徒的平静和谦逊安然辞世；不管怎样，德热都跟家族里其他的男性成员一样继续活着。当然，那些试图融入上流社会、渴望社会名声的家人永远不会理解德热的逃跑。"工厂主"的儿子，眼前是通向上层社会的阳关大道，可以靠名衔和学位跻身贵族行列，可是现在，他不仅还要靠手艺过活，而且跟屠夫一样满手血腥。谁会理解这个呢？或许，德热对"贵族阶层"有一点恐惧。他抱着手工艺者的傲慢做出这个决定，逃离那个让他感到陌生、充满繁规琐矩的另一个世界。的确，假如他无论如何都想当一名手工匠，也完全可以接过我外祖父的木工作坊。但是,屠夫这个职业,对他来说有着更特别的吸引力。如果真有"使命"一说,那么毫无疑问,德热是一位天生的屠夫。童年时代,他就跟弟弟和学徒们一起玩"屠宰"游戏。听我母亲讲,德热将楼里的孩子们召集到庭院内的一个角落,让他们脱光衣服,在他们的背上和屁股上撒上盐,然后用一把从厨房里偷来的大宰刀将受难者凌迟碎剐。孩子们就像受惊的羔羊,忍受着这出古怪的游戏。这个游戏每个月都会上演一次。结婚时,德热已经当上了屠夫,他从婚礼现场拔腿溜走,撇下喜宴上的客人们,穿着燕尾服,戴着圆顶礼帽,跳上马车,直奔屠宰场。他脱掉新郎官的漂亮礼服,兴高采烈地宰了一头公牛,然后又悄悄溜回到宾客之中,回到毫无察觉的新娘身边,他的脸由于快乐而涨得通红。在他的葬礼上,人们在挽联上写道:"情人,温情的丈夫,最好的父亲"。这也是事实。出于本能,德热意识到了危险,并且逃之夭夭。

第一次见他时,我还是个孩子,母亲带我去他家串门。他的存在令我意外,因为在那之前我根本就不知道,我居然还有一位这么与众不同的舅舅。从来没有人跟我提到过:在布达佩斯,我们居然还有一位当屠夫的亲戚!

这个发现令人兴奋,这位舅舅我也很喜欢。德热的举止略显窘迫,由于我们是"有地位"的亲戚,他和妻子为了迎接我们的造访做了精心准备,家里整洁得让人感觉不舒服,两口子都穿上节日服装,他们的三个虽有点佝偻,但是很漂亮的女儿被打扮得像是参加选亲,紧张得不知道该说些什么,该坐在哪里。我在心里感到一股由衷的自豪,家族里居然有一位屠夫!而且,这位出色的、显然相当博学的、"首都"的屠夫还跟我友好地握了手,亲自带我参观了操作间,让我看了木墩、板斧和牲畜的尸首。他要比我认识的所有当教师、律师、军官的亲戚都更加有趣。我为父母在家里从未提过这位出色亲戚的名字而感到不可思议。

5

在一个夏日,埃尔诺[1]来了,他气宇轩昂地登上台阶,用咎啬的言辞跟目瞪口呆的一家人打过招呼。他没有吻任何人的脸,特意选了一把扶手椅坐下,从一只银

---

[1] 埃尔诺,即拉特克夫斯基·埃尔诺(1875—1920),作者母亲最小的同父异母的哥哥。

制烟盒里掏出带长烟嘴的"女士"香烟，开始宁心静气、聚精会神地抽起来，似乎他来这里别无他事，只是为了向我们演示他所发明的一种吸烟方式。我从来没有见过有谁像他这样以这种复杂、郑重、灵魂出窍的方式吸烟。点燃之前，他将长烟嘴在银盒盖上戳了几下，眯起眼睛，用一只眼睛瞅了瞅香烟，仿佛在看一架天文望远镜；他朝长烟嘴里吹了口气，然后用舌尖舔湿了嘴唇，用两根手指仔细且轻柔地捏了一遍香烟，从卷了烟丝的烟卷里掉出点什么；他噘起嘴唇，然后将香烟放进嘴里，但是并没有松手，仍用两根手指小心地捏着，左手习惯性地从马甲口袋里掏出打火机，用一只手点燃，随后深吸一口——此刻他的两腮使劲嘬瘪，像死人一样——然后让烟雾在自己的肺里缭绕许久，大概过了足有半分钟吧，他一直在咀嚼，细品烟味的快感，之后开始缓慢吐出。烟从他的鼻子和嘴巴里呼出，形成一缕淡淡的烟云，这时候埃尔诺的呼吸变得艰难，就像一位运动员刚刚完成一场全力以赴的体育比赛……一家人啧啧赞叹地围坐在他身边，看得出神。他来我家后的头几分钟，全部用在了点烟上，好像有意让全家人为他的艺术造诣惊诧不已。之后，他很长时间都一声不语。他的呢子大衣放在身边的椅子上。他个头很高,有一米八六,而且体形很胖,还蓄着跟威廉二世[1]皇帝一样的翘胡子。

他在与家庭断绝联系十六年之后突然再次现身,似乎他这次沉默寡言、郑重其事的造访,只是为了向我们演示如何以专业的手法无比陶醉地抽烟。他是尼古丁的瘾君子,直到咽气那天,每天都要抽八十支烟。四十五岁那年他死于心绞痛,很大程度上是尼古丁的作用过早索去了他的性命。在失踪的十六年里,他连一张明信片都没给家里寄过。十六年里,没有任何人见到过他,我们连关于他的传闻都没听到过。只有一次,一个可怕的消息在家族里传开,说埃尔诺将军在日本军队服役;也不知道因为什么,我们为此感到羞耻;不过庆幸的是,这个传闻不是真的。那副慵懒、高大的躯体坐在扶手椅上,向我母亲问了一些无关紧要的问题,当然,一个十六年没见过面的人也只能如此,装作昨天才离开家的样子,随口问问留在家里的人都在做什么。在这十六年里,埃尔诺就这样行踪神秘地生活在远方,家里有好几个成员相继过世,并有一大堆埃尔诺从来没有见过的孩

---

[1] 威廉二世(1859—1941),德意志末代皇帝和普鲁士末代国王。

子呱呱落地,一家人的生活方式也发生了改变,可是埃尔诺却大谈特谈国产香烟比德国私营公司生产的卷烟要好抽得多,质量更有保证。他感觉到尴尬,脸色煞白、呼吸困难地坐在那儿。他的举止泄露了他内心的抵触和焦虑的自卫。他不仅什么都不问,并且用沉默回绝所有的提问,极力回避在过去十六年里的家庭秘密。我们很快意识到,埃尔诺心里肯定藏有"秘密"。说不定他真在哪里杀过人,当过军事指挥官,也许他只是在屈辱的生活环境中苟活了多年。我们怀疑埃尔诺是个"天生的懒汉"——当时匈牙利的剧院里正在热演《野鸭》[1]——我们对他那伤人、恼人的沉默表示尊重。他就这样开始生活在我们中间,仿佛来自一个陌生的国度,带着自己的"秘密",带着总是装满香烟的银制烟盒,带着为数不多的衣服和内衣,带着淡漠的情感和独特的习惯。

埃尔诺的性情傲慢而敏感,他是我母亲最小的哥哥。他一下子失踪十六年的方式和事实,给他那壮硕、慵懒的体形增添了几分神秘感。离家的时候,埃尔诺是一名在役军官,他是"家里的宝贝",家里所有人都以他为荣。

---

[1] 指挪威戏剧家易卜生在1885年初上演的新剧《野鸭》。

他在军校里地位优越，我的外祖父去世后，他仍可以继续在军队服役，因为家庭支持这位前途无量的青年军官。他在小城驻守，过悠闲的生活，嗜好喝酒，经常打牌，好赖总能够完成任务。他在朋友圈里很讨人喜欢，因为他喜欢弹钢琴，而且弹得相当不错；他还善于山聊海侃，很会讨好咖啡馆的女掌柜和途经此地的女演员。慢慢地，他沉溺于这种萎靡的状态，整日酗酒，无所事事，这位并不安分的在役军官就这样打发在外地驻军的单调日子。埃尔诺有着革命者的血性，内心封闭，生性好奇，躁动不安，向往流浪。有一天他突然意识到自己厌烦了军旅生涯，当即写了一封信给国防部长，辞掉了军衔，分文不要，换上一身平民装束，不辞而别地出国远游。由此看来，我母亲家族的男性成员都不能忍受等级森严的生活。我的三个舅舅，一位因为不能成为音乐家而抑郁自杀，另一位冷漠地抛弃了人文主义学业去当屠夫，埃尔诺则扔掉战刀，跑到国外某个令人猜测、无人管束的地方为了某种"秘密"而生活。埃尔诺回家后，沉默寡言、谨小慎微地住在我们中间，行李里只有几本数学和物理学的专业书，还有不少五线谱本。他酷爱数学。我从他嘴里第一次听说爱因斯坦这个名字——埃尔诺从专业杂志上阅读学者们的论文，他对相对论的了解要比这个理论被媒体热炒时早几十年；是他第一次给我讲的原子理论，讲普朗克[1]，讲原子爆炸。他从早到晚都戴着一副镜片很厚的夹鼻式眼镜，抽着香烟，谦卑而忧伤地坐在门廊的一个角落，读一本物理学著作或专业杂志。

过了好长时间，他才向我透露了他的"秘密"，当然，他的秘密跟大多数重大、真正的"生活秘密"一样平庸无趣。"出逃"之后他先去了德国，既没有钱，也没有特殊的本事和学历，他到底是怎样活下去的呢？他用自己的音乐天赋挣了一些小钱，弹钢琴是他的业余爱好，他在驻军的兵营里就常给战友们弹琴。他在德国偏僻小城镇的咖啡馆或饭店里演奏；后来组了一支乐队，在城市之间做巡回演出。他在德国的小咖啡馆里弹了十几年钢琴，整夜抽烟酗酒，直到天亮。他的生活每况愈下，四十岁时得了不治之症。他知道自己活不了多久，绝望之中开始了疯狂阅读，手边抓到什么就读什么——他不喜欢文学，但对自然科学、物理学，尤其对数学研究很感兴趣——他就像奇闻逸事中讲述的，想在行刑之前迅

---

[1] 普朗克（1858—1947），德国物理学家、量子论确立者，曾获1918年诺贝尔物理学奖。

速学会英文的死刑犯。埃尔诺也"想补偿过去浪费掉的时光"。他一想起军人生活就很反感。不管怎样,他以科学爱好者的方式获得了丰富的科学知识,我少年时代最美好的记忆就是那些没完没了的辩论和闲谈。我跟埃尔诺一起聊天文、地理和原子爆炸;令人不可思议的是,只要埃尔诺为我讲解,我这个数学考试总不及格的中学生居然能搞懂微积分。他教会我思考数学问题的方式,只需他的几句点拨,我就明白了数学并非魔幻的迷宫,而是一系列清晰、简单的思维过程。当然,他再也不弹钢琴了。

战争爆发了,埃尔诺应征入伍。他依旧一言不发,动作笨拙,旅行袋里塞满了香烟和巧克力,仿佛是动身去郊游。我们告别的时候,他只站在门口说了声"那好",尴尬地微笑,犹犹豫豫地伸出手,好像只是去邻居家串门,没有必要说什么。他不明白我们为什么这般紧张,想来,他只是出去一小会儿,去前线作战。他最怕的就是与人亲吻,无论是跟我母亲还是跟孩子们;他憎恶这类表达情感的家庭场景,不喜欢吻别。从他脸上的表情可以看出,战争中最折磨他的就是这个告别的场景。我们充满惊恐地将他团团围住,孩子们感觉到了埃尔诺的矜持,默然无语地送他到台阶，就在这时，发生了一件出乎所有人意料的事，埃尔诺自己更不会想到：我们都爱这个胖硕、忧郁、患病、笨拙的人。这种爱突如其来地从我们心底涌出；这种情况在这个家庭里确实很罕见。我们都被他吸引住了，在此之前，家人之间还从来没有谁彼此吸引过。埃尔诺迈着缓慢、蹒跚的步子投入了战争，我们站在门口望着他的背影目送了他好久，我们敢打赌，即使天塌地陷，他也不会在路口回一下头……大家都很清楚，期望他这个"逃跑者"在上前线时在街角招手，期望他向"儿女情长"投降，这怎么可能啊？！他走了，没有回头，我们站在大门口哭了起来，并且报复性地大笑，说这个四十岁的埃尔诺简直是个孩子。你看啊，哈哈哈，他就这么上了前线，背着鼓鼓囊囊的行李，里头塞满了羊毛护腕、巧克力、温度计、望远镜、带酒瓶起子的便携式折刀和所有打仗时必不可少的东西——因为，他在德国生活的这些年，被培养成了一个一丝不苟的严谨男人——即使给他金山银山，他也不会回头看我们一眼的，哈哈哈，因为他是这样害羞！但是我们知道，他也很爱我们——上帝可以做证，我们所有人都跟埃尔诺相处得很融洽，就连女仆们也跟他很好。尤其是，他是这个家里唯一懂数学的人；现在他走了，留下了我们，晚饭后再没有人举办有关原子爆炸的讲座了。

有一天，他回来了，就跟他离开时一样的体态笨拙，步履蹒跚，只是脸色和头发更加苍白。"那好"，他嘟囔了一声，随手将背包扔到地上，脱下皮大衣，跟家人依次握手，跟我最小的弟弟也握了手，当时我弟弟只有七岁——埃尔诺既很热情又很拘谨地跟我们每个人握了手，眼睛在镜片后紧张地眨着，因为看得出来，他担心有谁会拥抱他或亲吻他。我们觉得，我们应尽可能地尊重从战场归来的英雄的歧见，因此没让自己的情绪大爆发。埃尔诺以他自己的方式结束了战争；他意识到在战场上拼命没有任何意义，于是脱下了军装，退役回乡。他不管做什么，都采用这种我行我素的方式。现在，他厌恶了战争，准备去瑞士，当然，他想重新组建一支乐队。在生活最重大的转折关头，他是那样的心平气和，似乎只要他心意已决，自觉自愿地想去做一件事，无论是至高无上的国家权力，还是翻天覆地的世界秩序，都无法改变他的意愿。战乱之中，埃尔诺目的明晰地一意孤行，有一天他真的去了瑞士，组起一支乐队，在一个名叫圣莫利茨的饭店里给家人写了几行温暖的问候语。即便生命的空间受到历史的禁锢，他仍尽其所能地我行我素。

他认为，上等人有权利这样做。

一方面，埃尔诺跟大历史的宿命拼命抗争；另一方面，他未能跟另一个与自己个人生活历史相关的卑微宿命达成和解。直至生命的最后几日，他都在咖啡馆里弹钢琴，在瑞士和德国小乐队里为那些乡巴佬演奏。虽然他为那些人服务，但却从骨子里鄙视他们。每年冬天，他都回到圣莫利茨饭店，就在这家饭店，我经受了生活中最为特别、怪异、困惑不安的羞辱，直到今天，这种羞辱都不能因时间和距离的阻隔在我心里消除。当时，和平已经岌岌可危，我正在法兰克福读大学[1]。有一天，埃尔诺把我叫到圣莫利茨饭店。我早上刚收到他的来信，中午就已经启程上路。我从来没有去过瑞士。出门时，我穿上自己最体面的衣服，系上新买的领带，就在那次，我平生第一次买了一套睡衣，因为我准备去一个"大世界"，担心在高雅的圣莫利茨饭店让埃尔诺为我感到羞窘。我有镁光灯紧张症。在我的印象里，瑞士就跟舞台戏剧一样不真实。我在下午六点抵达目的地，埃尔诺在火车站接我，他光着脑袋，披着斗篷，在没有系紧的斗篷下，

---

[1] 作者于1920年在这里读过大学。

可以看到白色的晚礼服和白色的领花。他脸色苍白，带着尴尬的微笑；也许，他又在担心我想吻他。然而，埃尔诺的盛装吓了我一跳，燕尾服和领花；就在这一刻，我突然意识到，埃尔诺是我们将去的高雅饭店——圣莫利茨饭店的雇员，就像大堂的服务生一样，埃尔诺每天不得不身穿这身工作服。接到邀请时，我忘记了埃尔诺的生活环境，在整个途中也没有多想；可是现在，我必须面对这个事实：埃尔诺并不是那位住在圣莫利茨饭店里避冬、出于高兴邀请在附近城市读大学的小外甥前去住几个星期的布尔乔亚舅舅，而是一位贫困的无产者，他在高大、堂皇的饭店里只能走仆人专用的楼梯，和跑堂一起用餐，靠客人给的小费谋生……我心里感到很难受，因为我喜欢埃尔诺。我尽量表现得没有偏见，态度亲热，但却骗不了埃尔诺敏感的耳朵。他也意识到自己犯了个错误，犯了一个说不清道不明、无可挽回的错误。

接下来是折磨人的三天。埃尔诺和他乐队的成员们，住在饭店顶层的阁楼里。在那里，我被安排在一个小房间内。中午和晚上，我们都在饭店里用餐，但是要比客人们用餐提前一个半小时。我们的餐桌被安排在豪华餐厅的一个僻静的角落，跟所有大饭店一样，这里的菜肴也非常丰盛。作为"工作人员",由于跟大厨关系良好,我们吃的东西很可能要比尊贵的客人们吃的味道更好……很有可能,给我们上的菜都是"精华",最香美的部分。但是即便如此,我们还是像传染病患者一样被隔离起来"单独"用餐。虽然侍者抱着同行的友善和亲热款待我们,把最好吃的菜肴盛到我们的盘子里,可我真想连盘子带菜一起扣到他的脑袋上!我这三天的感受,跟在那之前我早已习惯了的感受截然不同。那条从世界通向我们自己的道路,漫长而坎坷,充满了这样折磨人的歧途,我们只有在很久之后才能懂得它的意义和意味。在瑞士饭店的那三天里,我是埃尔诺(他是我有生以来见过的感情最细腻、气质最高贵的人)的客人,给我留下的记忆却终生难忘。就是那次,我直接体验到了两个世界的存在:头等阶层和次等阶层。我站在后台,看到了生活的构架。我被培养成了"绅士",埃尔诺属于"侍者";现在他拉着我的手,把我领到另一个世界待了几天。那三天对我来讲简直是地狱。埃尔诺从下午五点开始在餐厅和咖啡馆里"工作"。在上等人享用晚餐的那几个小时,我待在饭店里无所事事,虽然我可以坐在咖啡馆内欣赏埃尔诺乐队没精打采地演奏德国歌剧音乐集锦,但我感到浑身发痒,如坐针毡。我怨恨埃尔诺将我"拽"进这个下层的世界,为自己受到某种上等阶层法则的制约而不得不跟埃尔诺绑在一起而感到痛苦,我无法忍受这种令人羞耻的绑缚,我不敢走近人群。假如在另一个我所归属的那个更为美好的世界里,有一天人们得知我曾在一家瑞士大饭店的阁楼里跟仆人们一起睡过觉,他们将会怎样想我?……

埃尔诺邀请我去住两个星期。我在第四天就逃走了。我一副窘态、满脸涨红地跟埃尔诺撒谎,他耷拉着脑袋一言不发,摇晃着身子,没看我的眼睛。我一个人去的火车站,埃尔诺没有送我。我们就这样沉默不语地就此决裂,从那之后,我们再也没有见过面,他再没给我写过信。看来,他觉得这样对我们俩都好。这个创伤过了很久都未能愈合,后来,我梦到过在瑞士饭店的那些日子,我在梦里咬牙切齿,将盛着喷香饭菜的盘子扣到跑堂的头上。几年之后,埃尔诺死于疼痛不堪的不治之症。我再也没去过圣莫利茨。有几次,我去恩嘎丁[1]那一带的小乡村旅行,离那里很近,但我总是绕开圣莫利茨。这

---

[1] 恩嘎丁是瑞士东南边陲的一个山谷,靠近奥地利和意大利。

种感觉，要比理智、意愿和悟性都更强大。要知道，我担心被哪个跑堂认出来。

6

我有一半的亲戚是隐形的，难以接近，高高在上。马伽什大伯父[1]是一位非常有钱的亲戚。大伯父的钱多得不可思议，没有人知道他到底有多少钱，即使悲观的人也会说，他至少有十万福林。最奇怪的是，这位有钱的亲戚从来不做生意，而是靠抽象的哲学和教书挣钱。几十年里，他先是当匈牙利伟大的浪漫主义者——克拉斯诺霍尔卡伊的安德拉什伯爵[2]的私人教师，之后担任他的法律顾问。他俩有一次吵翻了，大伯父返回维也纳，开始在特蕾西亚大学执教。他教授法律，用他的话说是"法律哲学"。安德拉什在信里给他寄了最后一笔薪金，六万

---

[1] 马伽什大伯父，即马蒂亚斯·拉特克夫斯基（1834？—1917），这位"大伯父"其实是作者的大舅公，这里只是套用他母亲的叫法。
[2] 克拉斯诺霍尔卡伊庄园位于现在的斯洛伐克境内，从1575年开始成为安德拉什伯爵家族的领地，作者这里所指的安德拉什伯爵可能是大领主安德拉什·德奈斯（1835—1913）或安德拉什·久拉（1860—1929），后者曾任奥匈帝国时期的匈牙利王国总理。

福林，六十张一千面值的钞票；伯爵没寄挂号信，信封里装了那么多张的千元巨钞，可连一个字也没写。

大伯父收下那沓千元巨钞，在维也纳生活，住在特蕾西亚学校[1]一套两室的公寓里，培养匈牙利和奥地利的贵族精英。他很早就结婚了，蓄着跟上帝一样的白色络腮胡。他是一位谨慎、敏感、高贵的思想者。作为著名的法学教育家、特蕾西亚学校教师、匈牙利伯爵的法律顾问和亲信，他是奥地利第一批在公开讲演中承认自己是社会主义者的人之一，要比维克托·阿德勒[2]早几十年。他的观点十分纯粹，不受党派利益的影响。他为手工业者和工人们举办讲座，介绍社会主义、马克思和费迪南德·拉萨尔[3]。他创办了奥地利的第一家工人联合会，捐出一万福林作为援助基金，旨在改善工人的生活。那些工人运动领袖和职业革命家接受了他的善心和捐款，称他为"基督教社会主义者"（在当时，这还是一个陌生概

---

1 指开设在维也纳的、以"玛利亚·特蕾西亚皇后"的名字命名的学院和教养院。
2 维克托·阿德勒（1852—1918），奥地利医生、政治家、社会民主党创始人之一。
3 费迪南德·拉萨尔（1825—1864），德国政治家、工人领袖、社会民主党的先驱人物。

念）。大伯父对此没有恼火。他撰写文章宣扬基督教的"社会主义内容"。90年代，英国下议院曾朗读过一篇他撰写的这方面文章，将他尊为"理想社会主义"的伟大榜样。党派从来没有接纳过他，他至死都是一位孤独的斗士，被人尊为"怀有浪漫主义理念的社会主义者"，试图用博爱的手段解决社会问题。必须承认，在这位非职业的社会主义者身上——不仅在他身上，而且在他的文字里——确实有着某种与众不同的孤傲，某种无法置身于任何集体之中的精神追求者的孤傲。他把大部分财产捐给了工人运动，因为他坚信工人运动终会成功，但他并未加入他们的队伍里。大伯父一辈子都在特蕾西亚学校执教，后来当上了校长。

这个人是我乐观开朗、放浪不羁的外祖父的大哥，我母亲最年长的伯父。跟我母亲家族的所有成员一样，我的这位大舅公也是摩拉维亚人，但他自小在奥地利长大，从身心上讲，他都觉得自己是奥地利人。或许，他是这个家族里唯一一个用无私和善良之心对待我母亲的人。有一次，他带这个小姑娘去了摩拉维亚，让她看了我外祖父的磨坊。在我母亲可怜、不幸福的童年时代，留给她唯一的美好记忆，可能就是那一次旅行，就是她跟这位既有名又有钱的大伯父一起度过的那几个星期。他们先去了伊赫拉瓦[1]，看望了一家住在伊赫拉瓦市中心广场边一幢漂亮楼房里的亲戚。当时，大伯父有一个弟弟住在那儿，家境富裕，留在摩拉维亚，买了一幢大房子，在那座富有的城市里算得上是一位有威望的市民。就我母亲而言，那次旅行是对她自尊心的一种呵护，削减了她在童年时代萌生出的卑贱感，让她知道在自己的家族里还有几位令人尊敬的亲戚，在维也纳生活的马伽什大伯父，家境富裕、住在市中心广场的伊赫拉瓦亲戚。拂晓，他们离开了摩拉维亚城市，翻山越岭，见到外祖父那座建在一块空地上的磨坊。大伯父穿着一件庄重的黑色风衣，牵着侄女的手走在林间小路上，一边走一边讲小时候的故事。那时候他和他的弟弟们，其中包括我的外祖父，每天拂晓都要沿着这条从磨坊通向城里的林间小路步行几公里去上学。我们从生活赐予的厚礼中汲取信仰与善良，许多时候，只是这样一些无意中偶得、貌似无足轻重的礼物，就像我母亲在摩拉维亚山林中探访我外祖父磨坊的那次清晨散步。那天，大伯父的心情也

---

[1] 伊赫拉瓦是捷克东南部城市，位于南摩拉维亚州的伊赫拉瓦河畔。

格外舒朗，这位蓄着长髯、受人尊敬的长者声如洪钟。关于那次在陌生山林里的清晨散步，关于知道自己家族的存在和自己的归属之后油然而生的幸福感，我母亲讲述过许多次。当时，住在磨坊里的已是外人，可他俩还是在那里一直待到晚上，大伯父带我母亲看了他们小时候的秘密乐园、独特的地理风景和破落家族的昔日疆界。在单身汉的私巢里，或许有不少年轻女孩能够得到温情的关爱——我对马伽什大伯父的清教徒生活始终感到不解——从没有人听说过任何关于他的英勇事迹或感情故事，他把秘密带进了坟冢。他以自己笨拙、蹩脚的方式试图帮我母亲减轻童年时代伊尔玛留给她的阴影。我母亲的童年记忆还没有完全毁掉，马伽什大伯父尽他所能，能挽救出多少就挽救出多少。他是一位出色的教师，一个好人。

他非常富有，全家人都怀着期待和尊敬仰望他。我们既不敢写信打搅他，也不敢前去看望他。不过，有一次我们还是在维也纳看望了他，那次过程复杂的造访给我留下了极深的印象，感觉像闯入巨人国。就连"大伯父"这个词，一提起来都让人带着巨大的想象，这个半神的造物以非同寻常、不成比例的庞大之躯凌驾于我们头上：大伯父"特别"好，大伯父"非常"有钱，大伯父是"欧洲知名"的法学家和教育家，大伯父会讲"所有的语言"，他的名望"极高"。一句话，他是家族里的超人，只有怀着宗教的虔诚才可能接近他。我们就是怀着这样的情感穿着节日盛装、膝盖发抖地到特蕾西亚学校找他。大伯父坐在饭厅里，身材非常高大。他穿着睡袍坐在餐桌前，用一个比平常的杯子大好多的陶瓷缸喝早餐咖啡，用汤勺在陶壶一样的杯子里搅着白糖。他所使用的其他物品也都尺寸独特，大得夸张，跟家族大人物的身份十分相符。不过他有些耳背，我们扯着嗓子谈话；我怀着孩子的惶恐偷偷发现，这位大舅公跟其他老人一样听不见，要想让他听见我们说的话，必须大声嚷嚷。我们浑身僵硬地坐在他周围，看这个大人物吃早餐。

后来很长时间我都以为，当时大伯父在维也纳使用的物品之所以感觉尺寸大得夸张，只是出于孩子的侏儒视角；但是在他去世之后，家族分配遗产时，有一只那样的陶瓷缸到了我们家，拿在手里，我们都惊讶于它的尺寸。陶瓷缸短粗，非常深，感觉像是一只汤盘。大伯父肯定是一个与众不同的人，他用另外一种与一般的同时代人不同的尺度评判好坏、社会与家庭、钱财和使用的物品，他有自己的生活准则，无论在环境、思想、道德，还是判断方面，他都可以独立于世。那个时代偏爱这种古怪的家伙，那是独特思想、个人主义世界观的黄金时代。大伯父作为社会主义的一位非职业先驱，当然不是"集体"的人。他能够自由表达自己的身心，在他与众不同的外貌和内心里，均能我行我素，做一个在品行方面都非常可爱、自律的人。

我永远不会忘记那些秘密，因为他利用我们在维也纳看望他的机会，让我了解了一个奥地利伐木场的机械设施。看来他真是一位无可救药的教师啊，他认为我这个家里年龄最小的后生有必要在离开维也纳之前获得一些"实用知识"。吃早饭时，他皱着眉头看了我许久；下午，他拉着我的手上了有轨电车，我们一起去了维也纳郊区，沿着荒僻、残破的街道步行到一个蒸汽锯木场的大门口。在办公室里，他郑重其事地自我介绍，说了自己所有的头衔，向略感意外但还是满怀敬仰洗耳恭听的经理介绍说，他想让远道而来的孙子了解一下蒸汽锯木的技术手段。经理显然很吃惊。我非常害怕。整整一路，大伯父都紧攥着我的手不放，好像生怕我会逃跑；现在没有别的办法，我只能跟这位身材高大的老人一起度过这个下午了，感觉有些沉重和倒霉。经理叫来技术负责人，让他带我们去伐木场，在那里我看到了在一个锯木场里所能看到的一切，既不多，也不少。蒸汽锯带着尖声的呼啸在锯原木；如果在更随意、更自然、不那么郑重其事的环境下，我很可能会对眼前的一切感兴趣，可是这样，我的手被大伯父的铁爪紧紧攥着，技术负责人的讲解我一个字都听不懂，感觉自己很不舒服。我简直不能理解，维也纳有那么多的博物馆、动物园和其他景点，大伯父为什么非要带我来这里？非要我听技术负责人讲课？非要那个人在蒸汽锯刺耳的尖叫声中努力用很专业的语言对着大伯父的聋耳朵大声叫喊？那个大声呐喊的人，用手掌在耳朵后做卷筒状、带着满意的表情听对方讲解的大伯父，呼啸刺耳的蒸汽锯，维也纳日常的噪声和混乱，在那一刻将我团团围住，我感到自己马上就要晕厥。大伯父的话，蒸汽锯原理，生活，这个那个，我什么都听不懂！……我绝望地想。"这就是蒸汽锯吗？"大伯父大声地问，手掌在耳后做成个听筒，皱着眉头弯着身子，对技术负责人的讲解生怕漏掉一个字。"对，这就是蒸汽锯！"他突然转向我，操着教师诲人不倦的教导语气抑扬顿挫地告诉我。就这样，我们在大声的呐喊和讲解中参观了整个锯木场。之后,他带我乘有轨电车回到特蕾西亚学校,他始终没有透露,这次郊游是如何满足了他的教师荣誉感。那一次,除了大伯父的家和郊外的锯木场,我在维也纳什么都没看到。

他一辈子都在亲戚中间分赠财产。我母亲得到了两万福林,我们用这笔钱买了一栋"自己的房子"。我的那位嫁到维也纳的小姨也得到了两万福林;但是我父亲在几十年里一直向大伯父支付那笔预付遗产的利息,而维也纳的亲戚们则免付利息,他们像获取礼物一样获得巨款。在战争爆发的第三年,大伯父去世了,确切地说是饿死的;维也纳的亲戚们描述说,在他生命的最后几个月里,他将自己的一切都捐给了穷人,连副食票也捐了。

7

我的维也纳亲戚们整天都在弹琴。六个女儿轮流着拉小提琴,弹钢琴,甚至还拉大提琴,吹单簧管。她们把音乐之外所剩无几的时间,全花在了跳舞上。位于希特金区的那套底层公寓被音乐声、姑娘们的尖叫声和歌声震得嗡嗡作响。整栋楼都摇摇欲坠,十口人住在三间屋里：父母，六个女儿，后来在战争中阵亡的唯一的儿子弗兰茨尔，还有三十年前就已经很老了的老女佣玛丽，她只能忍着腿脚的疼痛挪着碎步在半地下室内潮湿、昏暗的厨房里为一家人做饭。楼后有一个狭长的花园，那里有一棵枝繁叶茂的黄香李树、两棵只结杂交小核桃的老核桃树、一片野草莓矮丛和长在花园尽头角落的一株芬芳扑鼻的接骨木。核桃树周围摆着长凳和桌子，从开春到晚秋，这一大家子人都在这里安营扎寨。男主人弗朗茨一天到晚地站在那儿，他是位画家，长发飘舞，脖子上系着艺术家的领花，长了一个小辣椒杨奇[1]那样又红又长的鼻子，戴着眼镜，总是满腹心事地盯着画架上刚开始落笔的油画布，同时听着从孩子们房间敞开的窗户里传出的小提琴或钢琴声……"不行，跑调了！"特鲁黛或玛尔塔的手下刚有偏差，老弗朗茨就扯着脖子大声喊。他同时培养六个女儿，画油画，跟在厨房里转来转去的老女佣玛丽或妻子罗莎争吵。希特金区家里的所有春夏秋冬都是这样度过的；生活就在这么悄然地流逝。这一家人的生活过得相当拮据；他们没钱，只是在希特金区

---

[1] 小辣椒杨奇是匈牙利童话故事里的一个人物，形象颇似匹诺曹。

的公寓里、在奇思妙想中挣钱。许多要交的杂费，七个孩子的穿衣、教育和食品开销，我姨父买颜料、画笔和画布的钱，还有生活中不得不花的医药费，买衣服，买书，交房租，还要避暑度假，这一切都仰仗天上掉馅饼的偶然幸运。靠音乐和艺术是无法糊口的。姨父画了很多画。他为妻子和六个女儿画过各个年龄段的肖像，画完这幢房子和花园后，又画维也纳的公共建筑，画拉因茨和默德林[1]乡下的门窗；他为亲戚们画过肖像，还临摹过照片，画过一年四季的风景，画过他喜欢的所有花束；他看见什么就画什么，连地下室和阁楼都没漏下。在他的画上要什么有什么，大画家将生活中的一切都记录到了画布上。姨父的画作非常精美，手法细腻，用色敏锐，光影斑驳，景物和人物的布局比例和谐，第一眼看上去谁都会喜欢。这些画完美无缺，有大师的风范。但是如果仔细审视，在欣赏了我姨父的多幅作品之后，就会觉得画里缺了点什么。画里缺的就是他，我姨父自己。他是那么谦逊，那么内向，以至于不敢在作品里发声。他是艺术家，但从来不把最后一句话说出口。

---

[1] 拉因茨和默德林均为奥地利地名。

他们真的就像鸟儿一样生活,过着节俭的日子,在希特金区的公寓里叽叽喳喳,等待幸运降临。偶尔,有一两个闺女飞了出去,飞到外面闯荡世界,出嫁或——踩着华尔兹的舞步——卷入一场突如其来的感情风暴。而后,等到婚姻或者华尔兹舞曲结束,她们又重新回到希特金区。玛丽已经老得看不出年纪了,就像《圣经》里的女性人物。他们在琴房里或封闭的门廊里放下一张吊床[1],让逃跑者在家里摇摇欲坠的房檐下落脚。女孩们和父亲仍不知疲倦地演奏、画画。他们生活在维也纳,生活在乐声悠扬、芳香醉人、和谐优雅的城市节奏里,并用充满激情的歌声、画面、旋律、观点和动作表达着生活。就这样,这家人跟画架、跑音了的钢琴、吊床、欢快而优雅的贫寒、动荡不安的生活方式和平共处,享受维也纳赐予他们的最大恩惠。老弗朗茨和六个女儿至少跟圣斯蒂芬教堂和《铁树》[2]一样属于维也纳。我们只要想起维也纳,就不可能不想起他们。施尼茨勒[3]和

---

1 可以用绳索控制升降的木床。为了节省房间面积,不用时可以升起,悬挂在棚顶下。
2 陈列在维也纳街头墙角的一个中世纪铁艺残品。
3 施尼茨勒,即阿图尔·施尼茨勒(1862—1931),奥地利剧作家、小说家。

霍夫曼斯塔尔[1]一起去过他们家,在希特金区的花园里做过客;阿尔滕贝格[2]曾给女孩们写过情书,后来又认真地要了回去,卖给了报社,收入自己的文集。有三个女儿学芭蕾舞,后来跳到了大世界,当然也是迈着华尔兹舞步,永远不会踩错点。这三个女儿跳着轻快的华尔兹,她们的脚步声和笑声从圣彼得堡传到纽约,她们是维也纳的特使,浑身充满了情感丰富、旋律优美的四三拍节奏。老画家站在院子里的画架前,画剩下的模特,跟我母亲的大姐——女孩们的母亲罗莎吵架。他们吵了五十年的架,即使在银婚、金婚的晚餐上也吵得好几次要背过气去,但喘上气之后继续吵。一旦合同到期或跟丈夫离婚后,女孩们就会返回娘家,一切都显得那么自然。曾在许多大都市豪华饭店套间下榻的世界著名女舞蹈家,回到家后,晚上一声不响地爬上吊床,睡在姐妹们中间……

画家有时到城里散步,经常带回一些令人哭笑不得的战利品;比如说,从破产了的歌剧院买回一套镀金的

---

[1] 霍夫曼斯塔尔,即胡戈·冯·霍夫曼斯塔尔(1874—1929),奥地利剧作家、诗人、剧作家。
[2] 阿尔滕贝格(1859—1919),奥地利作家、诗人。

客厅家具，或在多罗泰宫[1]用合理的价格买下几副浅紫色的女士长手套。这一切散布在全家人的记忆里，让他们一次又一次地受到精神刺激。舞台家具不得不摆在大屋里，浅紫色的手套女儿们戴了许多年。不过，艺术家弗朗茨有时候也悄悄溜到街上，因为家庭的田园诗生活显然无法满足他奔逸的想象力。在婚姻的模式之外，有时也需要积累一些不洁的体验。他在维也纳人口密集的老城区租下一间画室，在那里可以摆脱家人的监视，享受女性的绘画之美。女孩们了解艺术家渴望美的心灵火花，她们为这间秘密画室和模特埋单，想方设法地跟父亲"做戏"。老画家已经七十多岁，仍然有时下午出门，穿着深色西服，系着白色领花，手里攥着一束裹在报纸里的野花……罗莎透过厨房的窗口望着丈夫的背影，即使五十年的婚姻也无法减轻她心里难言的苦涩。这种时候，玛丽总是深有感叹地说："艺术家都是这样！"女佣站在女主人身边，从厨房的窗口一起望着远行者的背影。

与此同时，永不枯竭的音乐从公寓的某个角落里涓涓流出。在这幢房子里，大家不会单独坐下来弹钢琴或

---

[1] 多罗泰宫建于1707年，是维也纳著名的艺术市场，世界上最古老的拍卖行。

拉小提琴；当然也有偶然的例外，不知疲倦的演奏、练习、教学偶尔会因突然发生的某种不和谐、不抒情的噪声而中断。格莱特[1]在房间的一个角落里，正在编排一套将在维也纳歌剧院表演的芭蕾舞；特鲁黛在钢琴旁为一位准备到音乐学院任教的学生辅导；希尔达和玛尔塔在前厅拉小提琴。在这永远不会停息的洪流里，老画家有时也丢下画笔，抄起乐器——他有乐感极好的耳朵，能拉一手出色的大提琴，事实上他对所有乐器都有研究——或者在震耳欲聋的喧嚣中，平静地坐在某出轻歌剧里用过的、桌腿描金的道具桌前，拿出钢笔、墨水和羊皮纸，修改五幕历史悲剧中某一幕的手稿。七十年里，他总共写了四十部戏剧，用扬抑格和长短格的形式再现哈布斯堡王朝的历史，讲述了许多类似霍费尔·安德拉什[2]那样的奥地利历史人物的生平故事。在外人看来，这家人的精神状态有问题，家庭成员是那么需要表现自己的思想和情感，因而置身于崇高的艺术境界。无论画笔，还是

---

1 格莱特，即格莱特·维森塔尔（1885—1970），欧洲著名的舞蹈家、编舞。
2 霍费尔·安德拉什（1767—1810），奥地利历史上的自由战士，曾领导暴动反抗拿破仑军队。

琴弓,对他们来讲并没什么区别,都不过是用来表达和讴歌他们为之献身的艺术和谐的工具而已。从更高层、更复杂的意义上讲,在他们中间其实只有老画家自己,不但画画漂亮,拉大提琴出色,还能用扬抑格写剧本,总是讴歌生活和艺术。他耸着架了一副眼镜的鼻子,嗅着芳香在世界上逍遥,以同样的喜悦享受喷香的古雅什汤、格莱特在歌剧院的演出、舒曼的音乐和维也纳老城内画室里的不洁体验。女儿们经常怀着理解的善意帮助他……他们很穷,但以自己的方式惹人瞩目;这家人总是在"创作";音乐使他们超脱于市井的尘嚣之上。如果他们没钱,演奏音乐;如果他们热恋,演奏音乐;如果他们对情人失望,也演奏音乐,只不过演奏悲伤的曲调。来访者刚走到门口就听到了音乐。"玛尔塔准备离婚了!"他们的一位朋友站在花园门口推测道,他对这家人的情况了如指掌,因为玛尔塔一旦出现感情危机,就会一连几天地演奏塞扎尔·弗兰克[1]的《A 大调奏鸣曲》。玛尔塔经常离婚。塞扎尔·弗兰克的奏鸣曲在希特金区逐渐流行起来。

---

[1] 塞扎尔·弗兰克(1822—1890),生于比利时,后成为法国公民,作曲家、钢琴家、管风琴家和音乐教育家。

罗莎是一位严肃的母亲，痛苦地生活在这个反叛的艺术家世界。她总是奔走在厨房和住房之间，片刻不停地用浅色的卡尔斯巴德[1]小锅煮咖啡，往面包片上抹黄油，因为总有某个女儿下课回家或要去上课。她总在收拾家里摊得满天满地、无法下脚的东西，六个女儿只专注于音乐和爱情。毫无疑问，她用自己的方式投身到马不停蹄、急风暴雨般的创作之中，生了七个孩子。她认为丈夫的那些画作和剧本毫无价值，没有哪个艺术收藏家乐意花钱买他的画。罗莎恼火地收拾家人乱扔的东西、钱和衣裳，还有丈夫用光了的颜料管、用秃了的油画笔，收拾所有的垃圾……在这个音乐四起、喧嚣震耳、忘我创作的家庭里，罗莎是保护神、组织者和收藏者，是这个家庭卑微、忧虑的尘世良心。该吃晚饭了，一家人从忘我的音乐中醒来，目光重新投向凡尘；罗莎和玛丽出现在门口，将摆放了黄油面包、淡咖啡和冷肉片的盘子放到道具桌上，像是一曲悲剧大合唱，她俩开始议论外面的小道消息。他们就这样活着；如果他们还没有死，现在也会这样活着。

---

1 捷克城市卡罗维发利，德语称"卡尔斯巴德"。

8

我父亲有着德国的姓氏,他的老家位于现在的萨克森州。有史料证明,家族的祖先曾为萨克森选帝侯效力,在国家铸币厂工作,几百年来世代锻造萨克森铜币;他们都是铸币工匠。后来,他们受雇于哈布斯堡王朝,在很短时间里富裕起来。我的曾祖父[1]搬到了巴奇卡[2],哈布斯堡王朝将他们信任的外族人迁居到那儿,特别是托伦塔尔和巴奇—博德罗格州。他出任国库顾问,是一位富豪,是王室财产负责人。他住在松博尔市[3],去世后也葬在那里,安息在松博尔大教堂的地宫内。讣告中说:"祖国的不幸处境加重了他的肠道疾病,最终夺去了他的生命。"讣告里出现了匈牙利语;他死于1849年,在大革命[4]期间,这位哈布斯堡王朝的老臣始终坚定不移地站在匈牙利人一边。有

---

[1] 曾祖父为格罗施密德·亚诺什(1778—1849),曾祖母叫欧尔萨格·玛丽奥(?—1844)。
[2] 历史上潘诺尼亚平原的一个地区。
[3] 现在位于塞尔维亚境内。
[4] 指1848—1849年匈牙利人民反对奥地利统治、争取民族独立和反对封建农奴制的资产阶级民主革命。

一段时间，他的儿子们不能使用家族古老的德国姓氏。曾祖父的遗产在人们的手中挥霍殆尽；巴奇卡的那一支很快败落消亡。留下来的一支居住在马拉穆列什[1]，在矿区任职，当小公务员，他们是我的直系祖先。

我的曾祖母是欧尔萨格家族的女儿，她的家族几百年来始终都跟匈牙利人通婚。他们全家都是公务员，有法理学家、政府职员和军官。其中一位名叫日嘎，曾在近卫军中服役；穿着潇洒的白披风，蓄着匈牙利式翘胡子；这就是银版摄影技术为他留下的影像。我性格中的柔情与不安来自我母亲的家族，中和了我父亲祖先公务员的刻板和骨子里的尊傲。在我父亲的家族里，没有谁逃离过军队，没有哪个中学生放弃人文科学去当屠夫，从来没有人热衷于社会主义，就连像马伽什大伯父那样以理想主义的谨慎方式也没有。父亲的祖先都是自闭、沉静、古怪的人；所有人都有点像退隐者，尽可能避开他们所属阶层的公众生活，在职业上不求进取，宅居在家，家庭观念非常强。他们都是孤傲之人。日嘎，这位近卫军官有一次出门远游，搭乘邮车走遍了整个国家，

---

[1] 罗马尼亚西北部的一个县。

造访了散居各地、当时还健在的所有家族成员,并用袖珍的字母事无巨细地将一路的见闻如实地写到了日记里,详细之至,让我觉得根本不像是一位军官写的,更像出自公务员之手。他去了巴奇卡、布达、泰迈什瓦尔、卡萨和马拉穆列什岛,见到了上帝的儿子们。日嘎变成了好奇者,无论听到什么或看到什么,都事无巨细地写进日记,记录下平静生活的所有与众不同之处。他寻觅爱情,不但找了,而且找到了。我非常喜欢读日嘎的日记,这些"公务员"以退隐、慎独的方式过着情感丰富的生活;每个人都揣着某些多愁善感的秘密,日嘎不仅探究到了,并且用宽谅的词句记录下来。家族从哈布斯堡王朝那里获得了名衔和财产,但是在留下来的书信里,记录下一种特别的情绪;1849年,他们曾经藏匿过难民和外族家庭,站在匈牙利人的立场上。我有一位祖辈,名叫安陶,他在1849年9月6日从塔卡尔[1]写给弟弟的信中说:"久尔盖伊·奥图尔[2]大将军放下了武器,在维拉

---

1 位于匈牙利东北部的一个小镇。
2 久尔盖伊·奥图尔(1818—1916),1848至1849年匈牙利大革命期间担任国防军将军、国防部部长,自由战争期间多次担任国防军总司令。

古什城堡[1]向沙俄军队投降。我儿山多尔在经受了战俘营的折磨之后,随他的国防军战友们一起心情沉痛地返回家乡,万念俱灰……我儿托尼在费尔南德骑兵团服役,在医院里丧生,这令我悲痛欲绝……听说我儿佩皮也死了。在这样悲惨的情势下,我也一贫如洗,度日艰难。假如我突然去世了,他们都没钱给我下葬……假如去年德国军队没有抢走我的葡萄酒,情况并不会这么糟……哥萨克人和俄罗斯人每天都在这里打来打去,最后所剩无几的一点财产也被掠夺殆尽,今年的收入已经预先支出……"这信看起来像是一位"新兴地主"写的;这位安陶为匈牙利自由革命献出了三个儿子和所有财产。

这些"拉邦茨派"早在 1800 年左右就用匈牙利语或拉丁语写信,从来不用德语。卡博尔于 1807 年从佩斯写信给住在西盖特的弟弟亚诺士说:"我之所以给你写信,一是想跟你讲讲国会的情况,二是告诉你王后于本月 13 日早晨六点在维也纳去世。这里的生活奢华得令人难以

---

[1] 现位于罗马尼亚境内。1849 年 8 月 13 日久尔盖伊·奥图尔率部队在维拉古什城堡向沙俄军队投降,标志着匈牙利自由革命在哈布斯堡王朝联合沙俄的剿杀下最终失败。匈牙利人之所以在这里投降,是表示自己被沙俄军队打败,而不是败在奥地利人手下。

想象，大庄园主的骑兵制服上镶金嵌银，跟圣职人员一样。"1834年，在自由革命爆发的十几年前，当家庭成员之间用匈牙利语写信没有什么"意义"时，山多尔从老布达写信给母亲欧尔萨格·波尔巴拉道："……5月26日我从瓦拉德出发，28日晚抵达老布达，那天正好举行匈牙利的政府会议，我的就职仪式只好拖到今天举行，上午我已经宣誓完毕，办理这份委任状总共花了我二十福林银币。我买了一辆马车，非常漂亮，大概花去我一千零六十福林，我还置备了几件衣服。这一趟本身就开销不小，但是不管怎么样，我已经是巡查员了……"这些巡查员、议员、州府专员、国库负责人和矿区经理在19世纪初就已经用匈牙利语写信了——而匈牙利的贵族家庭，特别是大庄园主们，更愿意用德语或拉丁语！——这些"外来的"民族说匈牙利语，用匈牙利语思考；这之所以令人惊讶，是因为家族的所有财产和地位都该感谢"皇帝"的恩赐，要知道，他们从萨克森迁到那里还不到一百年！有一份名为《巴奇卡》的"州公共事务政治简报"这样评价"软骨头"卡博尔："我们杰出的……与世长辞了。他于1813年出生在西盖特，在佩斯求学并获得法学学位，1837年担任巴奇州的副公证员……40年代担任法官，1848至1849年在维尔巴斯兵营里管理新兵，1850至1854年在国外居住，1855至1860年担任法院法官，1861年担任州长的代理秘书官，1862至1868年担任州法院院长，1869至1871年担任巴奇州副州长……此外，他还从事文学创作，作品内容侧重于学术。他的处女作为《路易十四与拉鲁什弗柯德》，第二部德文作品为《奥地利、匈牙利与伏伊伏丁那》，其政治内容引起广泛反响。之后的作品更侧重于历史，作品有《匈牙利人口发展史》《最后一位克拉伊男爵[1]与塞尔维亚人》《从莫哈奇到马丁诺维奇》……"他的职业生涯十分典型。家族中大多数成员的人生故事都跟他相似。他们对过去的匈牙利世界有着特殊的影响，一位"外来的"家族成员从西盖特迁到巴奇卡，最后身为匈牙利尊贵的副州长溘然长逝……我父亲的那些公务员祖先与匈牙利土地感情深厚，不管怎么讲，哈布斯堡王朝没有把最糟糕的人迁到匈牙利来；在玛丽亚·特蕾西亚时期，奥地利人聘请他们管理匈牙利王国的财产。

　　家族人谨慎、虔诚地紧密团结在一起。某种潜意识

---

[1] 克拉伊男爵，即克拉伊·帕尔（1735—1804），奥地利将军。

的危机感和出于历史原因的审慎态度，将这些传统的萨克森家庭凝聚在一起。他们留心外部世界的变化，日常生活十分简朴。我的曾祖父住在老布达，住在当时中央广场旁唯一一栋带阳台的楼房里（那栋楼现在还在），每天早上都用马车送儿子们去佩斯上大学……但是，从他跟儿子们的通信中可以获知，家里的日子过得很节俭，就连要给哪个儿子买一件新衬衫都要经过仔细讨论，假如需要定做一身新制服，家里人需要开会商量。这些外来的传统市民家庭，在匈牙利生活得谨小慎微，毫不张扬。外族人的头脑确实很难理解这个看上去可爱、想起来诱人、感觉无比高贵、不遗余力地在市民化的匈牙利社会。在这里，律师活得像大庄园主，医生助理坐着轿子，当临时工的地质测量员晚上跟老爷一起打牌豪赌……"国家"只是一个概念，就像保护人或奶牛。半个世纪后，匈牙利的中产阶层将伸出数百万只手抓住给吃给喝、用退休金催眠的国家之躯不放。但在奥匈帝国成立之前，对匈牙利人来讲，官员还是一个"没有薪水的职业"，并要为之付出一笔财产；副州长腰缠万贯地走进州政府，离开那里时穷困潦倒……

我祖父是我出生的那座城市的财政顾问。他很早就过世了，享年还不到五十岁，身后留下一屁股债务和少得可怜的退休金。债务落到两个儿子肩上，他们从学生时代就开始还债，用当家教挣来的钱一点一点地还。我父亲当上律师后仍在还家里的欠债。当见习律师时，他为有钱人家的孩子做辅导，就开始偿还祖父留下的债务。由于祖父很早过世，留给家人的记忆少得可怜。我父亲对他也记忆模糊。他喜欢音乐，能用拉丁语读书；这就是我知道的关于祖父的一切。他只留下了几支烟杆很长、雕成大胡子形象、熏得焦黄的浮石烟斗和一座雕刻精美的烟斗架。他连张照片都没有留下，只有一幅实在让人难以恭维的椭圆形油画，出自某位蹩脚画师之手。我祖父的生命，就这样不留痕迹地从家庭里消失。在冷峻、严肃的祖母的记忆里，也只能透过不朽的家族往事看到一丝微弱的反光。那是一位刚毅的妇人，R. 克莱门汀[1]，一个人用几个福林的退休金拉扯大了三个孩子，生活意志格外坚强。她像传统妇人那样会纺线织布，妙手生花；她一辈子想方设法、殚精竭虑地维持

---

[1] 指拉德瓦尼·克莱门汀（1841—1898），作者的祖母，与作者的祖父、财务官格罗施密德·卡洛伊（1819—1874）于1872年在托卡伊结婚，共生育五个孩子。

着这个小家庭的平衡。她是一位表情严厉、言行不苟的妇人,是位虔诚的天主教徒,她知道生活就是责任。她没有"心理症结"。她在这个地球上有事要做,而且做完了。

9

我有一位叔公[1]住在佩斯,在大学里教法律。在人们眼里,在世纪末富有的匈牙利,他是学识最渊博、思想最独特的人之一。在19世纪,匈牙利是多么的富有啊,拥有那么多非凡超群的天赋人物!奥朗尼、裴多菲、沃洛什马蒂、凯梅尼、久拉伊、厄特沃什、塞梅尔维斯——在青少年时代,我一想起佩斯的叔公,心里就感到无限自豪,他的名字镌刻在匈牙利世纪天才榜上!他教了半个世纪的民事法,并且——法学家们都这样认为——为匈牙利法学思想带来一场革命;许多年里,匈牙利的民事法都由他撰写。他的思维奔逸,对教育不太上心,只对"我的——你的"界定问题感兴趣。人类

---

[1] 叔公为格罗施密德·贝尼(1851—1938),布达佩斯大学著名的法学教授,曾为牛津大学等外国高校撰写法学专著和教科书。

的共生极为复杂，与其说是由一系列法律问题组成的难题，不如说是道德问题。"民事法"实际上就是生活本身……

他的思辨能力——某种非凡的内心公正、不可收买的判决勇气和游刃有余的从容应变——激发了学生们和同时代人的"天才"想象。无论在他的日常工作、精神气质，还是言行举止中，都能让人感到一股独一无二、充满个性、无法形容的力量；他出奇制胜的表述与阐释，无不带着"天才"的个性色彩。他是特立独行的导师，不太理会弟子们的狂热，痛恨死记硬背，主考时对于聪颖的孩子从不刁难，即使对方不能对答如流地回答提问，他也总是高抬贵手……他拖着巨大的身躯吃力地走上讲台，倚在讲桌上的样子，看上去像是躺在上面；他带着从容自若、坚不可摧的平静。有的时候，他在课堂上一言不发地听着诚惶诚恐、满头大汗的法学生的陈述。"虽然跑题了，但我看得出来，你有天赋。"有时他会这样轻描淡写地说。经他主考的匈牙利法学生数以千计，只要谁一旦体会到他与众不同的思维逻辑，就很难再摆脱掉他的影响。没有人知道某一个话题会在哪里转折，会到哪里结束。表述的方式与方向，只掌握在他的手中：他复杂、稠密的语句（有一位学生形容他的语句"像中风、割脉一样紧迫"），出人意料的措辞，突如其来的想象，难以理解的比喻，丰富而严谨的语言洪流，神秘的"个性"。哪怕是连词的使用都泄露了其"作家"身份。他总爱使用冷僻的词汇表达看法，所以说他是"天才的怪人"情有可原！就他所选择的领域而言，他不仅是专家，而且是创造者和发现者。在他之前，没有人研究民事法；在他之后，似乎没有必要对他的陈述进行大修大改：凡是读过他著作的人，都有这个感觉。

这两位法学家，维也纳的浪漫主义者马伽什舅公和佩斯的这位叔公，都凭着他们享誉全国的名望和令人诚惶诚恐的严谨，为我们家打上了"杰出法学世家"的烙印。我父亲也是一位律师，毫无疑问，我也应该是。我们每年都去看望佩斯的叔公；他本人也格外上心地维持这个家族的团结，但并不太跟我们中的任何一个直接交往。他住在布达，后来搬到佩斯区的一栋避暑别墅；他从那里去大学授课，认识许多住在老城街巷内的大人物们。路人们只要一见到他，都会停下脚步，凝视他的背影。他的着衣方式颇为古怪，西服的下摆从短外套下缘露出来；而且他跟所有的大老爷们一样，身上从来不带钱。一辈子从来没想过钱，他的这种做派纯属自然，并非装腔作势。他长得像一只古生物，人高马大，身体笨重。在思想上和生活里，他也似乎尺度超常，毋庸置疑地体现在用餐、娱乐、生活方式和生活细节等各个方面。有一回，政府请他出任司法部部长，但他没有接受；事过很久，他解释说，他喜欢当我行我素的教师，不想当部长，因为"部长"是奴才，一旦惹老爷们不高兴，随时可以被辞掉……他是一个不受管束的人，按照自己的内在法则生活；他以自己的方式自律，但不受社会规范约束，自在逍遥……不管去哪儿，他都步行，只有在迫不得已的情况下才搭乘公交车。这个怪人在我的记忆中已相当模糊，我只能扭捏害羞地跟他讲话。跟家里大多数成员和他的孩子们一样，在我的印象里，他也是一个出类拔萃的可爱生灵，是肩负重荷的大自然造物。

我刚读大学的第一个学期，他担任佩斯大学校长。有一天上午，我去他那里报到。他在富丽堂皇的校长会客厅接待了我；他坐在一张雕花的大写字台后，身宽体胖，形象高大——也不知道为什么——我感觉他像霍尔拜因[1]画作里的英王亨利八世。在他的脖子上,挂着象征校长权威的金属链;一块大大的方餐巾塞在马甲的开襟处,遮住了他的大肚子。他用攥着餐叉的手和蔼地向我招了招,示意我走近一点儿;他正在吃炖肉,校长办公桌上摆着一盘香喷喷的炖肉和一杯啤酒;他吃得津津有味,看得出来,他并不在乎自己在装饰华丽的会客厅里的形象。我出神地看着他,一直等到这位身材魁伟的大人物吃完最后一口饭。之后,他挽起我的胳膊,友好地领着我在大厅里走了一圈,指给我看那些他自己都不清楚来历的油画。我们在象征学校尊严的权杖前站住。"这是什么,本尼叔公?"我问他。"我不知道。"他说,并且耸了下肩膀。我用感激的目光望着他,因为这个耸肩的动作喜欢上了他。

作为"校长",他在我的第一本记分册上签了字,字体又圆又胖;他送我到门口,微笑着说,现在他是法定的"尊贵的先生",因为在古代世界,这个头衔只能用在艾尔代伊大公[2]和大学校长头上;他跟我友好地交谈,询

---

[1] 霍尔拜因,即小汉斯·霍尔拜因(1497—1543),德国文艺复兴时期画家,欧洲最杰出的肖像画画家之一,1537年为亨利八世绘制肖像。
[2] 指特兰西瓦尼亚大公。

问我家的情况；但是随后，他好像忘了我是谁，转身回到写字台前，喝掉剩下的啤酒，挥了挥手让我离开。出于勤奋，我努力听了他几堂课，但是到了第一学年末，我厌倦了法律，转到了文学院，没再听过他的课；没过多久，我离开那所学校，后来在国外大学毕业。从那之后，我十几年没再见过他。退休之后，他住在多瑙河边，住在一个度假区，黎明起床，八十多岁高龄还在多瑙河里游泳；他从早到晚都在房间里工作，胳膊支在站立式的办公桌上。他的弟子和追随者们为他出版著作；八十岁大寿时，他们在佩斯的音乐堂为他举办了一场盛大的庆典。他的同事、学生、全国著名的律师和法官们都来了，司法部长也出席了。人们白白等了许久：他派人给部长送来一封信，感谢大家为他祝寿，请大家原谅他不能出席，可是他"不能允许自己的生命因为这种事情变短"。他对生命格外珍惜，最后的精力全用于工作，他的实际生命要比普通人长许多。他的生命产生于某种取之不尽、用之不竭的原始力量。

毫无疑问，跟普通人相比，这种人是由另外一种更加坚韧、刚强的材料造成的。从他们手中，我获得了赖以远行的精神食粮；从他们身上，我继承了作为他们生命一部分的坚韧和耐力，并以此为生。

10

每隔一个星期天，茹莉表姑[1]就来布达的寄宿学校接我，我们一起去岛上吃午饭。茹莉表姑写长篇小说，并且说一口流利的法语。她在巴黎生活过很长时间，后来住在卢瓦尔河畔的一座城堡里；穿着、气质、见识，无不显示出她拥有值得骄傲的家庭背景。她父亲[2]是匈牙利最后的七执政官之一，她的母亲路易丝是我祖父的姐姐，温柔贤淑，头上总包着方头巾。茹莉表姑嫁给了一个罗马尼亚人，但是家里谁都没见过她的丈夫。他们在布加勒斯特住过一段时间，经常出入宫廷。茹莉表姑总在讲故事；她天生就是个讲故事的人。她讲"她的东巴黎[3]"，讲生活跌宕、酷爱艺术的罗马尼亚王后，讲巴黎与文学。我望眼欲穿地盼望星期天，因为茹莉跟文学家很熟，认

---

[1] 茹莉表姑为M.赫拉博夫斯基·尤利娅（1858—1946），女作家。
[2] 指赫拉博夫斯基·亚诺什（1816—1864），法院院长。
[3] 指位于东欧的布加勒斯特。

识霍伊希·帕尔[1]和裴卡尔·久拉[2]，她还在日报上发表短篇小说。她丈夫很早就去世了，他们只在一起生活了很短一段时间。茹莉表姑不懂"青少年教育"，但她本能地敲开了我的心扉，她像跟成年人一样地与我交谈，跟我谈生活和文学。星期天郊游，她带我走进陌生的世界。我们在一起时，估计茹莉表姑感到很乏味，想来她是见过大世面的人，结识许多著名的作家；她总是"在脑子里已编好了"好几部小说，"就差写到纸上了"；她跟罗马尼亚王后会晤过多次。总之，她属于另外一个世界，不仅是成年人的世界，还有爱情与世袭特权的世界。她的穿着打扮非常时髦，戴圆顶帽子，穿沙沙作响的绸缎衣裳，好像是去参加舞会；我们就这样去岛上，从那里搭船到勃拉洛什广场，去茹莉表姑位于梅斯特尔大街的公寓楼，在那里留下了各种各样的"记忆"。她对家族非常依恋，屋里摆满了老照片、旧书信和上百年的家族纪念品。她也像对待祖传器皿或家族旧物那样精心地呵护我。茹莉表姑是我们家的秘密珍藏者、女作家和一部小说的

---

[1] 霍伊希·帕尔（1850—1927），匈牙利记者、天文学家、眼科医生、国会议员。
[2] 裴卡尔·久拉（1867—1937），匈牙利作家、记者、政治家。

女主人公，既是家族成员，又是无可非议的陌生人……她住的那两个小房间，位于一栋公寓楼的二层，空间相当狭小；但是即便如此，她周围的一切仍显得华贵惊艳，她的每样东西、每件衣服、每件家具、每副手套、每顶帽子全经过精挑细选，引领时尚，她在每句话里都会不厌其烦地掺进法语词！……她总是在路上，总在制订计划，写长篇或短篇小说，出席晚会，准备去巴黎——对我来说，她简直是一个令人眼花缭乱的通灵之物！除此之外，在她身上还有某种不容摧毁的东西，某种内源的，即使后来变得贫困、孤独、失望也无法造假的光焰。茹莉表姑是一位真正的女性，是"世纪末"的杰作，是罕见的流星。

后来，在我的同时代人中，我再没遇见过这样的女性。想到茹莉表姑，我不得不承认，上世纪的女性是另一种女性——我只认识几位歌舞女郎，可爱、有才华、肤浅或渊博、脾气温和或略带邪恶的歌舞女郎。她们有的时候学化学，有的时候生孩子喂奶，有的时候调情，有的时候恋爱，她们活得大都比上世纪的女人"更健康"，但是即便如此，她们在骨子里仍是歌舞女郎；她们不是茹莉表姑那种能够让我难过、让我留恋的另类女性。在茹莉身上，我能感到某种沉静的、本能的、并不浪漫的女性忠诚，这种忠诚，我在战后的女人身上再也找不到了。她动荡不安、经历风雨的大手笔人生，却是用最简单、最率真的方式实现的。这位女作家要比战后那些出入编辑部的"名媛们"更纯洁、更真诚。她教我喜欢上法国人——她并非刻意、无意之中带我走向拉丁世界；是她让我开始揣测，在我生长其中的迷宫之外，还存在一个更逻辑、更简单、更公正的文明。

她介绍我认识的第一位活跃于文坛的作家是鲍里尼·贝拉[1]。鲍里尼是一位出色的讽刺作家，当时他在主编一份名为《纸捻》的幽默杂志。我跟茹莉表姑走在环路上，鲍里尼正在一家饭馆喝酒，坐在一株种在酒桶里的檬树后，他离开桌子绕过酒桶朝我们走来，跟茹莉表姑打招呼。我实在想象不出，这两个来自不同世界的人有什么好聊的，鲍里尼主编不大可能请道德观严肃的茹莉表姑给《纸捻》投稿……不管怎么说，他是我认识的第一位作家，给我留下最深印象的是他的秃顶、讥讽的眼神和牧师的面孔。"作家原来就长这样！"我心里暗想。

---

[1] 鲍里尼·贝拉（1881—1945），匈牙利作家、编辑、记者、童话插图画家。

有的时候，茹莉表姑像履行义务似的带我去逛博物馆，不过，至少我们两个都很反感动物标本和古代匈牙利人使用的兵器，反感程度不亚于听配有投影插图的民俗讲座；经过几次无聊至极的尝试之后，我们星期天下午主要去甜点店或歌剧院。有一次，她带我去《佩斯新闻报》编辑部，穿过好几间空屋子，我拼命嗅闻硫酸纸和油墨的味道，骄傲地望着茹莉，望着这位令人钦佩的表姑；出入日报编辑部这样的文化重地，对她来说如履平地……她总是在写长篇小说，主题是"生活与幻想"元素的杂糅。她还写过一部话剧，并将手稿寄到我在德国的住址，她虽然不说我也清楚，她希望我能把这部戏搬上德国舞台。但是，出于年轻人的马虎，我在搬家时将手稿遗失了。她从来没有追问过我，跟我的关系一如既往；我从别人嘴里听说，她写的话剧惨遭重创，以至于毁掉了她生活的希望。她翻译过许多书，挣了些小钱。后来，她的名字慢慢从报纸专栏里消失了。"我落伍了。"她自嘲地说。但是，她在家里继续偷偷地写了不少小说。

亲爱的茹莉表姑啊！她永远是一位"贵妇人"，即便手头拮据，仍旧能活得光彩照人，仪态万方；命运对她不公平，她一个人度过了几十年的孤寡日子，但她从来不抱怨，从不给别人添麻烦；她始终是一位仗义的"豪侠"，七十六岁时都不会空着手去看望亲戚，总会分赠一些她所珍藏的小宝贝——一件精致的瓷器、一张老照片，或是一样小手工艺品——她总是给予，即使家里什么也没有，但她有一颗善良、纯洁的博爱之心。我偶尔问她，为什么不再找一位丈夫？她不好意思地微笑一下，然后高傲地扬起头，用难以效仿的语气说："我更看重自己的独立性，你知道吗？亲爱的……"家族里的一大秘密就是：将近八十年，茹莉怎么能够靠文学创作和教法语生活（她在首都一家女子学校教"辅导课"）？她总是风度优雅，习惯穿套装，戴一顶阔檐礼帽，不管去哪儿都带着礼物。她拿什么买家里的茶叶？拿什么厚待亲戚和密友？……七十多岁了，她的头发仍乌黑发亮，总是有说有笑、风度翩翩、衣着时尚、精神抖擞地在家族聚会上亮相，许多时候，即使年轻人也不能像她一样真正"跟上时代的步伐"。她阅读法语书籍，总是在酝酿新的计划，构思新的作品。她七十七岁那年，有一次我无意中惹恼了她。我壮起胆子好奇地问，维也纳的大伯父、画家和她之间，谁的年龄最大？"总是男人的岁数大！"她说，并且眼睛冒火地朝周围瞥了一圈，心里真的生气了。七十七岁时，她仍跟四十年前一样过着"社交生活",对女裁缝十分挑剔,跟二十多岁女郎争论时装问题,不辞辛苦地搭乘一个半小时有轨电车,就为了借一本法语书……茹莉表姑就是这样一个人。七十七岁那年,她准备结伴去巴黎,因为她想再看一眼巴黎;但是后来,她由于害怕陌生,害怕变化的世界,担心失去残留不多的记忆,最终还是留在了家里。"我在巴黎的朋友大多数已经去世了!"她心事重重地说,"一切都成过去,一切都将结束……没办法,我落伍了。"

11

有一天,吉泽拉终于出嫁了。婚礼上,她穿了一件灰色衣裳和一条长得垂地、蜂腰般苗条的灰色纱裙,家里每个人都为她的这一转变感到高兴。当时,吉泽拉已经四十多岁,家人都已丧失了希望,没有谁觉得还会有人乐意牵着这位忧郁老姑娘的手走进教堂。她既不漂亮,也没有财产,在玛丽娅大院[1]里长大,是玛丽大婶[2]亲手

---

[1] 作者所说的"玛丽娅大院"离中央大街不远,那里住着许多户人家,其中几家是作者不太了解具体亲属关系的家族远亲。
[2] "玛丽大婶"其实是马洛伊的姨婆,这里是套用马洛伊家人对玛丽的称呼。

把她拉扯大的。玛丽娅大院里实行母权制统治，玛丽大婶发号施令。玛丽大婶是态度严厉的部落首领，慢慢地，她把家族中所有没希望嫁出去的老姑娘都收留到自己身边，还有所有离婚的女儿和孙女。此外，她还先后收留了吉泽拉和贝尔塔。贝尔塔在塞耶的邮局工作，但她在职业生涯上前进缓慢，六十多岁也没能当上正职……在玛丽大婶身边，逐渐汇聚起家族的绝望。在这种严厉的母权制下，男人不可能忍受太久：玛丽大婶的女婿，有着骑士风度、留着猫一样胡须的卡兹梅尔大叔很快就跟妻子离婚从那里搬走，从那以后，他只在命名日来玛丽家做客，一边呷着茴香酒，一边听半打的女人控诉各自丈夫的罪行。我始终没能弄清楚，到底是什么样的亲戚关系把玛丽家的妇人们维系在一起？作为一家之主的玛丽大婶，是我祖母的妹妹；但对吉泽拉、贝尔塔、玛丽什卡、玛尔吉特，我只统称为"阿姨"，她们照看卧病在床、躺在被褥和枕头之间的暴君玛丽大婶，从玻璃门的橱柜里取出香草味的糕点和甜味的茴香酒，假若有人来访，她们还会倾吐满腹的怨艾。她们连信也不能随便写，因为这位白发苍苍的独裁者，要经过亲自审阅才会给她们买邮票的钱；她们更不能在没得到玛丽大婶许可的情况下擅自进城；即便是厄修拉修道院的那些修女，也不像玛丽大婶家的姐妹们被管得这么严。

因此，不难理解吉泽拉为什么想要逃出这座生活的修道院，妇人们和姑娘们被腌在这个没有男人敢走近的地方发酵、变酸。向吉泽拉求婚的是一位河流管理员，他是鳏夫，是个沉静、忧郁的小公务员，生活里已经什么都有，缺的只是吉泽拉，就连玛丽大婶也未能弄清男人的想法！不管怎样，有一天，玛丽娅大院的全体成员为吉泽拉缝制了一身细腰、紧身的丝绸婚纱，河流管理员身穿黑色礼服，一副受惊的神情站在客厅里忙碌穿梭、兴奋异常的妇人中间。卡兹梅尔大叔一大清早就赶过来，喝了许多萨莫萝德尼葡萄酒，他用模棱两可的话鼓励了河流管理员几句。在忙碌、兴奋的喧嚣中，没有人明白河流管理员到底为什么要娶吉泽拉，就连新娘自己也不理解。可怜的人啊！妇人们给新娘烫前额的刘海，吉泽拉脸色苍白地站在河流管理员身边，用不知所措的眼神环视四周，觉得这一切都不现实，不相信这种喜事会落到自己头上，她突然成了一个重要人物，幸运之神降福于她……河流管理员住在蒂萨河[1]畔

---

[1] 蒂萨河是匈牙利境内的第二条大河。

的一个小村庄里；他有房子、院子、猪圈和一份稳定轻松、收入不错的工作，想来，即使在和平年代也难找到比看管蒂萨河更舒心的国家单位……所有人都说，美丽善良的吉泽拉真是太幸运了，这样从天而降的幸运实在罕见！河流管理员缄口不语，午宴上一声不响地吃了不少，喝了很多酒，然后挽着吉泽拉的胳膊，脚步从容地陪她去火车站，去蒂萨河畔。家里人很长时间都这样讲，吉泽拉太幸运了，好像命运跟她开了一个结局仁慈、让人感觉不真实的玩笑。"不管怎么说，吉泽拉一直都很幸运！"那些继续留在玛丽大婶铁掌里的阿姨和姐妹们不无忌妒地说。

玛丽大婶在托卡伊有一片葡萄园，葡萄为她和许多亲戚的生活开支都提供了来源。每到采摘葡萄的季节，全家人都住在托卡伊的房子里，只有玛丽大婶留在家中，躺在床上通过派人送信或手续麻烦的邮政服务指挥采摘。每年都有人收购葡萄，尽管以某种神秘的方式。一家能靠这笔收入舒服度日。在每年的玛丽娅命名日，玛丽大婶都会向亲戚、朋友赠送茶叶。玛丽大婶从玛丽娅大院的住房里搬出家具，卡兹梅尔大叔过来当一天客人，开酒瓶，调钢琴。当然，他在家里的"午茶"上什么都喝，唯独不喝茶。下午六点，兵营的军官们赶来（玛丽大婶的孙女嫁给了一位军官);卡兹梅尔大叔的朋友都是搞财会的。屋里有人弹钢琴,桌上摆满了盛着冷肉的餐盘,军官们轮流坐到钢琴前。这场饕餮的晚宴一直持续到第二天早上,人们狼吞虎咽的模样不堪入目,像是一群饿鬼饥不择食……到了早上,桌上的东西已被扫荡一空,之后又是一年没有男人走进玛丽娅大院。玛丽大婶的名声很恐怖。吉泽拉走后,她的位置很快被塞耶的邮局助理员贝尔塔替代,因为玛丽大婶喜欢总有一大群人围着她。

这个生活的修道院,这个有点让人头疼的女人圈子,是一个"名副其实"的大家庭:就像某个官方总部,来自家族各支的消息汇聚到这儿,在这里广播,记录所有的新闻,并做旁白解说;每隔一段时间,会用更加丰富的语言、以公告的形式将家族中发生的事件公之于众。阿姨们坐在弥漫着煮水果和樟脑球味的房间里,守护着家族的灵魂。她们用血缘和记忆、悲剧和感情垃圾、绯闻和要闻的棉线编织着家族永在变化、永不中断的神话。家里总有人死亡,按葬礼上的说法,是"提前离世",因为,"假如他能更好地照顾自己","假如医生能及时地发现病情",他本来能够活得更久。但不管怎样,家族——这个神秘的集体——仍然继续存活,家人们生死与共,相依为命。或许,跟德热提到的"曼茨的早夭"悲剧相比[1],毕竟家族的生命更为重要……玛丽大婶和围绕在她身边的老妇人们怀疑,任何一个人的死亡都是"提前的";也许根本不可能有谁会准时死亡……总之,家族的神话继续流传,这种神奇的自我意识,赋予我们每个在家族神话中扮演角色的人以力量。在各个时代,特别是当人类被迫生活在缺少共同拥有的伟大神话的时代,袖珍的家族世界史更成为他们意义重大的体验源泉。家族中有奥林匹斯山,也有哈迪斯[2];玛丽大婶卧病在床,躺在被褥和枕头中间,精心地将家族成员们分门别类,规定谁属于哪儿。

有一天,她也搬走了,她并不想走,但还是提前离开了那里,很可能是去了哈迪斯,她在那里会跟亲戚们争吵几十年……不过,吉泽拉跟河流管理员一起幸福地生活了很久。玛丽娅大院里的人总是说,吉泽拉是幸运的宠儿。

---

[1] 指作者两岁时出生的妹妹,出生后不久就不幸病亡。
[2] 哈迪斯是古希腊神话中统治冥界的神。这里指冥府。

12

一个曾经存在的大家族,难道它就是这个样子,仅此而已?只剩下名字和照片,一张嘴、一双眼睛和几个手势,几件家具,有时候,还有某种令人不安的困惑与犹疑,让人感到自己并非完全的孤独,距离他将作为礼物获得,并将进一步传递到另一个人或另一件事的物质与力量并不太远……这不是一个"简单的"家族,或许那种家族根本就不存在;这是一个组构的家庭,由怨怒、激情与利益绑缚到一起的性情各异、倾向不同的人们组成;家庭,这个虽然有不少陌生成员,但在严峻时期仍能够存活,阶层界限模糊,即使在急风暴雨中也能够超越阶层、坚不可摧的小团体,随着时间的流逝而组构良好。这是一个复杂的家族,充满了怨恨与自我牺牲精神、心灵贫瘠与我行我素的个性,他们都属于市民阶层;当我生活在他们中间时,他们的市民地位风雨飘摇,陷入危机。我的一切都感恩于它;我很难忘记和销毁自己从他们那里获得的东西。

也许根本就不可能忘记。

第三章

1

无论春夏秋冬，每天早晨七点钟我们都要到修道院的小教堂去做弥撒。低年级的孩子们必须站着聆听诵经弥撒；五年级以上的学生们才能获得教师的准许，坐到小教堂的长椅上。教堂里面没有供暖，阴暗潮湿，在大雾笼罩的冬日清晨，我们冻得直跺冰冷的地砖；三十分钟的诵经弥撒，像士兵一样膝盖僵直地昂首肃立，累得我们苦不堪言，绝大多数时候我们都要带着头疼和焦虑去上一天里的第一堂课。从五年级开始，弥撒变成了休息，在光线朦胧的教堂里，可以坐在宽大的长椅上随意打盹儿，困倦的学生还可以假装虔诚、十指相扣地伏在经书桌上，将脸埋在手心里，舒舒服服地补上早上没做完的春梦。礼拜天的唱诗弥撒长达一个半小时之久；有许多次，年迈的老妇和过度紧张的小学生由于站立太久或被香炉烟熏得突然晕倒；在信众拥挤、闷热缺氧的教堂里站一个半小时，连成年人都受不了。礼拜天，我们全班集合，列队走进修道院小教堂。唱诗弥撒之后是布道演讲。我们离开教堂时，时间已经将近正午。礼拜天上午大伙儿无精打采。教师对孩子们去教堂要求很严格，校监会念学生名单；假如有谁没有参加敬拜上帝的活动，必须跟缺课一样递交假条。

不管清晨的弥撒多么累人，我在四年级之前一直很喜欢去教堂，热心担任辅祭；不管怎样，只要我站在圣坛附近，自我感觉就非常良好。我还喜欢教堂里的气味，尤其喜欢用鲜花和松枝点缀的圣坛，鲜花的芳香与蜡烛尖酸的气味混在一起。我只是受不了香炉的烟味，会像惧怕魔鬼一样逃之夭夭。我一闻到香炉烟令人窒息的味道，脸色立即就变黄变绿，脚步跌撞地跑出教堂，胃里翻江倒海，恶心呕吐。在平日的诵经弥撒上，不会受到这种威胁。对于每次五月份的清晨弥撒，我至今都能记起当时清爽、含蓄的色调和气氛。在教堂一米半深的窗洞里，透过铁格窗户，阳光像一道道金线投射进来，圣坛上铺着刚刚浆洗好的、饰有蕾丝花边的雪白桌布，在圣坛两侧燃着两支蜡烛，神父穿着紫红色或白金色的弥撒袍站在福音书架后，神色从容地做准备工作，不时低声吩咐穿着法衣和红色辅祭袍的我在圣坛的台阶上做这做那，帮助他翻弥撒书，往圣杯里斟酸涩的弥撒酒，给神父的手上倒圣水……"上帝亲临圣坛……"，当我走出法衣室时，我用坚定的声音这样诵念；当我走到圣坛前，我自豪地摇响象征上帝显灵的铜铃，清脆的铃声在教堂内回荡。那是滋味多么甜蜜、阳光多么灿烂、气味多么清爽的宁静啊。主持弥撒的神父的音调令人困倦，我真想一屁股坐到圣坛前的台阶上，蜷起身子在他低沉的嗓音里，在这宽厚、仁慈的气氛中睡一小觉。"你用心灵……"，我看到神父给我一个示意，马上受惊似的背诵起来。教堂内鲜花和蜡烛的记忆，拉丁文的语音，简洁仪式的温馨，比一切都要宁和的氛围，伴随我去上每天的第一堂课。

担任辅祭是一种恩赐和奖赏，是用出色的表现换来的。那些木讷、淡漠的家伙们垂涎三尺地跪在石砖地上，忌妒地看着那些被选中的孩子，忌妒他们能在每天早晨幸运地接近并分享上帝的秘密。学生的宗教道德教育由一家名为"圣洁"的神学会担负,负责人是一位体形发胖、言语不多、头发梳向脑后、性情温和、爱翘兰花指的中年神父,学生们给他起了一个绰号,叫"海豹"[1]。海豹是神学会的灵魂人物。由于种种原因,我从三年级开始就很反感这个言语不多、威信很高、看上去很慈祥、有着父爱般温柔的男人,为什么不呢?他会"单独"关心每一个男孩;他到学生家里探访,当然这对家庭来说是莫大的荣幸;在神学会下午的"自由课"上,他带着孩子们玩游戏或做手工,他将图书馆收拾得井井有条,男孩们会将自己的所有委屈和困惑都向他倾吐;在圣母无染原罪瞻礼[2]上,他为神学会举办的宗教剧演出撰写剧本,组织并教我们庆祝所有的宗教节日;他全能全知,主管"热爱信仰专业"和"保卫信仰专业",做布道演讲,听学生的忏悔……他知道所有人的秘密,他是年轻人慈祥的心灵之父。这位轻声细语、总喜欢爱抚的海豹神父对我也呵护有加,他也"单独"关心过我。在头几年里,我用热诚的眼光仰望他,总像小狗一样跟着他跑。海豹是伟大的理想化身,是善良、开朗的灵魂导师。我从三

---

1 指科瓦奇·拉尤什·伊姆莱(1878—1949),普利孟特瑞会修道士。
2 天主教节日之一,日期是每年的12月8日。

年级开始出于反感而躲避他。我拿不出证据证明自己为什么会反感他,这件事我跟任何人都不能谈,事实上我并没有什么厌恶他的理由,但是我知道,由于海豹并不诚实,这让我感到非常失望,海豹以某种方式欺骗了我们,而我们这些人相信他,相信他上演的这场看似虔诚、仁慈、父爱的喜剧。五月份是圣母月,学生们用鲜花装点教堂,一位叫韦林斯基·伊什特万的学生坐在属于海豹的风琴前,演奏匈牙利传统的《玛利亚颂》,我和奥利弗[1]两人一起担任辅祭,而奥利弗是我深爱的人,我痛苦地,甚至不惜以冒犯他的挑战方式向他求爱,希望得到爱的惠顾。在那个五月,有那么多的困惑,大家的关系是那样地团结、紧密和不可思议的复杂!我对宗教虔诚得近乎卑贱,经常去做忏悔和祈祷,十分自然,身为神学会教师的海豹是我的忏悔神父。尽管学生们可以在全体神职人员中自由选择忏悔神父,但我还是觉得,假如我把自己的小秘密和罪过告诉别的神父,对海豹将是一种伤害……要知道海豹对我们像父亲一样和蔼,有时候挎着我们的胳膊,挽着他所宠爱的孩子的手,跟奥利弗,

---

[1] 奥利弗,即厄泰威尼·纳吉·奥利弗(1900—？),作者小学时代的同班男生,出身于显赫的贵族家庭。

跟我，或跟七年级的塞雷尼。有一天，我开始怕他；这种恐惧，马上转变成某种无缘无故、阴暗而炽烈的敌意。仿佛我想要回避什么……但是我的词汇贫乏，语句无力，很难做出精确的表述。在我和海豹之间，到底发生了什么？我察觉到一个心灵的秘密？我从来说不出海豹有什么不好，他是一位热情、谦虚的神父，名声很棒的教师；可我还是怕他，回避他。

海豹立即抬眼看到这股冰冷的浪头；人的身体构造极其精密，孤独的生活更使人变得出奇地敏感，使人能够注意到一些并未反映在语言、目光、动作上的征兆，本能地感受到另一个人的内心状态，感受到在那个看上去如此放松的人体内正在形成的、暗涌的波澜。于是，他开始观察，仿佛将对方从其他人中间挑选出来，放到一间看不见的隔离室内。终于，他无法忍受这种冷战状态。"你怎么了？"挡在金丝眼镜后的眼神小心翼翼地问我。沉默的搏斗持续了几个星期之久。有一天，海豹终于失去了最后的耐心，约我下午见面，叫我到他住的地方单独谈话。这既是莫大的恩宠，也是莫大的风险。他住在修道院小楼的三层，穿过一扇铁门，沿着拱券式的长廊，我迈着犹豫不决的步子往前走，一直走到长廊尽头，有某种难以接受的东西在等着我。现在,我第一次必须睁大眼睛注意将要发生的每个细节,用一个人尽可能有的警惕……我要显得更强势一些,绝不能退缩,我要考验一下海豹,否则我就失败了。这是一种令人兴奋的冒险,要比去碉堡大街的"官房"还让人紧张,要比男女之间的秘密还令人兴奋;简而言之,这是一个人类的秘密。我与海豹关系密切,在我们之间存在某种特殊的联系,我不相信他,这一点我必须向自己证实。当我站在他房间的矮门外时,我感觉到,在门后有个人在等着我,他比我更强势、更有经验,我根本就不是他的对手。我感到一股强大的憎恨,我想要侮辱海豹。那该是一种很复杂的憎恨,想来"什么都没有发生过";我必须战胜这位神父,战胜海豹,无论他多么经验丰富、训练有素,无论他的言语是多么的油滑,无论他的灵魂是多么复杂莫测,都无法掩饰海豹生活中隐伏着的巨大激情;我绝不能屈服,因为我是反叛者,我什么都不在乎。他的住所有两个带拱券的房间,里面装满了女人味的家具、沙发、钩编的东西、圣像和照片,虽然跟我想象的出入很大,但还是觉得似曾相识;"他就住在这儿",我暗自吃惊,在这些橱柜里装着他的内衣和各种私人物品,这位身穿教袍、永远化妆的流浪者就在这个房间里过着真实的肉体生活；这一想象令我感到愤怒难耐。海豹招呼我坐下，一声不响地审视我好久。那是漫长无尽、窒闷压抑的几分钟。他也变得不安起来，转过身，站到窗前，盯着中央广场和玛利亚雕像出神，终于，他侧过脸头也不回地问了一句：

"你怎么了？"

这一切都事关一个灵魂；这个灵魂张开颤抖、惊恐的翅膀准备从他的手心里飞走。想来，海豹心里非常清楚，在生活中，没有什么会比一个灵魂更重要、更无价的礼物了。他用一种带着忌妒的审慎透过眼镜片看着我，我贪婪地、急切地环视周围的每样东西，极力寻找证据，嗅着房间里的气味。我还注意到屋内的光线，阳光透过挂着钩编窗帘的窗户投在写字台上，庄重而确凿。海豹抱着胳膊坐到我面前，将白皙的手隐在教袍宽大的袖筒里，那天下午他的衣着十分得体，即使在午休时间，他也穿得像是站在布道台上或在忏悔间里听人忏悔。我们先说了几句寒暄的话，就像两名拳击手，用犹疑不定的出击彼此试探对方的能量。随后我向他的胸口出了一拳，回答说：

"我跟女孩睡过了。"我说，并用直勾勾的目光盯着他的眼睛。

几个星期前，我刚刚过完我的十三岁生日。我恬不知耻地跟他撒谎；其实我只跟香料商的儿子一起找过一次女孩，但是那次之后，我在这个问题上并没能变得更加聪明。我看到，我的这一拳击中了他，海豹的心里怦然一震；仿佛有人突然从那张镇定自若的脸上撕下了面具，那是一张薄薄的丝绸面具。他震惊、忌妒、惊讶、友好、温柔、呆滞地盯着我，带着教师恼火的挫败感和神职人员的愤怒，带着孤独者熊熊燃烧、难以自制的情感渴望，以及佯装出的朋友式的幸灾乐祸……他像倾听忏悔似的轻声向我询问了细节；他脸色苍白地在房间里踱来踱去，然后突然站住，将手掌按在我的肩头，望着我的眼睛。我喋喋不休地大胆撒谎，顺口编出我可能只在梦里见过的细节。事实上，我还是处子，我从来就没跟女人睡过。

第二天，他把我叫去，听我忏悔，我内心的焦虑随之释解。我留在神学会当学员，但我再也不跟海豹手挽手地散步了。我俩的关系就此破裂。

2

每年，我们都要做四次节日忏悔；在圣诞节、复活节和五旬节[1]之前，新年也是由忏悔和祈祷开始的。就在圣灵显现的前一天，我们要向自己的神父供认自己在假期内犯过的罪。忏悔那天，我们下午三点就在修道院的小教堂前排成长队；上午，我就把自己关在客厅或父亲的房间里，为节日忏悔做准备，将自己的全部罪过写到纸上，高声朗读课本里的某段祈祷词。请求将会听我忏悔的圣灵洗涤我的灵魂，照亮我的思想，帮助我认清自己的罪，让我悔恨并获得救赎……祈祷书里，已为想做忏悔的人写好了不少实用的建议，罗列出一张又长又复杂的罪孽表，这为祈祷者提供了便利，他们只需从中选择几条。我仔细读了一遍罪孽的类别，将自己喜欢的条目挑出来，记到一张字条上："我在心里瞧不起仆人……我偷偷希望邻居遇到不幸……我懒于向善……"此外，还必须填写一段每次忏悔后海豹都会要求我们填写的证明文字，保证自己确实是这样忏悔的，并且得到神父的证实。"我在什么时候什么地方进行了节日忏悔"——这份特别的证明文字大致如此。我们至少要在忏悔大军里忍受几小时的煎熬，我意识到自己凡夫俗子

---

[1] 即圣灵降临节。

的无聊处境，审视自己深重的罪孽，却没有丝毫的负罪感。

午饭之后，我跟父母道别，请他们原谅：我曾"在念头里或言行中冒犯过"他们。这是忏悔仪式里规定的法定忏悔词，所以不会觉得有什么不好意思。我必须跟兄弟姐妹们道歉，甚至请求仆人们原谅，她们忍不住大笑起来。随后我从家里出来，手里拿着祈祷书、忏悔证明和自己每次不同的悔罪记录朝教堂走去。四百多人在同一个时间里做忏悔，我们机械地对着神父的耳朵嘟囔自己的罪孽，神父们根本就不可能注意听，在通常情况下，神父们面无表情地听完忏悔，职业性地说两句针对所有人的赦免词。做完忏悔，我们回到家中，带着痛苦、忧虑的警醒，生怕受到罪孽的诱惑，以防刚洗涤干净的灵魂在早祷告之前又被玷污。但是结果总是令人绝望；当一个人试图在天亮之前在"言行"上不冒犯任何人时，这个"念头"本身就犯了罪，因为令人惊讶的是，跟忏悔与祈祷之间度过的那短短几个小时相比，平时我脑子里从未浮现过那么多有罪的念头。在那折磨人的几个小时里，我忍不住会想各种本不应该想的事，然后脸色苍白地上床休息，在梦里也赶不走魔鬼的身影，因为我们跟罪孽的关系就像炼金术士与白象[1]的关系,我们不可能不往那边想……次日清晨,我就怀着这样并不确定的纯洁之心走向圣坛。我饿着肚子去,装了一肚子圣体[2]回来,祈祷之后,好些天我都会因自责和悲伤而情绪激动……

在家里,我们到底信不信教?面对这样的提问,家里所有人肯定都会感到意外。我们庆祝所有的宗教节日,参加所有仪式,在斋期里吃酸菜,女佣们在复活节期间带着火腿和面包到教堂祭祀,我们的床头挂着十字架和念珠串,在日常对话中,上帝的名字也是大写的,每逢重要节日,我父母也会去教堂,但是出于某种特别的宗教倾向,我们在家中并不流露自己的信仰,似乎出于某种习惯,只有上小学的孩子们才做忏悔和祈祷……当然,我们信教;我们接受宗教,它是生活中一个严格、至上的准则,大概跟民事法的规则一样重要。但是,我们真的相信吗?……学校和宗教教育慢慢地扼杀了我心中自然萌发的对辅祭角色的欲望。在没有参加神学会活动之前,我是一个十分虔诚却很不安分的教徒,晚上我按照

---

[1] 白象在佛教中是智慧的象征,欧洲人形容炼金术是"被布遮盖的白象"。
[2] 圣体是基督教各教派所使用的一种象征着耶稣的薄饼。

乳娘和家庭女教师教我的那样全心全意地做祷告；有一位生性开朗、孩子般顽皮、身体肥胖的老者向我解答神秘的教义，他一味地沉溺于丰富的幻想，使我认为"奇迹"是自然之事，并不想去揭示"秘密"……神学会的宗教实践令人疲惫和倦怠，不知怎么，宗教想象被僵化成了公共话题，在宗教实践中我们过多地忙碌，太频繁地动员，我并不理解祈祷词的本义，只是日复一日像佛教徒一样背诵祷文。我不能靠"信仰动员"抵达信仰。我接受信仰的过程是本能的，不包含意志，没有人"启蒙"，我在家里听不到疑虑，但也没有看到过分强烈的宗教狂热。我们去教堂，就像去一个灵魂不被污染的地方。我们的宗教是我们生活的一部分，是重要的本质性思考之一，就跟在家里，就跟个人的心性一样自然。这种宗教崇拜是道德的，机械性的顺从与真正的信仰无关，我们并不做忏悔。

四年级时，我们班里出了一个伪先知，他叫魏德尔，他情绪激动、脸色煞白地慷慨陈词，最后断言说：上帝不存在！这个令人震惊的发现是他从一本书里读到的，那本书是用拉丁文写的，他当医生的哥哥将其中的一个章节翻译给他。魏德尔的这番话一石激起千层浪，一连几个星期我们都争论不休,海豹并不知道全班人躁动不安的原因,只是看到连"最温顺的羔羊"都变得神经兮兮,脸上写着一大串疑问……这些疑问要比乍听起来更加复杂。宗教的教义、圣徒写的福音书、世界的存在和其他有迹可循的法则都证明了上帝的存在。魏德尔不仅否认上帝的存在,而且还亮出了一件确凿的证据,那是一部我们谁都没有读过的拉丁文书,一种非同寻常的感受和倾向使我被班上的辩论话题所吸引。天哪,一颗怀疑的火星,永远在我们体内闪烁不灭,不需要别的,只需一个不安灵魂的温热哈气,就会立即燃起火苗……这场关于信仰的辩论持续了好几个星期,后来传到了老师的耳朵里。他们询问了班里的头头儿。一位名叫盖迪昂的青年教师假情假意地跟我亲近,诱使我说出了真实的想法。我们一起去滑冰时,我向他承认,我相信这个令人惊骇的观点,不再"无条件地"相信上帝。这位教师不守诺言地出卖了我,他在教师会议上心怀恶意地讲述了我的自白,我差一点被学校"劝退",我父亲的威信使我侥幸逃过了已经临头的奇耻大辱。

有一天,全班人坐在一起就这个重大问题进行投票。班会上统计的结果出人意料:超过三分之二的人都不相信上帝的存在，占了绝对的大多数。半年之后，"先知"魏德尔从我们的班里悄无声息地消失了。

3

当我再次跟我的海豹神父发生冲突时，他要比我更强势。学校里每年举办两次青少年戏剧会演，一次是在圣母无染原罪瞻礼，另一次是在3月15日。庆祝圣母无染原罪瞻礼时，圣母神学会会长亲自撰写了一部主题宗教剧。会员们绘制舞台布景，并且粉墨登场，青少年乐团也由会员们组成，表演海豹专为这个活动创作的、既深奥又神秘的宗教剧[1]。有一次，我也参加了神学会演出，我在一部神秘剧里饰演大天使加百列，戴着披肩的铅灰色假发，身穿一件我父亲的、经过修改的长睡衣，背着一对威风凛凛的大天使翅膀。不知道因为什么，我手里攥着棕榈枝，紧张地打嗝儿，用跑调的假嗓子大声说：

我在你们头顶挥舞永恒的棕榈枝，

---

[1] 科瓦奇·拉尤什·伊姆莱创作的《欢乐女神的星光花环》于1912年在学校里上演。

你们的心啊,永远不会在生活的烦恼中徘徊。

这发生在我"犯罪"之前,海豹的慈爱涌遍我全身。可以说,我是剧团里的独唱演员和"首席女歌手",扮演大天使加百列成功的热烈场景深深地留在我的记忆里。一年之后,我对海豹的憎恨已经超过了对魔鬼的憎恨,我开始想方设法地回避海豹。他很恼火,但仍彬彬有礼,不过那种礼貌只限于面上的接触。学校里又筹备庆祝圣玛尔吉特节,海豹跟我们学校的声乐教师合作,新创作了一出规模不小的神秘剧,声乐教师是一位虔诚的教会作曲家。他们谱写了一部小型歌剧,标题为《兔子岛》。学生合唱团一连几星期都在体操房内排演一首声乐作品,原定由我扮演圣玛尔吉特。我怀着领衔主演的莫大虚荣,带着歌谱自豪地回家,立即和母亲一起坐到钢琴前开始排练。我在第一幕就有一个"出场亮相",从演员的角度来说非常幸运,声音和旋律我永远不会忘记。歌词是这样的:

圣玛尔吉特(在一开场就登台演唱):
多瑙河雪白的浪花啊,
拥抱着一个美丽小岛,

我生命的日子就在这里度过。

这座兔子岛啊，只属于我。

至少我自己觉得，我的嗓子纯净，高音区清澈。第一次排练之后，声乐教师另有看法，他绷着胡须杂乱的嘴唇，表情严肃地沉思了片刻，然后将海豹拉到体操房的一角，跟他解释了好长时间。海豹习惯性地用三个手指捏着他的长下巴，摇了摇头。就这样，我的角色被拿掉了，因为我的嗓音哑了。我实在接受不了这个奇耻大辱；我的那些竞争对手，那些候选的女主角们则幸灾乐祸地偷偷坏笑。我垂头丧气地走下高台，站到合唱的队列里，声乐教师把我安排在倒数第二排最边上的位置。在那部戏里，我将变成一位普通的无名修女，将不再受人关注地为圣玛尔吉特做陪衬，那个角色由我的一位竞争对手——英俊的奥利弗接替；这两方面都让我心里难受。我带着一个含屈受辱的著名女演员的痛苦，脸上强作笑颜地站在队列中，感觉自己的重要角色被剧团里擅攻心计的家伙们夺走了，心里怀着明星坠落的痛苦感受。不管怎样，我仍想证明自己能比合唱团里的任何人唱得都好；当声乐教师指挥我们大合唱时，年轻而撕裂的嗓音从我的喉咙里发出惊人的声音。确切地说，从我的嗓子里发出的是一种悲楚、苦痛的声音，像暴风雨前驴子的嘶鸣，令人毛骨悚然。合唱团的队员们、声乐教师和海豹都目瞪口呆地盯着我。

排演结束后，海豹禁止我在演出中大声演唱；我只能无声地嚅动嘴唇，他让我尽量不要发出声音。我怀着绝望的心情回到家。全家人都为这道不通人情的严令感到气愤。父亲发誓说，他绝不容忍我遭到这样的伤害，这样被"打压"。全家人都为这个羞辱人的判决义愤填膺，认为夺走我出演圣玛尔吉特的角色是出于诡计和恶意，我母亲认为这个角色"几乎就是为我写的"；但是我遭到诽谤，合唱团似乎是集体合谋想毁掉我的声音，这已经损害了我们家族的声誉……不管怎么讲，我父亲在城市的社会生活中扮演着重要角色，他有资格要求学校允许自己的儿子至少在合唱中发出声音。他激动地说："回头让他唱给你们看看！"可怜的父亲，连他自己都不清楚，他想让我展示什么——是我嗓音的清脆嘹亮，还是父子间的团结？……在圣母无染原罪瞻礼上，奥利弗演唱了圣玛尔吉特，我母亲认为那孩子唱得"有气无力而且跑调儿"。我站在合唱团倒数第二排，像一条被扔到岸上的鱼，嘴唇嚅动、喑哑无声地演唱。我从"首席"变成了"末席"。海豹在演出结束后挽着奥利弗的胳膊，沿着学校长长的走廊悠然散步，就像作曲家跟首席女歌手在首演结束时谢幕那样……我被混乱和阴谋包围了。第二个星期，我退出了神学会；海豹并没有挽留我。很快，我在学校里加入另一派，选择了另一个我从来就不知道的派别或世界观。我意识到我的同学们，我的伙伴们，学校里的四百名男生，经常分成水火不容、相互敌对的两大阵营，每个人都属于某个阵营；我已经不属于那个人数众多、势力强大、思想简单的乌合之众，而是成为一个少数派成员。我获得了一种命运形式，一种难与人为伍的各色地位；我从大集体中脱离出来，从那之后，我走上自己的路。但这个我只是很晚才知道。

在当时，剧社的经历并没有随着在圣母无染原罪瞻礼和3月15日举办的学校庆祝活动一起完全消失。每年两次，在某个星期六的下午，当地剧团都为学校里的学生举办青少年戏剧表演，上演《欧奥奇卡伊旅长》，当然是经过改编的青少年版，还有约卡伊·莫尔的《金人》和一出名为《仙女爱情》的轻歌剧，音乐是由卡裘赫·彭格拉斯[1]作的。神学会会长和海豹担心这出轻歌剧的剧名太过轻浮，一起穿着米黄色教袍、戴着硬檐儿礼帽、整个一副精神导师装扮找到了剧社负责人科姆亚蒂·亚诺什，造访的结果是，为青春期孩子们表演的轻歌剧被迫改名为《仙女之爱》。然而在学校里的僧侣教师中很少有这类偏见很深、忧虑满腹的人物。教我们匈牙利文学的是一位诗人教师[2]，一位满腔热忱的年轻神父，他经常在二层的演员包厢里跟演员们和女艺术家们一起观看演出；从四年级开始，他开始和我们可爱的家长们坐在一起。当然事先经过班主任同意，我们也观看弘扬爱国主义精神的戏剧首演，至于哪出戏有爱国主义精神，则由班主任决定，而不是学生家长。因此，有一段时间我可以看《喑哑的愤怒》，但是当时风靡一时的《美丽的海伦》和让我的欲望与想象达到高潮的《艺妓们》，过了十几年之后我才看到。

---

1 卡裘赫·彭格拉斯（1873—1923），匈牙利作曲家、音乐教育家。这里，马洛伊误把他记成轻歌剧《仙女爱情》的作曲家，实际上该剧的作曲家是胡斯卡·耶诺（1875—1960）。
2 指梅奇·拉斯洛（1895—1978），匈牙利普利孟特瑞会修士、诗人，报纸编辑。

4

从我六岁到十岁的那四年里,每天上午我都去艾玛阿姨家,我跟她学习书写、数学基础知识和匈牙利地理。艾玛阿姨是一位教师,给富裕人家的孩子们上私教;她有一只眼睛视力很差,教小学低年级学生书写字母就教了长达四十个春秋;尽管有着四十年的教学经验和实践,但她仍然像一个孩子。她过着像被消过毒似的纯洁生活,或许她在孩子们面前才能敞开心扉,也许正因如此,人们在现实生活中极少能遇到她这类人。艾玛阿姨五十岁时,仍能感受到一个一年级小学生感到的兴奋;当她一遍又一遍手把手地教小孩子时,她自己也重新学习写字;当她成百上千遍举例讲解时,最先惊讶的是她自己;在她看来,在托付给她的每个孩子身上,她都能发现一个新世界。艾玛阿姨在课上从来不觉得无聊,只有在不由自主地困惑和吃惊时才会显得"严肃"。我们一起用彩色纸条做编织游戏,艾玛阿姨至少跟我一样全神贯注。头几个月里,我经常破坏上课的规矩,这让艾玛阿姨十分头疼,但她并没有为了维护自己的威信跟我较量,而是苦口婆心地央求我听话,并不在乎她的努力付诸东流。

第一年岁末,我们成了知心伙伴,决心一起在更高的权威——父母和学监——面前掩盖这个令人悲哀的事实:我们只是玩了一年,什么也没学……在那四年无忧无虑、快乐而漫长的童年岁月,上午我去她家,每天我都兴奋异常,仿佛去参加一个奇特的幽会——艾玛阿姨比我年长十倍——我们坐在散发着樟脑球和苹果味的公寓里,坐在窗户旁边,因为街道上的风景总比课本更有趣。在黑檀木写字台的一角,在一只用布盖着的盘子里,总有上课的奖励和惊喜等着我:雪蛋[1]和海绵蛋糕,香草蛋糕,加了少许红果白酒的煮水果,或装在一条长布袋里的几颗花生、红枣和无花果……到了年底,我终归还是紧咬牙关地学会了写字!但我把艾玛阿姨急坏了,她低声下气地央求我,用颤抖的嗓音尽可能严厉地责备我:"我的孩子,你写的这是什么字啊!"她边说边无可奈何地叹一口气,发愁地用右手整理着别在衬衣上的漆瓷胸针。"你永远学不会好好写字……"三十年过去,我再次见到了艾玛阿姨。有一次,我借回乡探亲之机登门看望了这位年过八旬的女教师。艾玛阿姨瞎着一只眼,在名曰"女

---

[1] 一种用蛋白打成泡沫、香草味的法式甜点。

士之家"的贫民敬老院安度晚年。她住的小房间"干净"得令人不安。就像三十年前一样，我俩坐在一张长沙发上，因为她把一些老家具也搬到了"女士之家"，她不属于那类三天两头换家具的时髦女性。房门上用粉笔写着伽什帕尔、梅尼黑尔特、博尔蒂扎尔神父名字的头一个字母，橱沿上摆放着装满煮水果的玻璃瓶。我情不自禁地环顾四周，看在黑檀木写字台的桌角上有没有用布盖着、盛有雪蛋和海绵蛋糕的餐盘。直到现在，我还会从艾玛阿姨那儿得到礼物，因为她已经习惯了这样；她送我的礼物都很别致，比方说，约卡伊夫人拉波尔法尔维·茹若[1]的一张戏装剧照，因为艾玛阿姨认为"我肯定对女演员感兴趣……"。谢谢您，艾玛阿姨。

告别的时候，她开始跟我聊起天来，并将"女士之家"的留言簿硬塞给我，要我签下我的名字。我像染上舞台紧张症似的拿起笔，要知道，离艾玛阿姨最后一次鼓励我好好写字，时光已经流逝了那么久；在这样漫长的时间里，我经常如饥似渴地滥用从她那里获得的书写知识，耳畔总能听到从前她教我写字时爱说的口头语：

---

[1] 拉波尔法尔维·茹若（1817—1886），匈牙利女演员、匈牙利现实主义戏剧的开拓者、作家约卡伊·莫尔的妻子。

"先生，写啊，朝上一点儿，再往下一点儿……"我一笔一画地用字母拼写我的名字。她又一次，也是这辈子最后一次弯腰审视我的笔迹，然后摇了摇头，用羞怯、期望的声音说："你的书写，上帝啊，你的书写糟糕了很多……"她开始流泪，因为她已经太老了，只要过去的学生去看她，她每次都会哭。

直到今天我都不清楚：家里人为什么没送我去公立学校？为什么让艾玛阿姨给我上了四年的私教课？估计是担心我的健康，公立学校里经常暴发传染病，市民家庭尽可能将自己的掌上明珠送到科瓦奇大街的"贵族小学"；无产者的孩子们大多去另一所位于胡尼奥迪大街的学校读书。要知道，私教是一件很奢侈的事，只有家境优越的孩子们才可能这样读小学。小学校长和学监亲自上门为孩子考试；或许因此……考试那天，艾玛阿姨很早就来到我们家，穿着比平时更黑的丝绸衬衣，别着漆瓷的胸针，挂着漆瓷的耳环，将一块白色方巾铺在桌上，仔细抻平，好像在死囚的牢房里。我们摆好教科书，习字簿，手工编织和用泥捏后上色的、能够证明我"手工精巧"的苹果、梨、胡萝卜等模型，然后等着主管教学的大人物们光临。考试那天，家人让我穿上蓝绒水手装，脖子上系着白色、丝绸的大领结。在另一张桌子上，摆满盛着熟肉和小点心的盘子，玛丽特意为这天送来一瓶由她亲手盖火漆章的细颈托卡伊葡萄酒。考试的情景我隐隐约约地记得一些；校长和学监提问，艾玛阿姨努力帮我回答。在考试开始时，我先将一个装有二十枚金币的信封递给艾玛阿姨；我父亲总是用金币支付学费，因为这样才很得体。

5

从六岁到八岁，我一直想努力做个"好孩子"。我两岁那年，我刚出生的妹妹从乳娘怀抱的襁褓里掉了出来；孩子的脑袋摔到地上，幸好死了。悲剧发生后，直到我的下一个妹妹出生，在那整整四年里，母亲对我娇生惯养。我总是穿着扎眼的衣裳，每次家庭聚会我都能得到一大堆玩具，我已经六岁了，仍睡在母亲床边带栏杆的小床上。她总是乐此不疲地绞尽脑汁，为我制作各种玩具，发挥神奇的想象力给我缝制古装戏服。我穿着它们在庭院里得意扬扬地招摇过市，让全楼的孩子都忌妒我。我五岁那年，母亲给我缝了一身骑兵戎装，并特意请鞋匠为我特制了一双由她设计的高筒马靴。母亲做的那些玩具,要比商店里买的大路货好玩得多,原创得多。母亲本来想当教师,年轻时毕业于女子职业高中的教育专业,并在出嫁之前教过几年书;出嫁之后,世界上少了一位一流的教育家。她有丰富敏捷的思维、无可比拟的幽默感和清澈透明的心灵,她一辈子都保持着充满天赋的孩子气,富于同情心,深得孩子们信任;我们感到,母亲不是那种"坐下来跟孩子们游戏"的成年人,而是真的跟我们一起玩,我们爱玩的天性感染了她,在她的内心深处,从来没从孩子的房间里彻底走出……她令人惊叹地组织家庭聚会,圣诞节在她手中变成了一出古代的神秘剧,房间里充满了神秘的惊喜;化装舞会结束后,她在家里举办假面狂欢。她从不知疲倦,一连几个星期跟女仆、女教师一起设计制作复杂的道具,最后将我们打扮成扫烟囱工、滑稽演员、仙女或女巫。母亲坐到钢琴前——只有家人,没有客人——我们穿着古装在客厅里纷纷登场。用人们也都化了装。没错,我的母亲,她非常会玩!她会从特殊的视角看人,她会把从街上、聚会上听到的故事编进她感人的节目里;人们看她表演,就跟读书一样。

这种田园生活一直持续到我六岁那年。妹妹出生后，立即夺走了我的头衔，占据了我的位置——也许，那只是我自己这样感觉，但是在我周围肯定发生了某些变化，我在家里不再排名首位，那种失落感无异于一个人遭到流放。"姑娘！"家里人叫我妹妹的口吻全带着十足的骑士风度，我母亲也总是这样叫："姑娘！"我尽量做一个"好孩子"，想重新回到失去的天堂。我攒钱给母亲过生日——在我困惑无助的努力中，我至今都清楚地记得这件事——我决定送母亲一件能让她惊喜的神奇礼物。我一大清早就溜出家门，兜里揣了三十克拉卡伊，我在城中转了几个小时，最后买了一块形状好看、做成肉冻的牛肝饼带回家，送给了母亲。那段时间，我生活的气候阴云满天。每个家庭的历史中，都会经历这样的危机时期，虽然没有"发生"任何可以说得清道得明的事，但仍会为家人之间的现实关系蒙上一层几十年不褪的阴影。从六岁开始，我突然变得孤身一人。这个我跟谁都没说过，连我母亲都不知道。我在生活中感到烦恼、无助和孤独。家庭，温馨的巢穴，我再也无法回归，失去的乐园我只能在梦中寻找。"姑娘！"后来也一样，在几十年里，我觉得在我父母心里，对"姑娘"有一种人为的、坚定的、刻意的崇拜；我怀着受伤的心情开始回避，试图让他们意识到我遭受的鄙弃。家庭的等级制度微妙、复杂和敏感。后来，在我生活的危机时期，即使工作和毒品也无法完全征服我的神经官能症，我不得不开始留意同时代最典型人家的家庭关系，从其他人身上，我发现了有规律的重复和同样的结局。我总结出一个规律：假如第二个孩子——无所谓男孩还是女孩——的出生比前一个孩子晚两年以上，先出生的孩子会感到自己遭到鄙弃和伤害，而在"失乐园"后，首先感到的并不是想家；一岁半或两岁的孩子可以无意识地接受新降生的对手，比较容易真心地与之友好相处。我的两个弟弟都比我妹妹晚出生许多年，我最小的弟弟要比我妹妹小十几岁，他们得到所有"穿小了的衣服"；不仅是"穿小了的衣服"，还有藏到樟脑球里的情感……这些理论跟所有的理论一样实用。生活只偶尔尊重规律，大多数时候将一切理论都抛到脑后。

这样说或许有些轻率：一个人的生命画卷将如何展开，仅仅取决于一次伤害，就像从一个感染源滋生出所有的疾患。我妹妹的出生和啼哭，可能是我"受伤"的原因之一，也可能只是一个借口；但有一点可以肯定，就在那段时间里，我脱离了家庭，开始寻找新的集体，开始走上自己的路。我在那个人多、喧闹、温馨的大家庭里孤身独处，那种孤独状态我有的时候可以忍受，但也只能忍受短短一段时间，之后就会感到压抑不堪。我空寂的内心会在同时代人中爆发，寻找朋友，有时没有找到，有时磕磕碰碰，有时顺从，甚至哀求地试图将自己置身于一个作为"家庭补充"的人群里：就这样，我走进了"帮伙"世界。这些"帮伙"都是由年龄相仿、精神状态相似的男孩子组成，独立于成年人的社会之外，在并非真有意识的反叛中集结而成，他们无视成年人的法则和生活规范，很容易卷入无政府主义的旋涡。我母亲和老师们都没有注意到这个情况；至于我父亲，我们只是在吃午饭和晚饭时才能见到。当然，"帮伙"是由一个身强力壮、热情充沛的家伙领头，一个内心伤害很重、不能忍受社会或某种环境的男孩，逐渐在自己身边聚集起一个松散的团体；"帮伙"成员的时间、能力，甚至连生活背景都不受限制。在我小的时候，我曾经卷进两个这样的团伙。从八岁到十岁，我参加了第一个这类无政府组织；后来，在战争期间[1]，我十七岁那年，又混进了另

---

[1] 指第一次世界大战。

一个"帮伙",由于我们"玩儿大了",有一位兄弟在一个特别的游戏中丧命。

有"健康"的交友倾向的孩子们,一旦在家中受到鄙弃或伤害,会到社会群体中寻找避难所,以摆脱失落和孤独感;比方说,他们参加神学会,通过自我奋斗实现自己的社会野心,或者成立学生会。在我小的时候,还没有听说过"童子军"。这样看来,我不是一个有"健康"倾向的孩子;在社会上那些获得官方认可、作为"家庭补充"的集体里,在由学校正式组织、在法律监督下成立的青少年团体里,我都不堪忍受,无法找到自己的位置,我在精神上深受"帮伙"、恶童和残忍的自由团伙的吸引!这样的阶段,不知道在我后来的生活中重复过多少次!在我的婚姻和职业生涯里,相同的伤害让一个个逃避之词花样翻新。经过受伤的孤独时期,我焦渴、饥饿地寻觅人群,找到同伴;我努力跻身党派,跻身那些由世界观和精神力量团结到一起的思想和利益集团;但是最终我总是在这个或那个"帮伙"里找到避难所,在某个社会边缘,在某种动荡不安、缺少监督的社会领域,跟那些或许只通过共同体验的同盟捆绑到一起的家伙们结成亲戚……然而在我小的时候,我把手洗得干干净净,小心翼翼地坐到家里的餐桌旁,即使母亲锐利的眼睛也无法从我身上看出,我只是一位坐在他们中间、来自另一个世界的陌生客人,我从某个古怪的盟会中回到家。我极力平衡着我生命中这个脆弱易伤的两面性,这就是生活。

6

八岁那年,我为了逃避家庭而加入了"帮伙",从那之后,我再也找不到回家的路。"帮伙"首领是一个身材瘦长、健壮强悍、皮肤黝黑的少年,我清楚地记得他那张脸,那副肺痨病的眼神,那张由于发烧长满溃疡的嘴,那双疤痕遍布的手,那副嘶哑的嗓音,总之,我记得他所有的身体特征;只是他的名字我怎么也想不起来了;大概对他来说,叫什么名字并不重要。当然,他是"无产者"子弟;这位天生的革命者,永远都会让我意识到自己是"肥猫"[1]的崽子。在他灵活矫健的瘦小躯体里燃烧着野性的火焰;他就像烬火一样掉到我们中间,所到之处,一切都会殷殷燃烧。我很清楚自己不属

---

[1] 指有权有势者。

于这个组成"帮伙"的孩子圈。他好像住在"胡什塔克",那是城里的贫民区,吉卜赛人聚居区;我记得不是很清楚了,他好像不是吉卜赛人。有一天他溜进我们庭院,第二天他就高高在上,掌握了这幢公寓楼里居民、动物和没有灵魂之物的统治权。从来没有人知道他会在什么时候来;他会在一天里的任何时辰突然出现,随时可能在我们的窗根下吹响令人心惊肉跳、军令如山、不可抗拒的尖厉口哨声。孩子们从各家的门口溜出来朝着口哨声会合,扔掉手里的玩具,撂下正做的功课,从母亲们手心里和家庭教师身边逃走,气喘吁吁地朝着口哨声发出的方向狂奔。"帮伙"首领在地下室、顶楼、洗衣房的某个犄角旮旯处等着我们;他那衣衫破烂、光着脚板的男孩身影,他那眼神病弱、轮廓漂亮、肤色晦暗的面庞,他一举一动的优雅傲慢,他行无影去无踪的神秘,向整栋楼的孩子们施展了巫术。我必须承认,即使在三十年后,我都能感到当时身陷的那种着魔状态,我活在令人压抑的诱惑里。那种诱惑,从一位羸弱但仍充满勇敢和反抗精神的男孩体内向我涌流。我毫无抵抗地被那个殷殷燃烧、与大自然力量有亲缘关系的更强大的意志所降服。

仿佛听到哈梅林魔笛手[1]神奇的笛声,我们朝着那令人毛骨悚然的口哨声向我们的统治者汇集。要想逃出去并不容易,每时每刻,家里都有人看守我:母亲,家庭教师。在孩子房间的桌子上方,钉着一张字体歪斜的"日程表",上面为八岁孩子的每个半小时都起了名字:起床,祷告,洗澡,早餐,散步和玩耍,上午茶和游戏;每天从早到晚,每分钟都有规定的内容。我母亲想要这样,她在我们身上不遗余力地实践她曾经的教育理论。我从家里逃出去,亵渎了"日程表",我用完全自觉自愿的方式冲破了母亲在我们周围画下的、时刻监视我们的魔圈……可想而知,这是一种危险的行动……只要那魔法的哨声一响,我们立即冲出屋子——不仅是我,住在二层的玻璃制造商维恩列布的儿子也从家里逃了出来,平时他也遭到严格看管,还有住在底层的无产者子弟,这栋公寓楼内所有隐秘、兴奋地组成这个小团伙的孩子们——有的时候,我们凑到一起只短短几分钟,我

---

[1] 传说在13世纪,德国普鲁士的哈梅林暴发鼠疫,许多人死亡。当地人许诺重金,请一位法力高强的魔笛手将所有老鼠引到河里淹死。但是当地人食言,拒绝付他酬劳。于是出于报复,魔笛手又吹起笛子,全村孩子都跟着他消失无踪。

们就像地下的恋人,一听到指令,就在我们的帝国里飞奔,在地下室,在顶楼,或在玻璃圆顶的"伯利恒"光线昏暗的过道里。我们将他索要的礼物交给他——他一声不响地收纳贡品——我们谈好下次的碰面,然后气喘吁吁地跑回各自的房间,继续"玩耍"或学习,经常还要因为我们无人理解、难以解释的出逃而承受处罚。每天,我们随时随刻听候召唤;他凌驾于我们的身心之上;我们盲目顺从地听他的指令。

我们的统治者并不怎么有教养;有的时候,我们在他面前谈论的事情超出了他的知识范畴,他会木呆呆地盯着我们,那双好奇的眼睛里光泽暗淡,在他粗鲁而敏感的孩子的嘴角,浮现出一丝邪恶、怯懦、敌意的线条。但在家里,在有仆人伺候我们的漂亮房间内,我们的"另一半生活"格外烦人;尤其是,当我被迫跟玻璃制造商的儿子待在一起时,总要自虐般地仔细盘问,逐一供述。我们要讲自己吃了什么午饭,我们的父亲有多少衣服挣多少钱——钱的问题特别刺激我们的想象,我的统治者经常怂恿我在办公室下班后伺机溜进我父亲的工作室,看看律师的记事簿,当天总共有多少进账……那本又厚又大、羊皮封面、圣书一般的记事簿,总是翻开着摊在写字台上，办公室女秘书和候补律师将每天的业务登记在上面。记事簿里的数据总让我焦躁不安，里面记录的字里行间总让我感觉到自己家族的威信和富有；假如我在里面找到了四位数字，就会感到非常快乐……"信：两克罗那，咨询：十克罗那"，记事簿里这样记录。有的时候是我父亲干硬如刺、工整认真的笔迹，纸上记录了用钱量化的办公室日常的工作业绩。"今天我们挣了一百克罗那！"我向我的统治者报告，他用带有恶意的眼神和有些不大情愿流露的满足的微笑认真听着，享受着数字带来的微醺。

他并不聪明，但从他的身体里无时无刻不辐射出诱人狂热的个性魅力，不容抗拒地"感染"了我们这些可能比他更聪明、更有文化的孩子们。我们毫无抵抗地缴械投降，放弃了自己的学识和身份的优越。但是，有谁想到了反叛呢？……当他终于出现，我们快乐地站在他的周围；当他从楼里消失，没有人知道他住在哪儿，跟谁一起上课。我们为他偷家里的食物、母亲针线筐里的漂亮纽扣，我们把最好看的玻璃球献给他。他经常用一种讨价还价、呆滞残忍的微笑鼓励我们顺从，怂恿我们破坏法规；即便我们偶尔固执己见，出于胆小和逃避欲拒绝满足他的某种危险的愿望，但是最终我们仍会将他想要的东西拿给他。后来，在成年人的世界里，在我动荡不安的生活中，在所谓的政治中，我也多次遇到这类神秘出现、大多并不怎么有教养、修养和学养的"超自然人"，即使那些智力超群、谨慎小心、审时度势的人最终还是会放弃抵抗，悲喜交加地俯首顺从！在这种直接辐射到追随者身上的"意志"里，究竟有多少——到底有没有？——性的成分？我不知道。主流文学经常喜欢描写这类从天而降、遁入虚无的人物，他们突然现身于一个无意识的、对现实不满的人群中，播下革命的种子，有时只引发一阵运动的骚乱，激起我们心中的疑惑，使人意识到潜伏的危险，并且将众人凝聚到一起，之后有一天，他们给我们戴上工人帽，悄然无形地站到一边，在绞架上或传说里演完他们的角色。我对这类政治神话的人物故事总是抱着怀疑的眼光。但是在大世界的缩影里，在一个"平安无事"的小社会里，在我们的公寓楼内，在我的孩提时代，在我的童年伙伴中，我确实亲历过这类事情。

要知道，后来我刻意想要忘掉他的名字，因为这个懒散、腌臜、悲伤、粗野，但有着电流般刺激的感染力的"运动"小统帅，这个羞于在我们中间却渴望进入市民圈子、正因如此才咬牙切齿、残酷冷漠的"暴民"小领袖，对我的影响实在太大了……但我没能忘掉他垂下眼帘的样子；有的时候，他低下头，从半合的眼皮下闪烁出多情的眼神，那么有人性、那么冷峻、那么饥渴，以至于让我毛骨悚然，一股冷气蹿遍全身。我们没有别的选择，他就是首领。我们在一起的借口是玩游戏。不管是毫无新意地玩球，玩纸牌，还是捉迷藏——在大院里的每个角落都可以藏身，夏天有热气蒸腾的锅炉、名声不佳的咖啡馆木桌和顶楼挂在晾衣绳上的帘子，包括孩子们的家里，我们翻窗入室彼此寻找；黄昏时分，我们跟蝙蝠似的穿过昏暗的陌生房间，把毫无思想准备的女佣和靠弹钢琴做白日梦的玻璃制造商的妻子，可怜的维恩列布夫人吓得魂飞魄散——在玩游戏的借口背后，每位参与者都感觉到，我们在一起的意义并不在于玩球，而是另有别的更加隐秘、更加难言、更涉及个人的私事。很长时间我们都蒙骗自己，认为是集体游戏维系了这个"帮伙"。有一天我们必须明白，还有什么别的把我们捆绑在一起；游戏，没错，但那是一种完全特别、令人吃惊、棒得可怕、影响我们一生的游戏。

我不清楚那究竟是怎么发生的？谁挑的头？谁是玩那个新游戏的煽动者？我不敢断定新游戏的点子出自那个闯到我们中间的不速之客，那个躁动不安地在我们中间出没的小痞子。在我们每个人身上都存在这种倾向，在这个"帮伙"里没有谁的年龄超过十岁，这个主意不可能是成年人教的……有一天我们发现，我们在玩跟过去不同的另一种游戏。我们突然不再玩那些天天都玩的传统游戏，我们越来越看重那些说不出口的私事，因为跟我们借以交往的借口相比，是私事将我们绑在了一起。那个陌生男孩建议我们玩一种"新游戏"。我记得，我们玩了一段时间"马戏团"。不久前，马戏团巡演到我们城市，我们帮助他们支起油布帐篷，偷看马戏团排练场的秘密。我们在庭院中央画了一个圆圈，在圆圈里面撒上沙子，再从各自家中找出破被褥和熨衣板。有一天，我们的首领拎着一条真皮鞭出现了，那条鞭子很可能是他从哪辆停在大广场歇脚的马车上偷来的，他开始抡着皮鞭"驯化"我们。那小子站在圆圈中央，扮演马戏团团长，呼呼生风地挥舞鞭子，嘴里吆喝着可怕的指令；我们走马灯似的轮换着角色，一会儿装扮成马戏团的动物，一会儿饰演杂技演员，我们像狮子一样低声吼叫，张牙舞爪地迎接驯兽师的鞭挞，鞭梢一旦碰到我们的皮肤，我们会发出疼痛的哀号——马戏团团长毫不偷懒地频频挥臂，长长的皮鞭发出刺耳的呼啸——我们用花样翻新的节目逗观众开心，女仆们饶有兴味地趴在楼上厨房的窗口能看上个把小时。这个看上去天真的"马戏团"游戏颇受欢迎，家长们也没觉得有什么不妥。但这个游戏的意图和意味，连我们自己都不清楚，并不完全天真：其实这个游戏的实质是，我们遭到非同寻常的小统治者随心所欲的殴打，并且心甘情愿地忍受。从一开始就这样。

"马戏团"游戏的噪声很大，银行里的业务员抱怨这地狱一样的喧嚣，因此我们忍痛收场了。再者说，维恩列布家的男孩生了病，平时他穿着母亲的一件短外套扮演斑马，马戏团团长站在圆圈里挥舞长鞭，将这只稀有的野兽驯得服服帖帖。由于不再玩"马戏团"，这帮人感到穷极无聊……我对那几天或那几周的记忆是如此清晰；当时是初秋，隔壁的院子里在打核桃，那棵上百年的老核桃树枝繁叶茂，巨大的树冠从墙头伸出，给我们的庭院也撑起一片凉荫；我记得午后的光线，记得每个时辰的光影变化，我们站在庭院里，胳膊肘撑在晾衣架上，

"我们很无聊"……没过几天,维恩列布家的男孩病好了,没精打采,噘着嘴等待,一直等到有了新的刺激。那个陌生男孩又想出一个新游戏……

就这样,我们玩了好长时间!关于这段体验的记忆,我已经丧失了时间感。也许我们在一起只玩过两三次,也许断断续续达几个星期。记忆的细节融进了体验的火焰,那簇火焰至今仍在我眼前炽烈地燃烧,犹如地狱之火,可以烧掉一切,无论好与坏,教育和禁忌。我从这个地下的世界回到家里,吃完午饭和晚饭后,我像他们期望的那样合着双掌说:"赐予我食粮和饮料的……"话说回来,出于本能,我的言行举止无可挑剔,仿佛知道自己已经投身到一桩大事件里;我失去了乐园,但作为替代,我得到一座地狱;我惊愕地猜想,不管怎么说这也是一种所得,而且并不是最后的补偿……但是有一天,那个陌生的男孩突然消失,再没有人听到过他的消息,我只是偶尔在梦里见到那张虽然野性但也甜美诱人、眼神里带着罪恶和闷热的欲望、嘴上有疤的邪恶而敏感的孩子面孔。我们茫然无措地留了下来,带着苦涩、痛楚的自罪感深深叹息,我们失去了那位充满激情,不知道犹疑、羞涩和自罪感的"帮伙"首领;接下来是一段唉声叹气的苦闷日子,我们不敢彼此对视,在我们那帮人里,恐怕至今都会有人未能摆脱那种游戏的自罪感。我肯定没有。

7

奥利弗曾是我的柏拉图式恋人,纯净的欲望,没有被肉体的接触所污染;他是罕见的漂亮男孩,真正的希腊美少年,如果以后他会有男人们欲望的情网,我丝毫都不会感到诧异;但是除此之外,他愚蠢得无以复加。他用晶莹明澈的蓝色眼睛望着世界,金色的头发为他象牙白的肌肤增添了丰富的色调。他身材漂亮,比例和谐,动作轻盈,自然优雅,举手投足都透出一种骨子里的潇洒。也不知道因为什么,只要与他的视线碰撞,哪怕他只是抬一下手,都会让人对他生起一股折磨人的欲望。事实上,日后我可能只在骑士和高尚的造物身上又看到过这种高贵的"气质优雅",这种肉体的性感和慵懒的自信,这种有的放矢的俊美和丰饶……我的爱是绝望的单相思;我蹩脚、谦卑的讨好未能打动这尊偶像——的确,他是被众人争抢的一尊偶像,奥利弗实在太俊美了,我的许多同学和老师都无力从他吸魂摄魄的魅力中挣脱出来——我永远不会忘记,曾经有过几次,他将那并非刻意高傲、屈尊俯就般和蔼并略带不屑的微笑投向了我。我为什么这么想他呢?我想爱他。我想跟他手挽手地一起散步,告诉他我读了什么书,跟他一起放声大笑,当然是笑其他的人。我们忘掉身边的世界,同甘共苦,生死与共,我将自己的一切都交付给他,中午陪他回家,早晨去他家接他,下午一起学习,他来家里找我,我给他看我父亲的藏书,告诉他人类的起源和宇宙的奥秘,我吩咐女佣尤莉什卡给我们准备可口的午后茶点、罐头水果和奶香面包……我邀请过他好几次,但是他从没有来过!事实是,奥利弗并不爱我,他不知道什么叫爱,我是另外一类人,是陌生、刻意、充满提防、脱离正轨的那类人。他偶尔投给我的不安、不屑的微笑,就是我们之间发生过的一切,有时他用尴尬不快的拒绝表情回应我的殷勤讨好。即便如此,我还是感激他的微笑给我留下的美好记忆。如果有谁对他讲话,他的脸会变得绯红可爱,自然的心灵无意中照亮那珍稀的身体;当他必须表态时,他会变得踌躇不决……他扬起眼睛,面色绯红,将他像中国人一样嫩黄、纤弱的手不好意思地伸向额头,撩开一绺金发，之后呆呆地张着充血的嘴唇，用懵懂的眼神望着提问的对方，好像刚从永远的打盹中突然苏醒，就跟睡美人那样，睫毛忽闪忽闪。这种时候，我也会不好意思地扭过头，因为在这样的美少年面前，我自惭形秽。

奥利弗不喜欢我，因为我身材敦实，小手短粗，有着从萨克森和摩拉维亚祖先那里遗传来的宽大脸庞和壮实体形。很自然，奥利弗喜欢蒂哈梅尔[1]。他们俩都出身于显贵家族。在蒂哈梅尔的作业本上，他将贵族的头衔写在家姓前头——难怪他们的父母会给他们起这种很像轻歌剧中人物的名字。奥利弗和蒂哈梅尔形影不离，所有人都觉得再自然不过。蒂哈梅尔家过着奢华的生活，在市中心盖了一幢别墅，每年夏天都会举家去国外旅游，会带上长有雀斑、皮肤白皙的蒂哈梅尔一起去。令人羡慕的好日子以悲情告终，后来，蒂哈梅尔的父亲饮弹自杀，因为他挪用了养育院的公款。那时我们已经是上三年级的大孩子了。我们有一位宗教老师特别喜欢蒂哈梅

---

[1] 蒂哈梅尔，即勃拉日·蒂哈梅尔（1900—？），比马洛伊低一级的学生。

尔,自从他父亲的悲剧[1]发生后,这位教师收养了这个男孩,用爱慕、猜疑的宠爱细心呵护。后来,人们对这位老师产生了怀疑,他们说蒂哈梅尔是他的儿子,后来,又传言他爱上了这个男孩。我觉得,他只是简单地喜欢。我也曾在教士们中间找到过半师半友的亲密玩伴,结识过能够向我倾诉内心最秘密想法的神学老师,许多年,我也去过年龄较长的朋友的公寓,但我从来没有觉察到任何可疑的迹象,不觉得他们对我另有别的企图,那些听从命运安排、没有家室、过着独身和禁欲主义生活、有着良好教养、多愁善感的人们想要得到的不过是自然而言的温情补偿。我认为,在宗教老师和学生们之间极少存在那种"反自然"的情感倾向,不像人们通常以为的那样。被抑制的情感在同伴的温情中得到了疏导,教士的慈爱极少会让人感觉到其他类别的吸引,只是父爱渴望的一种温情变奏;当然在极少数情况下也会有人无情地滥用孩子们的幼稚、无助、羞涩和胆怯。

必须要爱一个人,我惶然无措地从哪里获知了这个巨

---

[1] 蒂哈梅尔的父亲在国立养育院担任领导工作,1912年由于养育院丢失了一大笔资金而自杀。他生前过着奢华的日子,将自己在养育院内的住所也布置得富丽堂皇,马洛伊误以为是他自己的家宅。

大秘密,可是,爱还不够吗?如果我们不想过度承受感情的痛苦,必须卑微地去爱……奥利弗爱蒂哈梅尔就是这样,像一个女人爱上了女情敌,命运将两人抛进男人中间,即使忌妒彼此的成功,但出于某种女性的共鸣,两个人仍旧形影不离。奥利弗是金发,蒂哈梅尔是棕发;奥利弗穿英格兰绒的衣服,蒂哈梅尔穿黑灯芯绒的衣服;奥利弗冷峻、漠然,蒂哈梅尔多情、娇媚。他们生活在我们中间,就像两个姑娘生活在小伙子们中间;假如蒂哈梅尔用衣着或发型征服了大家的心,奥利弗就会在第二天用新的玩具、很贵很罕见的铅笔、新收集的珍稀版邮票求得关注。在他们的头脑中暗涌的难以自制的激情将两位有着姑娘般美丽的同伴调教成类似妓女的角色,后来他们都从我的眼前消失了。他们在我童年神话的边缘地带隆重登场,沉溺于他们美好的关系,就像某种神奇的生灵,惊艳的林鸟,不食人间烟火,是躁动春情第一股旋流的耀眼人物。这种躁动的情感就是爱情。但是奥利弗并不知道。

8

三年级时,由于我的分数很不理想,父母为我请来一位"辅导老师",那是一个身材高大健壮、体味很重、笨头笨脑的施瓦本[1]农村孩子,名叫斯图姆夫[2]。这位"优等学生"准备当一名牧师,带着与他的名字十分协调的迟钝麻木从农民的命运中爬了出来,跻身知识分子行列:登上一层台阶。斯图姆夫纯朴简单,勤奋好学;我忌恨他,因为我天资聪明、易受外界感染、带有惰性、视野局限。斯图姆夫有着良好的品德、对信仰的热忱、榜样般的举止、虔诚的无知和佯装的坚韧,他就像奶酪里的蛆虫,竭尽自己的全部努力钻进他那样渴望、从中汲养、得以栖身的、堕落的、腐臭的社会之中,而我恰恰相反,用尽全部本能试图从那里挣脱出来。假如有谁当着斯图姆夫的面说些不得体的或猥琐的粗话,他会立即垂下眼帘。当斯图姆夫已经做完了自愿选择的附加作业时,我还没有写完课堂上规定必做的作业。斯图姆夫是一位节俭、纯朴的穷学生,虽然拿到了奖学金,但是并无天赋,温良顺从,绝对敬重权威。他带着对等级的过度敏感,很在意社会阶层间的区别,在他看来,家里

---

[1] 这里指德裔匈牙利人。
[2] 斯图姆夫,即斯图姆夫·久尔吉(1897—1956),堂区神父、助理主教的秘书。

女厨师的地位要比女佣高一些,他会主动先跟楼长打招呼,但遇到寒家邻里,则会等着对方先开口问好……他目光慵懒,身材肥胖,是一个安静沉稳的施瓦本男孩,贫寒的农家子弟,但现在肯定在某个地方成了一位毋庸置疑的"绅士",会无情而自然地要求所有地位比他低的人都对他已改变了的社会地位表示敬畏,就像他当初对所有地位在他之上的人所抱的敬畏那样……我上三年级时,由于我在品德和精神上都显露出明显的堕落,所以班主任向我父母推荐了斯图姆夫,作为"举止良好、出身贫寒、有思想、有信仰的杰出青年"。于是,这个年轻人搬进了我们家里,我和他一起生活了两年,同室而眠。

我想方设法地折磨斯图姆夫,但是我的各种折磨方式,在他看来都很自然。事实上,他并不是我的第一位家教老师;在这一年的年初,已经有过一位这样"出身贫寒、进步好强"、名叫厄顿的金发男孩在我们家里住过,但是几个星期过后,我父母把他从家里赶了出去,因为他们怀疑家教老师教给了我不好的东西。确实,厄顿当着我的面展示了他自慰的尴尬快乐,我们打着学习的幌子在一起自慰,而且在自慰的同时用"下流"的读物刺激我们的想象,比如用卡尔·弗里德里希·迈伊[1]的小说。只要在书中的情节里一有女人出现,厄顿就会这样大声喊道:"女人!"她们通常出现在拓荒者们历险的途中,在他们穿过的地方;一听到这个令人振奋的消息,我们开始手淫。斯图姆夫很有可能跟我,跟厄顿,跟班级里的所有同伴们一样地手淫,只是他用自己歇斯底里的恐惧和羞惭掩藏体内亢奋的激情,但是他深深的黑眼圈出卖了他,他长时间地将自己关在院子里的厕所内肯定不是毫无原因的,无论他怎样嘴硬地否认这种"罪过"都无济于事。有一次,当我不依不饶地向他追问这个我感到好奇的问题时,他居然出于紧张和羞愧哭了起来。斯图姆夫的权力比我大一些,他可以安排我的时间,决定我什么时候学习,什么时候散步,而且总的来说,他像跳蹦床那样地用他那副笨拙的巨大身体、难堪的相貌和灰暗的情绪统治着我的生活。我自然很憎恨这种"上级"、这种同龄的"权威"、这种道德榜样,尤其是,他对我的憎恨的接受和忍受。

---

[1] 卡尔·弗里德里希·迈伊(1842—1912),德国著名的通俗小说家,作品充满异域情调,场景常设定在19世纪的东方、美国和墨西哥,多部作品被改拍成电影。

因为，尽管我是"主人"也没有用，要知道他是由比我地位更高、更权威的主人——我的父母和半神半人的教师们指派给我的，我必须服从；然而，他即使向我发号施令，其实也只是传达成年人的意志，而我俩间的关系仍是私人关系，只是后来朝着更糟糕的方向发展。假如我没有学习课文，溜到外面闲逛，或在正式上课的时间里去跟楼里的"帮伙们"鬼混，斯图姆夫可以向我父母告状；他也充分行使了所扮演角色被赋予的权力。但是在别的情况下，在我们两个人独处时，他服侍于我，不得不为所有的一切付出代价！我的父母特别留意，让"来自穷人家庭的家教老师"就像我们家里的成员一样享受女佣们的服务；早上，她派女佣去清洁斯图姆夫的鞋子和衣服，当然，斯图姆夫跟我们一起在餐桌上用餐，每逢圣诞节或复活节，他也会收到节日礼物，另外还会得到讲课费。正因如此，我把他当作女仆对待，而他自己则觉得像一名临时雇员，由于主人们的恩宠才有此幸运，地位或许排在厨师之前，但也仅此而已！他心甘情愿地服侍我，而且毫无疑问，对我很顺从。"你把我的鞋擦一下，擦得更亮一些！"清晨我躺在床上对他说；当仆人已经拿来了我们的衣服，斯图姆夫还要站在窗户前面喋喋不休地求我半个小时,请我赶快起床……他听话地取来抹布和鞋刷,开始为我擦皮鞋,擦得油光锃亮;这时我才慢吞吞、懒洋洋地睁开眼,准备起床。他像一个胆怯的同谋,战战兢兢地试图掩盖"我的罪孽",并非出于团结,而是担心会失掉自己理想的位置……我故意一惊一乍,信口开河,想出各种可怕的点子吓唬他,即便我是行动的主角,但会让他知道一旦败露,我俩都会受到悲剧性的惩罚,他无法逃脱。斯图姆夫替我感到焦虑和恐惧;他虽然有时也会指责我,出卖我,同时也更愿意替我忍受追悔和自责。在这个昏昏欲睡的灵魂里,有着错综复杂的道德负罪感;我们两个全都怀疑,在这个相当精细的天平上,我们的行为将会受到最严厉的判决,到时候站在无辜者们右侧的,并不一定是那个"品行优秀的斯图姆夫"!我隐约地猜到,我的叛逆和不羁,或许不仅取决于自己较为清晰的意图,还取决于他对我顺从的默许。因此肯定会痛苦,只要他活在这个世界上——就会感到痛苦,他受尽我的折磨。

对于他,对于那些像他一样的"优秀生",那些"命运贫寒"的平庸者,那些垂着眼皮死记硬背的家伙——我是感到多么地厌恶！不知道斯图姆夫是否理解，当我在韦林斯基之后，在那位"班级里的尖子生""出身贫寒而勤奋努力的优等生"之后被叫起来回答问题时，我会倔强地沉默，忍受老师在我的成绩册里写下不及格的分数，怀着蔑视隐瞒自己的学识，要知道那一刻我心里怀了多么大的憎恨！然而就在当天早晨，在心情舒畅的情况下，我还将"教材"记得滚瓜烂熟，对斯图姆夫的提问应答如流……慢慢地，我觉得惩罚斯图姆夫这个愚笨的怪胎成了我生活的目标，由于那些在我看来是谎言和不道德的所谓"固有美德"。斯图姆夫从黑暗里爬出来，爬向光明，我本应该像所有的受压迫者感到欣慰才是。然而我对他只能感到鄙视和憎恶。"农民！"我多次对他这么说，"你受罪去吧，农民！你干活去吧，农民！"这种时候，他总是一脸谦卑地看着我，默不作声，感觉这一切很正常。我是多么憎恶这种谦卑！也许有一天他会还击，那时候我会把他拥进怀里，我们将在共同的痛苦中一同哭泣，一同赎罪……但是，斯图姆夫并没有得到这种超然的和解。现在我已经明白，斯图姆夫以他自己的方式，根本就不想与我和解。

这个谦卑的灵魂与我一起生活了两年，我和他共同在一间卧室里睡了两年,我用尽了我能想到的所有招数折磨他,整整两年,他既无法忍受我的反叛,也不能按照成文和不成文的规定来命令我,更不能驯服我。假如我需要他,那么他还可以继续留在我身边,我父母不会放他走的。我相信他是带着遗憾离开这个"理想的地方",斯图姆夫不得不离开我家时,应该会想到这一点。

9

在我漫长、动荡的学生生涯里,在不同的学校里,曾教过我的老师大概数以百计;他们中间有几位是名副其实的教育家,他们能够或想要赋予我的情感以形式,究竟谁给我留下了深刻的记忆?我惶惑不安地在挂有无数教师肖像的大厅里挑选。其中有一位是我家的友人[1],我从很小就认识他,关注他,是他为我洒的洗礼圣水。他目睹过婴儿的我、青春期少年的我和后来反叛的年轻的我,他近距离地观察过我成长的环境;二十年里,他每隔一天就会来我家做客,对家里潜伏的矛盾和复杂情况

---

[1] 指斯图尔曼·帕特里克·文采尔(1871—1951),普利孟特瑞会修道士,曾在六年级教马洛伊匈牙利语。

了如指掌，但在我遇到麻烦时，他从来没有向我伸出过帮助的手。他是一个善良的人，有着纯净灵魂，天赋高于"平均水平"，有技术、职业和"基本教养"。但是对于另一个有教养者来说，难以嗅到他天然的气味。他既不冷漠，也不热情，是一个既温和又怯懦的人；在大考中，考砸的不是学生，而是老师，他们跌倒在学生们的命运里，我能够理解，而且觉得不难理解……二十年里，他每隔一天来家里一趟，总在晚上十点，踩着钟声进门，走进我父亲的书房，坐到一把威尼斯风格的扶手椅上；无论冬寒夏暑，他都喝热柠檬水，不抽烟，不喝酒，因为他深受神经官能症——大多是幻想出来的——和疾病的折磨；但是，即使在这样亲密的关系中，他也可以保持自己的矜持和淡漠，他身上总有一股彬彬有礼的距离感和陌生感，好像并不是到一个知根知底的家庭里做客，而是每隔一晚都出门参加沙龙"聚会"……他胆子很小，什么都害怕，害怕生活，害怕激情，害怕责任，害怕那种有时连精神之人都会予以忽视神秘的力量，而没有这种力量便不会有生命，不会有创造；他忌妒地隐藏在职业禁忌的背后；他是神父，而且是一位尽心力的公职人员，但在神父的信仰中也缺少火焰，没有专注的激情，就没有信仰，没有思想，什么都没有。被人视为思想者，但事实上他害怕思考；或许他猜测到，在生活所有的考验里，思考的冒险是最危险的……后来我听说过关于他青年时代和成年时代的故事，他整个一生都过着禁欲主义的生活，是极少能够真的恪守僧侣的贞洁概念的人；如果这是真的，那就可以解释很多的事情。我能够想象一个极其专注于精神世界的人可以非常克己地生活；但是被抑制的火焰会烧向别的方向，假如一个人不向自己身体的激情投降——这是多么可悲的胜利啊！——就会成为一种思想或信仰的狂热信徒，肯定会笃信什么，哪怕是盲目痴迷，并且非常相信自己已爱上了哪怕一点点的什么。在他的一生中，本来有过一次能够为我站出来的机会，即使不为别的，也该出于"基督教的"英雄主义精神，但是他当时犹豫了，害怕了，担心自己的教师和神父职位会受到影响，他没有管我，任命运席卷。这个人，我童年时代最重要的朋友，在我心里留下的是悲伤和沮丧的记忆；后来我再也没有找过他，有意避开他的朋友圈。

在我的老师中，职业教师并不多；但是学校的风气都很好。在这所"天主教"学校里，宗教老师们教导我看重自由与正义。在教派问题上,他们显得耐心和宽容,我从来不记得他们诅咒过犹太人,对于犹太人问题他们根本就一无所知;我也从来没有听他们咒骂过新教是"异教";然而后来,我在大城市的"天主教"中学,不止一次感觉到这类矛盾。学校的风气是自由主义,是迪阿克[1]、厄特沃什[2]类的自由主义。绝大多数教师是神职人员,不过教我们体育的是一位从大城市来的老先生,他自己就把这门副科看成孩子们的"休息时间"和"游戏机会",课怎么上,全根据我们的兴趣。现在流行的那种可恨、乏味的"校长范儿",过去主要用于注重体育教育的英国学校,在我们小时候不但不流行,甚至受到鄙夷和蔑视,在我们学校,连体育课都影响不了。体育课对孩子们来说,意味着精神上的解放,文化课的精神紧张、折磨人的义务和危险感在身心完全放松的蹦跳中倏然消解。从学校"人文主义"精神的意义上看,我们故意忽视,甚至有些轻视身体锻炼本身。体育课期间,

---

[1] 迪阿克,即迪阿克·费伦茨(1803—1876),匈牙利政治家、爱国者、国会议员,被誉为"祖国的智慧"。
[2] 厄特沃什,即厄特沃什·罗兰(1848—1919),匈牙利物理学家,曾任宗教与公共教育部部长、匈牙利科学院院长。

那位教体育的老教师始终待在充满汗味、胶鞋味的体操房后一间窄小、昏暗的教师办公室里，在细筛子上晾着切成细丝、味道浓重的烟草，他自己也睿智、淡泊、满足地坐在浓密的烟瘴里，放任我们根据自己的兴趣上体育课。我们有两位教师都是大城市人，体育老师和美术老师；美术老师出于对当地某位名画家的景仰，喜欢画骏马和"整装待发的骑兵"。像他们这样离开首都跑到小城市来帮忙的民间教师为数不多。美术老师是一位亲切善良的"波希米亚"，当然是根据世纪初的词义；他喜欢佩戴斑点图案的"拉瓦利埃尔领花"，不太搭理我们，我们也不搭理他。我们其他的所有科目，都由神职人员担负。

日复一日，我们每天都要学一个小时的拉丁语；法语选修，想学的人才学；德语课从五年级才开始上；英语我们根本不学。在拉丁语课上我是好学生，解读拉丁语课文让我体验到真正的美，让我感受到无与伦比的快乐；我领悟到语言结构中的明义、逻辑与言简意赅，每个词都出奇地准确，不可能造成任何误解，辅句在句子里不显得多余，不像野猪肉那样肥赘；我理解并喜欢拉丁语。我实在不爱学匈牙利"文学"；我们分析阅读《托尔迪》[1]，由于语言基础还没学扎实，我无法听到诗句的乐声，感受不到词语的味道与滋味。历史课也显得空洞虚夸，不真实，刻意修饰，甚至说谎！令人费解的是何种复杂的体系竟把植物学、矿物学之类本该勾起人兴趣的科目教得那么令人生厌？是何种神奇的魔法能把简单、透明的几何学变成无法理解的抽象迷宫？为什么要把反映物理现象的定律说成记忆术般、人为操作的魔术表演？为什么在大多数的课上我们感到无聊？为什么我们感激那位一脸麻点、嗓音洪亮的数学教师[2]？正因为他善于用平和、启发的语调，通俗易懂的词汇解释难度很大、看上去复杂的数学题，感觉是在讲一个笑话；他讲分数和正弦定理时，好像讲一位老熟人的奇闻逸事，就连脑子很笨的学生也会感到豁然开窍。有的时候，教师们像走马灯一样调换好几轮，才能碰到这样一位开天辟地的人物；假如这些另类者迟早被学校抓住私生活的小辫子扫地出门，或误入政治圈子，或"跳出"教会[3]，或结婚成

---

[1] 19世纪匈牙利诗人奥朗尼·雅诺什（1817—1882）的成名作。
[2] 指黑盖德什·安泽尔姆·卡洛伊（1881—1925），数学教师，斯洛伐克学校教育领域的著名人物。
[3] 比如维采伊·厄塞博（1892—1984），后来撰写了一部关于考绍的著名作品《哭泣的城市》。

家，会有人觉得意外吗？……我们那位一脸麻点的数学教师也是这个结局，有一天，他脱下教袍，从这座城市搬走；后来还有两位年轻教师也这样走了，一位是才华横溢的文学课老师，他是个血气方刚、躁动不安、心高气傲的农村小伙儿，我们跟他相处得非常快活，可是后来，他为了一段昙花一现的爱情而丢下教职……在当时，这类"非常事件"会受到公众的严厉谴责；在战争期间，这样的"跳槽"发生得越来越频繁，年轻教师毅然决然地退出从小就培养、教育、供养他们的教会；当然，大城市的教育部门也会惩处这类"逃兵"，把他们调到外地，发配到市民学校。不过，这些稀罕、难得的"逃兵"作为教师留在了我的记忆里，让我时常想起。

罗兰菲·茹热娜[1]创建了一所寄宿学校，不遗余力地开展教育，但是学校始终顽固坚持一条广为人知的荒谬信念，不愿意招收才智出众的男孩入学。学员们必须穿统一的制服。那些傲慢自负、"信奉天主教的没落贵族子弟"，作为一个特殊阶层生活在我们当中。他们是没落了的上层阶级的孩子，我们要跟他们保持距离；无论在学

---

[1] 17世纪匈牙利艾尔代伊大公拉库什·久尔吉一世的妻子，赞助加尔文教派，创办学校接收贫穷学生。

校里,还是后来在州里或政府里,他们都受到特殊待遇。他们不付学费,大多数人免费食宿,课本和衣服也全免费,在学校里享受某种优先权。我们这些交学费的学生,没有任何的优先权,我们有点鄙视他们,也敬而远之。

10

海蒂阿姨教我弹钢琴,但没什么成效……的确,从来没有人问过我:我有没有兴趣学钢琴?不过,即使没有人问过,好人家的少爷学钢琴也是自然之事,因为音乐属于"日常修养",因为钢琴就摆在客厅里,因为圣诞节和父母过生日时孩子们应该演音乐剧,因为埃尔诺有一次作为礼物寄给我们家一本名为《歌声》的歌曲集,因为音乐可以陶冶人的情性。由于上述原因,我每个星期要去海蒂阿姨家三次。这位年长的女士专教城里的市民后代弹钢琴,或许出于某种潜在的意志,她的耳朵提早聋了,很可能她再也不能忍受听音阶和指法练习了。海蒂阿姨家住道明会教堂的马路对面,在城中一个比例和谐的中世纪广场旁一套光线昏暗的底层公寓内;练谱子时,我们的手刚在琴键上摆错个位置,她就一眼"看"到……在最靠门口的那间屋里，海蒂阿姨的妹妹永远在往一个被大头针扎黑了的道具模特身上绷布料；姐妹俩都是老姑娘，又聋又老，就像土地。海蒂阿姨从每天上午九点开始，就穿着一身丧服似的装束坐到钢琴旁直至天黑，手里攥着指挥棒，耳朵根后夹着一支红铅笔，身板挺直，瘦似竹竿，好像吞了一把尺子；她聋着耳朵、目光刚毅地望着来人。有的学生也许只为能在父亲命名日那天弹马勒《谁会想到这首歌？》的伴奏曲，但是感觉却像参加将会影响今后一生的重要考试……"准快板！"海蒂阿姨站在钢琴旁用惶惑的语调小声提醒，眼里噙着泪水，但是那时候我已经什么都听不见看不见了，两只脚使劲地踩脚踏板，早就丢下了四手联弹的伴奏伙伴。"注意指法！"海蒂阿姨近乎哀求地小声说，因为我在音乐里添加了过多表演性的形体动作。海蒂阿姨是音乐老师；但在教钢琴时，跟旋律和学生对音乐的自我意识相比，她更注重礼仪和风度。四十年如一日，她教同样三四本谱子，教同样的"腕部训练"和指法训练。每堂课上，她用红铅笔毫不留情地修改"书面作业"，用各种不同的手段终于让我在八岁到十岁那两年成功地厌恶了音乐。我觉得，我的听力不错，但海蒂老师是个聋子，她对弟子的听力不感兴趣。这段钢琴教学的结果是，我的手指和手腕的姿势标准得无可挑剔，只是我永远不再学钢琴。

教了四十年钢琴，海蒂阿姨患上了空间感觉统合失调症——或许这是她聋着耳朵教音乐受到的惩罚，或许是她在钢琴旁僵直的站姿导致的眩晕，最终丧失了平衡感。她的视力也迅速变弱，对指法已经难以检查。钢琴课变成了噪声工厂，因为两位耳聋的老姑娘最后只能一无所知、无可奈何地忍受学生们花样翻新的调皮捣蛋。终于有一天，我父母也对音乐私教感到不满，把我送进城里的音乐学校。官办的市立音乐学校设在一栋摇摇欲坠、耗子横行、塞得满满登登的建筑里；在拱券式大厅内，同龄的学生们聚在一起，每星期两次，一位红鼻头的酒鬼老师指导我们囫囵吞枣地背下不知所云的"音乐理论"，练习我们老师创作的乐曲。这位老师倾心创作了不少这类题材的音乐作品，例如《船到了》和《林中的黎明》，在年终考试时，学生们表演他那年的新作。《林中的黎明》，至今都让我记起考试时的情景：我跟一位同学演奏四手联弹，我在高音区模仿林鸟的啼啭……不创作时，我们的音乐老师就酩酊大醉；如果既没喝醉，又不作曲，他就会跑到屋外去捉蝴蝶。他擅于将所有的癖好糅到一起：下午六点，我常看到他酒气熏天——在每堂课上，在他周围和钢琴腿边都会堆满葡萄酒瓶——灵魂出窍地带着漠然的微笑听学生们演奏他的作品《船到了》，一只手捏着一只品种罕见、刚刚捉到的蝴蝶，冲着煤气灯火焰的光亮，因为他喜欢看到自己的弟子们为斑纹如此美丽的昆虫着迷……他沉溺于内心的享受，是位乐观开朗的哲学家。有一天他生病了——用城里人的话说，"烈酒在他肚子里燃烧了"——我去生病的老师家里探望。他奄奄一息地躺在床上，裹着被子；在床边的一把扶手椅上，东倒西歪地堆着许多装满稀有蝴蝶的玻璃瓶。我很理解他，在这个世界上他没有亲人，只有装在瓶子里的这些蝴蝶；我非常难过地站在他床前，请他"保重身体"。他挥了一下疲惫的手小声说"这不重要"，本来我想反问他：这不重要，什么重要？……但在那个又酸又臭的单身汉家里，在那个固执任性的垂死者旁边，我犹豫不决地后退了半步。没过几天，他咽了气，我的音乐学习也就此放弃。不过，我至今还会弹那首旋律动听的《林中的黎明》，我能够栩栩如生地演奏百鸟争鸣，在高音区模仿林鸟悦耳的啼啭。

"小姐"[1]在城里的社交界相当活跃。她像是从世纪末英

---

[1] 指英语女教师玛多科·米尔得莱德。

国时尚杂志里走出来的人物,那时的英国女士们还戴着黑色的呢子礼帽骑自行车;"小姐"就是这样,有一回她骑自行车去了法国的里维埃拉[1]……除了我父亲聘请的那位喜欢喝酒、容易打盹的老师[2]之外,"小姐"也在当地的富裕人家里教英文。克雷门汀女士[3]跟她的父亲一起住在海尔纳德河畔一栋昏暗的公寓楼里,他是我们城里的法国文化传播者。这些颇有身份的西方客人,即使在战争期间也跟我们一起留在这儿;那位酗酒的英语教师在战争爆发后的第二年离开了考绍移居到佩斯,因为即使在战争期间,他的赛马瘾也从未减弱。有一次他在奥拉格跑马场用英语破口大骂,闹出丑闻,因为他认定有一匹马被"安排"的位置不公正……市民阶层家庭的孩子们理应弹钢琴,理应每个星期分别跟"小姐"和克雷门汀女士各练两小时的西方大语种,理应找萨拉蒙[4]教练上击剑课;击剑是崇尚体育的民族唯一能够达成共识的体育项目。在当时,只有平民百姓才在城外野草丛生、坑坑洼洼的空地上踢球。体操考试是

---

1 这里指法国的"蔚蓝海岸"。
2 指英语教师瑞森·奥斯卡。
3 指法语女教师布埃·克雷门汀,她的父亲布埃·古斯塔夫也是当地有名的法语教师。
4 萨拉蒙,即萨拉蒙·山多尔,匈牙利著名的击剑手。

一年中仅有的体育赛事,我们在那位老教师的率领下,身穿白色背心在操场上列队,在城里有头有脸的大人物们面前表演"自由体操"。当地的国防军乐队为我们演奏进行曲。我们放声高唱:

> 在高高的城墙上,
> 匈牙利国防军时刻警惕……

在一年一度的"鸟与树木日",我们去哈莫尔森林里游玩。在那一天,我们应该"热爱大自然"。我们就是这样长大的,实际上,我们一辈子都这样成长。

11

我们这些市民的孩子懂得什么是"生活"?我们至少知道世界上有老爷,凡是好事都是老爷的;此外,世界上还生活着一群地位卑微、交不起学费、命运不济的穷人,我们应该善待他们……谨小慎微的教师们为小学一年级的孩子们编写了一本《字母发音与阅读》,翻开那本教材的第一页,就能看到两幅插图,解释"书写,老爷，哭泣"[1]这三个词的意思，说明老爷和百姓之间的区别："老爷"戴着高筒礼帽，身穿休闲装，手揣在兜里，胳膊上挎着文明杖；在他旁边站着一个穿裤衩的农民孩子正在"哭泣"，正用拳头使劲地揉眼睛。这一切肯定事出有因……这就是我上学后看到的第一幅"看图说话"。我对图中表述的内容并不太理解，只是知道，老爷戴着高筒礼帽神气十足地散步，手里拎着文明杖，农民则由于某种原因难过地哭泣；不过，这幅画向我强调的内容，我能够看懂。

市民阶层通过行善表现他们的社会责任感。他们谈论穷人的口吻，就像谈论某个陌生、无助、必须予以救济的部落。有的时候，街上有人按门铃，女佣会说："没事儿，来了个叫花子。"城里市民家庭的主妇们经常活跃于一家名为"免费牛奶"的慈善社团，热心组织诸如"圣安塔[2]面包"或"欧索娅[3]菜汤"的救济行动。每户市民家庭都有"自己救助的穷人"，他们领走平日的剩饭，圣诞

---

1 原文为："ír, úr, rí"。
2 指帕多伊的圣安塔（1195—1231），葡萄牙出生的佛罗伦萨教会神学家、天主教圣徒。
3 指圣欧索娅，中世纪的天主教圣徒，16世纪出现"圣欧索娅教派"。

节时,还能得到女主人亲手织的长袜。没有人真正为"穷人"操心,尽管他们生活在我们中间,我们对他们的生活和处境只是远远观望,就像看非洲人。为了解救那些生活窘困的异教民族,天主教徒应该为远征军募捐,回头让远征军为那些可怜人做洗礼,之后万事大吉。跟穷人说话要和颜悦色,要用"给你,可怜的人,拿着吧"这样的语气,像是跟病人或白痴说话。假如有乞丐按门铃,母亲有时会塞给我一枚硬币,让我递给乞讨者;虽然没有说出口,但从她的鼓励中我这样理解:穷人不咬人,只需小心对待。无论在学校,还是在家里,我接受的教育都是"贫穷不可耻",跟穷人讲话要有礼貌,对待穷人要跟对待社会上的人一样,甚至应该安慰穷人,因为"贫穷不是他们的错"。这种"社会观"后来导致我在童年时代把穷人看成是残疾人。我猜测,世界上有很多穷人。

在世纪初富有的市民阶层,"穷人"和"富人"这两个词,并不像二十年后这样被故意用于激发人憎恨的口号;"老爷们"谈论穷人时的声调和态度,更倾向于垂下眼帘在自罪感中沉默。是啊,这样的现实真令人心痛,很可能这是上帝的安排,因为"世界有史以来就是这样"。没有人去想,在这个生活安逸、财富积累、自由主义思潮传播的市民阶层,"穷人"问题要比他们以为的严重得多,用行善的手段无法彻底解决……社会承认有帮助穷人养老的责任——当然不是所有的穷人,只是那些"有用的"穷人——把他们安置到济贫院。在那些可怕、酸臭、拥挤的房子里,住满了无助的老翁和市民家庭没有别的办法摆脱的女佣们;节日前后,我们和颜悦色地去济贫院看望老保姆,跟数以百计或瞎或聋的老乞丐一起挤在臭气熏天的公共活动室里……这个社会看上去太平无事,穷人们只要还有体力并能找到活干,他们可以工作;一旦陷入困境,可以得到施舍;只要他们曾是"有用的"穷人,可以到济贫院安度晚年。

孩子们对"社会"的感觉扭曲而逆反。所有的孩子都充满理想和虚荣,笃信绝对自我。我在童年时代,对穷人的生活处境也没怎么想过。我模糊地揣测,穷人之所以成为穷人,不是没有原因的,他们很有可能是自作自受,也许犯下了共同的罪孽,所以现在才遭到惩罚。有时我听到这样的议论,说穷人们懒惰,不爱干活儿,一有钱就酗酒。因此,我对穷人感到更多的是厌恶,一想到他们就心怀鄙视。假如有乞丐按门铃，我会毫不掩饰地用敌意的眼神盯着衣衫褴褛的人，心里猜想：他肯定是个懒骨头，所以才不顾廉耻地上门讨饭。没有，肯定没有人教过我"阶级憎恨"。成年人、家庭和学校对这个令人难堪、粗鄙、复杂的问题大多避而不谈。教育暗中扭曲了孩子们的思维，给他们信号，暗示他们不应该往那边看。从来没有人开诚布公地教过我，但我对"穷人"还是偷偷地怀有敌意。

我揣着自己的全部理想跟家庭紧紧拴在一起，家庭则带着全部的本能隶属于一个阶层。在这个阶层之外的人和利益，对我来说都不过是一些粗鄙之物，一些不成形、不明确的东西，一些垃圾。是的，即使在教堂里面，我也用这样的口吻跟穷人说话，像对一位病人，他该对自己的病承担责任，因为他没"照顾好"自己。

12

午饭之后，我跟家教老师一起复习拉丁语，斯图姆夫做我们俩的数学作业，我们读几页历史，背几段《托尔迪》，或者划拉几篇匈牙利语作业。尽管我在笔记本里就诗人奥朗尼·雅诺什作品中的女性人物密密麻麻地写了三页纸的分析,但我对奥朗尼·雅诺什依旧所知甚少,对女人根本就不了解,更不要说诗人想象中的女性人物了;之后,我练一小时钢琴,或认真地、字迹工整地将头一天课上克雷门汀女士让我做的听写练习誊写一遍;假如下午还能剩下有阳光的一个小时,我要跟斯图姆夫一起出门"散步"。这种规定的散步,要比在学校上课更令人生厌。不论春夏秋冬,我每天早晨都要六点半起床,七点钟必须参加弥撒,八点到下午一点听课;有的时候,下午也要去学校上美术、声乐或体育课。我们的作息时间被安排得那么紧张,就像在战争时期服军役。在每年的复活节和九月份,我们得到新衣裳。在圣灵降临的前几天,母亲到当地的廉价商店为我们选购新衣,虽然衣裳我不得不穿,但我从来不能苟同她的"实用眼光"。有一次,也是唯一的一次,她允许我根据自己的眼光买一双"我想穿的鞋";午饭后,母亲递给我一张面值五十克罗那的钞票,当晚,我买回一双在我们城里所能找到的"最贵的鞋":不是我们平时常穿的那种系扣的皮靴,而是一双明黄色、系带式、羚羊皮的公子哥鞋,总共花掉四十克罗那。母亲一看就气哭了;这双鞋成了能让家里

第三章

人唠叨几年的话题,就连远房的亲戚们都摇头叹息,说我如果不赶快改好,"我以后不会有好结果"。的确,我自己也很着急,惶然无措地这样觉得,"我以后不会有好结果";我努力在家里寻找自己的位置,弹琴,背书,忍受无聊。家规严厉,不可逾越,我们只能俯首帖耳,像蜂巢里的蜜蜂,被夹在六角房孔的蜡墙之间。终于有一天,这曲田园牧歌结束了。

有一天早晨,我离家出走。那年我十四岁。

第四章

1

出走之前,我待在婶婶家[1]的庄园里避暑。她的领地并不很大,大约有一千英亩的耕地和草坪;庄园建筑颇具贵族气派,有着希腊式廊柱、宽敞的门廊、金属框架的高大屋顶和门前的大花园。马车穿过茂盛的槐树林驶进庄园,透过掩映的绿树丛,一幢白色廊柱、"士绅帝国"风格的庄园建筑展现在眼前,富丽堂皇……我每次到达时,都会为眼前的景色怦然心动;马车夫穿着威风凛凛的骑士盛装,悠然自得地高高坐在轿厢的前沿,驾驶着

---

[1] 婶婶为马达契·爱丽丝(1889—1977),格罗施密德·卡洛伊的妻子,她与匈牙利伟大的剧作家、《人的命运》的作者马达契·伊姆莱有着亲属关系。

叔叔[1]精心饲养、彪悍健壮的骏马；庄园铺满了嫩绿的草坪，花园里玫瑰花盛开，在白色立柱的门廊两侧，是两道野葡萄藤构成的墙围，一家人和络绎不绝的宾客几乎每小时都在那里吃早餐、喝午茶或舒舒服服地坐在藤椅上打牌。我为有这样"显贵"的亲戚感到高兴；这幅欢乐的场景，向来人流露出安逸无忧的和平与富有。姨父是一位出色的庄园主，一家人靠着一千英亩领地的收入过着阔绰、舒适、社交广泛的生活。我经常情不自禁地想起庄园的房间，许多房间一字排成平行的两排：起居室设在有防雨檐的门廊一侧，掀起玻璃珠串成、一碰叮当脆响的门帘，客人走进空气清凉、光线朦胧的会客室，左右两侧是卧室、客房和餐厅；房子的后部也有一条设有许多房间的狭长走廊，沙龙厅里摆着黄色绸缎包面的家具，没有人记得有谁曾在那里待过；这里还有台球室、音乐沙龙和狩猎厅，狩猎厅里陈列着长矛、火枪、古代兵器和现代猎枪。家里的孩子们从早到晚都抱着猎枪反复擦拭，上油；子弹也是我们自制的，火药就像别人家里的烟丝在房子里撒得到处都是，子弹匣敞着放在抽屉

---

[1] 叔叔是指马洛伊的亲叔叔格罗施密德·卡洛伊（1874—1934），马洛伊的父亲格罗施密德·盖佐的弟弟。

里……庄园里的日子宁静而杂乱地流逝着。透过房间的大窗，可以从各个角度清楚地眺望园中葱茏茂盛的古树；夏天，我们经常在外面的花园里用早餐，在巨大的椴树下，离马蜂窝不远；这里的一切都气味芬芳，即使一连几周的喧哗也打搅不了这曲田园牧歌，尤其在夏季，大花园浓妆艳抹，争奇斗艳。我在乡村居住的头几个星期，给我留下了不真实的幸福记忆。那是在夏季，风和日丽，繁荣而肆意，时值暑假，好几个星期我都沉浸在儿童时代浪漫抒情的氛围里。即便如此，我在那个夏天还是感到焦躁不安；过不了多久，家人就会迫不得已地对我"严加管制"。我感到头顶的天空中乌云密布；后来，突然发生了许多出乎意料的事情。

婶婶总共有三个孩子，两个小女儿和一个在乡村长大的儿子，他们对城市来的亲戚表现出毫无掩饰的惊讶和蔑视；那年夏天，我十四岁，我知道很多乡村孩子想都不可能想到的东西，但我不能把小麦跟大麦区分开，乡下的表姐弟非常瞧不起城里人的无知。我们整天扛着枪在附近玩耍，有一次，当我们在农田里行军，叔叔的猎枪在我手里走了火，险些击中表弟的脑袋；男孩一步跨到我跟前，朝走火的方向点了点头；但是即便发生了这样的事故，我们也没太在意，在父母面前更是守口如瓶。几天之后，大概只有十岁、生性鲁莽、少言寡语的堂弟端起猎枪冲他母亲瞄准，险些击中她的脑袋；现在我都不理解，当时到底发生了什么？是什么中止了这场死亡的悲剧；这些在乡村里抱着枪长大的孩子都很会用枪，肯定是命运的拯救，当他瞄准自己母亲脑袋的时候，在最后一刻出于神奇的本能抬高了枪口……"现在我让妈妈的脑袋开花！"他咧开嘴角顽皮地笑道，随后端起猎枪，扣动扳机，子弹出膛。子弹从婶婶的头顶呼啸而过，射到墙上，一大块墙皮应声掉下，灰土四溅。后来，孩子们一口咬定（我们相信了这个无望的辩解，因为我们不敢相信会有别的可能），谁也不知道到底是谁在什么时候给猎枪上了子弹！在婶婶家里，即使小孩子也算正式的猎人，家规里面严格规定，打猎后必须擦枪，假如谁把枪上了子弹挂回到墙上，那是不可想象的，是严重违纪……不管究竟是怎么发生的，孩子向母亲开了枪；让我们忘掉精神分析的理论吧，什么样的潜意识能够致使小孩子们开这样的"玩笑"，居然会远远地举起枪来"想要打烂自己妈妈的脑袋"！这是两桩不幸事件，我至今想起都毛骨悚然，很长时间我不再碰枪，现在我已然明白,那并非出于"偶然",孩子们开这样邪恶的玩笑是有原因的;现在,在时间过去二十年后的今天,我已经能够猜到彼时彼地与那起"恶作剧"发生的某些内在关联。当然,当时谁会想到这样的关联?男孩们受到惩戒,我们有段时间被禁止摸枪。虽然,那恐怖的瞬间已经过去,但惊悚和焦虑留在了我的神经里;田园牧歌一去不复返。我开始哀吟,感受到了危险。

在这几个星期里,有一段童年爱情的记忆和气味向我投来朦胧的晨光;女孩的面孔我已经记不清了,我只知道她大约与我同岁,我们接了吻。她穿着新洗过的,还带着肥皂味的棉质衣服,是一个活泼好动、一惊一乍的青春期少女。她给我留下记忆最深的是:在一天下午的光线下,我们俩走在麦茬地里——我已经二十年没再说过这个词了,当时我也是第一次听到——是的,在收割之后,我们走在麦茬地里,穿着薄底的凉鞋,女孩走在我的前头,她不时弯下腰,好像在地上寻找什么。天空阴暗,呈紫罗兰颜色,大概在下午三点左右,热风拂面,四周弥散着朦胧、不祥的光线,我嗅到甘草和泥土的味道,刚刚割好、随手堆成的草垛散发着轻微的尘土味——就在这个光线下,女孩突然朝我转身,将滚烫的小脸贴向我,用耳语的嗓音冲动地说了几个奇怪而紧张的字眼。这是第一次有人跟我说,她爱我。我为什么要讲这个呢?这也属于那几个星期我呼吸到的空气的一部分;或许我想再次唤醒那种兴奋的体验,重温生活中转瞬即逝的难得瞬间。过了很久之后我才重拾这段记忆,回味生活中那个令人晕眩的重要转折,看到那难得瞬间的反光;我看到了午后的阳光,看到热风将隔壁紫花苜蓿田淡紫色的草场吹得波浪起伏,我被幸福和紧张的情绪捕摄了,有一种不祥的预感:暴风雨马上就要到来,有什么马上就要结束,也许是永远结束……我们就这样肩并肩地走着,在滚烫的风里喊着烦躁不安、无法理解的话。我只知道她是镇上一位地主的孙女;他们没有庄园,她的爷爷像是从旧日历上剪下的人物,或从《完美的养蜂人》中的某一章里走出来的,整天戴着一顶棕黄色的、饱受风吹雨淋的阔檐草帽在水果树间走来走去,在茅草棚里鼓弄这鼓弄那,用晾干的驴粪在蜂巢间烟……

希迪凯站在槐树林边向我们挥手。希迪凯是当地合唱团的女歌手,她的来历早已隐没在家族神话的迷雾里;她在大姨身边生活了几十年,肥胖、可怕的脸上长满了肉芽似的黑雀子,嘴唇干裂,集女管家和女伴的角色于一身，已经没有了人形；她从早到晚待在厨房的蒸汽里，煮水果，熏肉，但在家里她始终还是"合唱团女歌手"，一个误入家门的陌生人，一个轻浮女人，但是出于某种原因，大家需要原谅她，就像原谅有罪的抹大拉的玛利亚，为什么要原谅？……只有上帝知道。我们回到家时，镇上的神父已经跟姨父一起坐在门廊上，那是一个非常古怪、生性傲慢、长了一副亚洲人面孔的马扎尔人[1]，他上身前倾，塌鼻子几乎要碰到纸牌；放在桌下的冰匣里镇着酸葡萄酒和苏打水，他们在跟我夏日女玩伴的爷爷一起打牌，即使打牌，老人也不肯摘下那顶农夫本色的阔檐草帽……这位神父在镇上和家庭生活里扮演着让人不安的重要角色。几年之后他受到几个大国的起诉，指控他在赤色政权期间利用传道攻击富人，煽动村民从领主们手中夺走财产，让他们相信那些财产本来就该属于他们。案子拖延了很长时间，谁都没有情绪在民众面前惩治一位天主教神父，最后不了了之，这个令人难堪的丑闻慢慢地被人淡忘。他是一位颇具演员气质的人物，头发过早花白，在他被日光晒成古铜色的年轻的脸上，一

---

[1] 马扎尔人是匈牙利民族的主体民族。

双带着讥讽眼神、激情燃烧的黑色眸子炯炯有神；他有着多血质的不羁性格，大概是一个有创造力的人。他在那个时候就为农民做了许多事，站在民众一边，因此有些人害怕他，经常在瓦茨[1]大主教跟前告他的状。当我有生以来第一次遇到那样令人痛不欲生的戏剧性时刻时，这些人都充当过龙套演员。

2

拨开迷雾，我对那次意外事件的具体细节，现在都记得很清楚。这个打击从天而降，完全把我击垮了；"情景"在大爆炸的惊愕中碎成了片片瓦砾，我后来一直都在疯狂地搜寻。就在那一刻，在我周围逐日堆积、悄悄储藏了很多年的大量火药突然引爆了。

我开始扯破喉咙嘶声大喊，犹如一头受伤的野兽，使尽了全身的气力（当时我已经十四岁，是一个发育良好的健壮少年）朝一扇锁住的门猛撞。我的疯狂发作没能持续太久，我就变得精疲力竭。外面院子里没有人说

---

1 瓦茨是位于匈牙利北部多瑙河畔的一座古城，距布达佩斯35公里。

话；我躺在地板上一动不动，之后，我开始在房间里踱来踱去；我对这几分钟记得非常清楚。随后，之前的情景又变得模糊，"感受"的记忆变得破碎不全，有一些瓦砾永远不会找到。我甚至不知道自己到底是怎么从房间里出去的。是有人开门放我走的，还是我从窗户爬出去的？……我只知道，我再也无法忍受了，我必须离开这里；我必须永远而无奈地从这里逃走，逃离这个家庭，远离我的这些亲戚；我万般无奈地这样思忖。我想，其实我很喜欢留在这儿，希望发生某种奇迹；但是我知道，奇迹并不存在，现在，我必须一个人孤独一生。我穿过花园，从容，镇定，一路上没碰到任何人；我心里很清楚，我脚下迈出的每一步，都将使我永远离开这个地方，不存在回来的路。或许，只存在虚假、强行的解决方式，这种方式能够逐渐让我找到生活的平衡并维持与家庭的关系。大多数人会为这种逃离痛苦不堪，但也有不少人较为幸运，较为顺畅。穿过花园时，我的内心已非常平静，仿佛清楚地知道，没人能有力量拦住我的去路；我怀着某种怪异的目的性，因为不是要去"什么地方"，而是想要离开这里，不惜代价，不顾后果。花园里空空荡荡，一家人不是钻进了果林，就是去看蜜蜂；我沿着国家公路往前走,大概上午十点钟,八月末,骄阳似火;麦田里已经收割完毕,脱粒机在离农田不远的地方轰鸣。我就这样走到了天黑。

我大踏步穿过了三座村庄,下午在一个村子里,曾有位年轻神父叫住我,他是镇上的神父,用狐疑的眼神打量我。我简单地回答了他的提问,并跟他一起坐到神学院门前的一条长椅上,我们就这么坐了一会儿。他措辞小心地刨根问底,并打来一罐水让我喝。过了一会儿我站了起来,向他伸出手说,现在我得走了,因为我还"有事要做"。(后来他把我的情况告诉了宪兵。)他送我走到院子的栅栏前,并没挽留我,这有点出乎我的意料;我走出很远,都能感到他投在我后背的目光;我丝毫没有因为遇到了他并跟他聊了一会儿而感到不安,我在自己身上感到一股无人可以战胜的力量和平静。或许,那位神父在送我走时,他也给了我某种安全感;我想,他肯定惴惴不安地目送我很久,无奈地盯着我的背影沉默不语;他肯定没立即去找宪兵,而是过了很久,才到镇上的哨所说服他们派人追我。或许,我的样子在外人看来没什么可疑,一位绅士打扮的少年,没带行李地穿过村庄,因为要赶到哪里"有事要做"……我内心的平静,能够征服路遇的所有人；没有人问我这是去哪儿，也没有人问我从什么地方来，或为什么上路……晚上，我走进了森林。

离开姨父的庄园，我大约走了四十公里路，大步流星，时而奔跑。无论森林，还是黑夜，都没让我惧怕；任何恐怖之物跟白天发生的事情相比，都算不了什么。途中好像还起了大雾，四周朦胧一片，我能看到景物，还能看到几个人影；我隐约地听到一位家教的嗓音，看到父亲忧伤的面孔，还清晰地看到母亲——在很久很久以前——在阳台上跟我玩。那是在郊外的一栋别墅，有个角落专门为我布置成"诊所"，我是医生，在一张卡片上写有我的名字，字母干硬如刺："这里住着杀人医生，总是接诊，从不治病。"另一个记忆，是我患白喉后作为礼物得到的一本图画书；当时我已经三岁多，但笨嘴拙舌，寡言少语，家人很难从我嘴里抠出两个词，他们以为我成了弱智，心急如焚地鼓励我说话；患病后我躺在床上翻图画书，有一次我突然喊了出来："可爱的小猴子在这儿呢！"又是我母亲，我永远的母亲：有一次她生了病，病愈之后，她带我一起去了巴尔特法；我已经过了四岁生日，母亲在客房里躺了一天，交给我一项"成年人的"任务，要我去买寄信的邮票；早上我在小溪旁买了一块甜点，感到那么快乐和自豪。有一次，我们去卡尔斯巴德，天气闷热，我们的旅馆客房在庭院那侧，窗户开向狭小的院落，窗户对面是一堵防火墙，于是，我决定以后哪儿也不去，因为家里的一切都比这里更漂亮、更好玩。还有一次，我跟父亲一起深夜回家，我怎么都睡不着觉，我躺在带铁栏的小床上，乳娘不知道跑哪儿去了，我在黑暗中等了好几个小时，大声哭泣，中了邪似的大声叫嚷："猫和老虎会来的，你们谁也不管我！"就在这时，她在黑暗中俯身看我，脸色苍白……我一路听到的都是祖母的话，我搞不清自己怎么了，在哪里迷了路。我镇定地思索，仿佛朝着既定的方向；而我的目标，只是离开这里。假如一个人遇到了什么——我的意思是说，当一个人获知自己生活的真正方向，拐上一条永远不可能回来的崎岖小路——一切障碍都会迎刃而解。我心里清楚，这么走怎么都不可能走出去，漫无目的地游荡，早晚都会被人逮住，到时候自然会有办法；我对历险不感兴趣，我并不想去陌生之地；只是离开家后，我在途中恍悟，郊游的意义不过如此。现在，不管谁做什么都已无法挽回，决裂已经发生，事实上我自己也无力转变。在这种境况下，谁都拿叛逆者无可奈何,一路上没有人挡住我的去路,他们只是望着我的背影,闪到一旁给我让路,像是躲一个杀人狂。现在事后回想,那几小时的游荡是我一生中最漫长的远游。我在阴森的树林里平静地走着,好像对这里的路了如指掌,好像知道不会有危险,好像就是要来这儿,这里就是目的地。夜色明亮,空气潮热。后来,我遇到了几个烧炭工;不过当时我已在谵妄状态,不记得他们问没问我什么。我跟他们待在一起,直到宪兵找到我。

两个宪兵和姨父用马车把我拉回家;这位长者一声不吭地坐在车里,披着毛毯。他一路沉默,对我并没有声严厉色,但也没有安慰我。他们把我带进庄园的厨房,因为我不愿意进房间,不愿意见亲戚和表姐弟们。我在暖和的壁炉旁坐了很久,冷得打战,用人们像巫师那样一声不响地在我周围走来走去。后来,我父亲来了,把我领走了。

3

在我的生活中并未发生过什么"重大事件"。假如许多年后我们回忆过去,查寻某个对我们命运具有决定性意义、起了不可逆转作用的瞬间,印证某次影响到我们日后生活的"亲历"或"意外",在许多时候,我们只能找到些蛛丝马迹,甚至连蛛丝马迹都没有。没有别的"悲剧",只有一个必须做出决定的时刻,决定你是否留在家里,是否留在一个个更广义、更宽泛的改头换面的"家"里,是否留在"阶层"、世界观或种族里。当你只身上路,你知道自己从现在开始将永远孤独,你是自由的,但你是所有人的猎物,只有你才能够救助自己……当我逃出家时,我十四岁;从那之后,我只会在法定节假日才回家探亲,只待很短时间。光阴是奇效的麻醉剂,有时候我甚至觉得,所有的创伤好像都愈合了。但是过了很久之后,过了十五年或二十年之后,它会出人意料、"毫无缘由"地突然复发,疼得令人难以忍受;之后再次麻痹,我们开始若无其事地谈别的话题。我很想把真相写下来。我是一个神经质、胆怯、软弱的人。我是那么依赖于真相,就像一个病入膏肓的人离不开药物一样;真相也许会杀了我,也许能帮助我;事实上,我没有什么担心失去的东西。真相就是,我不能因为自己的心灵秉性和命运蹉跎而责难任何人。

痛苦体验加速了这个反叛的进程。反叛从十四岁时就在我身上爆发，之后一直持续到现在，周而复始地频频发作；我并且清楚，只要我活着，就永远会这样。我不属于任何人。我没有一个自己能够拥有的人，没有能在一起相处长久的同性朋友、异性朋友和亲戚，没有我能够跻身其中的人群、团体或阶层；在我的处世态度、生活方式和精神气质上讲，我是市民阶层的一员，可是我不管到哪儿，都要比在市民阶层中能够更快地找到良好的感觉；我生活在无政府主义的状态里，但我感觉到这种状态是不道德的，而且我很难忍受这种状态。

创伤很早就已经发生，也许是我继承来的，从前生前世……有时我甚至这样想，也许在我体内泛滥着一个濒临灭绝的阶层的无根性。

人们生活在混沌之中；有一天云开雾散，但光明已没有太大的帮助。为什么有人会在某一天出走，并且"毫无缘由"地出走，逃离殷实、安全的家庭，逃离温暖的小窝，逃离潮闷、甜蜜的藏身处和自己的归属，而那个归属从在母亲子宫里就已然开始，并从那时起始终呵护并掩护所有忠诚于它的人：在家庭中，在扩大到阶层或国家概念上的另一个更广义、更宽泛的"家庭"中。你只需要留在那儿，只要你不跨出那个魔法圈，就会从你的第一次心跳开始，有一双慈爱的大手喂你吃饭，帮你穿衣，替你担负责任，给你遮风避雨，一直到你的最后一次心跳……为什么有这么一种人，他们非要挣脱安全感，非要逃离对温顺的生命来说阳光普照、悠然舒适的桃花源呢？有一天上午，我逃离了姨父的庄园，不想让任何人——在任何地方、在任何人那里、在自己家里——再找到我。有时候我真的认为，或许这种生活状态是一种精神上的代价；或许这是"劳动"代价……世上没有东西可以不劳而获，即使这种作为创作氛围与前提条件的痛苦，也不会平白无故地从天而降。幸福也不会被无偿地赐予。作家的工作——无论质量如何——要求我们比普通人具有对生活更敏锐更警醒的心脏、神经和意识。没有挑三拣四，没有讨价还价——没有人能跟"狂热"讨价还价，这种狂热被别人称为"献身"，可被贴上各种可爱的标签；不管把它叫得多么赤裸、多么粗鲁，在我看来，它都是狂热……"幸福"的人不讨价还价；幸福的人就简简单单地享受幸福。我从来没被"幸福"诱惑过，从来没把它视为某种能够有条不紊地接近的生活目标；反之，我有一点蔑视它。毫无疑问，这种行为举止是病态的。只是，一个人很难"用明智的头脑"理解摆在面前的东西,很难理智地背弃生活"阳光的那面",先是背弃家庭,而后背弃那个由家族团结打造而成的富裕、兴旺、温馨的生活群体;展现在我眼前的是一条康庄大道,我只需坐享其成,只需跟这个庞大的家族,跟这个与生俱来、我原本归属的阶层和睦相处……在生活的另一面,我肯定会有张写字台,会有比现在更舒适的家什、更幸福的日子,会有多么美好的亲情、财富和记忆等着我啊!但是有一天,我踏上了阿索德[1]的国家公路,这条路不通向任何地方。但有的时候我还是认为,或许这条路还是通向哪里。当我偶然地想到自己时,我能感觉到有少数者存在,感觉到我跟他们之间的亲属关系,感觉到他们的命运,即便散在天涯,他们也是属于我的。为什么有一天,我们会跟那个田园诗般祥和有序的庞大群体、阶层或社会进行决裂,并毫不理智地投身于毁灭性的冒险之中?……为什么一个人不能在地球上好好地活着?当然,当我沿着阿索德国家公路逃离家庭,在外流浪时(不仅逃离了直接或狭义上的家庭,还逃离了从种群、阶层等其他各种意义上界定的大家庭),我并未用

---

[1] 位于匈牙利的佩斯州境内。

这种富于诗意或演讲般的措辞表述这个问题，这个问题只是默默无声、充满惆怅地在我胸中响起。一直回响了二十年。我嘴里经常谈别的，但我无时无刻没有听到它。

有位作家曾这样劝导我，不满足和不安分是西方人讨厌的通病。有个女人曾告诉我说，这是"作家职业病"，不让精神追求者去享受另一种他本来能够得到的满足。也许，我是作家。这种逃离的欲望从那时候开始就伴随着我，在不同的年龄阶段在我身上爆发，炸毁我的生活框架，使我陷入丑闻之中，卷入痛苦、艰难的旋涡里。就这样，我后来逃脱了家人为我指定的职业；就这样，我一次又一次地逃离婚姻；就这样，我投身一次次的"冒险"，有时我又逃避冒险；就这样，我逃避情感关系，逃避友情；就这样，我在青年时代从一座城市逃到另一座城市，从已经熟悉、习惯了的气候，逃到他乡的陌生气候，直到这种永远没家的状态变成我的常态，我的神经系统适应了这种危机的处境，但又出于某种人为的"自律"，我最终开始工作……今天我仍旧这样过活，两列火车，两种逃跑，在两次"逃亡"之间；好像一个人永远不知道自己一觉醒来时，正走在内心深处哪条危机四伏的冒险路上。我习惯了这种状态。我的生活就是这样开始的。

4

家庭会议，决定了我的迁居；他们要把我送到布达佩斯上寄宿学校。所有人都赞成这个解决方案，只有我父亲反对。我自己坚持要走。我非常乐意离开家庭，我自然这样想象，我已跟家乡没有什么关系了……我父亲永远平静沉稳，他是家庭的牧羊人，即使在这种时候，他也想方设法地极力调节，试图恢复失衡了的家庭重心，但他最后伤感、绝望地意识到，有什么东西已经破碎，破碎的瓦砾已经失去了拼贴的意义。暑假结束前，我俩一起去了首都。

不管怎么说，我还是把什么人丢在了家乡：我童年时代一个柔情似水、充满同情心的人，一位朋友，也许他是我这一辈子得到过的唯一朋友。那是男孩间的第一次友谊，是一段多么纯洁、永远不可能重复、任何关系都无法弥补的历险啊！在后来的生活中，我再也未能获得那种我曾从童年友谊中获得过的感受。家人的忌妒心、荣誉感、价值观浸透到我的情感中，即使爱情的痛苦而热烈、多愁善感、虚幻失真的高烧状态，也不能像那段既无利益关系，也无客观目的，仅仅出于善良与真挚的罗曼史那样带给人平和与温暖，那是一段发生在两个男孩之间的友谊……谁也没有等待什么，甚至未曾期待忠诚。我们就怀着这样的情感，一起散步了许多年，就像在某种风和日丽、永远晴朗的气候里。我的第一位朋友是一个极其敏感、天性善良、内心纯净的男孩。在青少年的敏感期，这段友情始终伴随着我们俩；成年之后，我们的关系开始恶化，但那也是我故意为之，因为那种关系变成了负担。有一天，我无情无义地逃离了他。

后来，在我们"分手"之后，也是他率先跟我握手言和；不管怎么说，他都是我唯一的挚友[1]，直到他死去的最后一刻。英年早逝，他离世时刚满三十周岁。

这个男孩是个犹太裔，他是第一个把我带进犹太人中间的人。在我们家——不仅在家里，而是在我们举目所见的所有地方，包括在学校内的班级里——我们虽然跟犹太人生活在一起，关注他们，但是我们很少会谈论起他们，那是气氛相对宽松的反犹时代，人们的观点既

---

[1] 指米哈伊（施瓦茨）·厄顿（1899—1929），匈牙利作家、诗人。

激进也宽容，在匈牙利的天空上隐约闪现着一条绚丽多彩的自由主义彩虹。犹太人当然拥有公民的权利，犹太人治病救人，阐释法律；马扎尔人在正式的节庆和社交场合会跟犹太人正常交往，他们"尊重"犹太人，因为在犹太人中间有许多优秀、正直、诚实的人……但是大家"很少谈论起他们"，这也是事实，假如我否认这一点，否认自己是在这样的态度中长大，那么我是在撒谎。女仆们在厨房里不厌其烦地播散"血统论式指控"，以至于直到今日我都无法判断哪一种观点对犹太人的侮辱更深：女仆们的"血统论式指控"，还是另一种承认"在犹太人中间有许多优秀、正直、诚实的人"？在20世纪初，犹太人的情况有一些特殊，他们在各种领域无处不在，凭借自身的天赋、勤奋与坚韧在职业圈里出类拔萃，前途无量，无论是在社交场合还是公共机关，在犹太人和基督教徒之间可以轻松自由地"平等"相处——"雅利安人理论"在当时人的头脑里尚不存在——但与此同时，人们并不会将接受洗礼的犹太人视为自己的主内兄弟，就像在美国人眼中即便黑人被施了圣水，也不会变成白人；只是谁都不会摆到桌面上谈而已。在很短一段时间里，"反犹主义"暂时还没成为谈论的话题；市民阶层过着富裕、舒适的生活，既没有借口，也没有理由憎恨犹太人。但是即便这样，犹太人和基督徒能够在一个班级里共同生活吗？不能，只能说相互并存。"称赞"犹太人是一件得体的事情。基督徒家庭相当偏爱犹太裔的家庭医生，他们公开称赞，犹太裔的医生们出类拔萃，家人经常对一位常来家里出诊的医生叔叔赞不绝口，由于几十年的交往，他熟知我们家人的各种疾病和所有秘密，家人向他倾诉自己的烦恼，喜欢，赞美他，对他非常热情，向他支付酬金，只是从不跟他以"你"相称，从来不会邀请他吃饭。我在童年的时候，听觉非常敏锐。虽然我从来没听谁说过，但是我知道，我们跟犹太人之间存在什么问题……

这种"问题"，某种"未知的什么"，这种无声的排斥和礼貌性的宽容让我从一开始就站到了犹太人一边。因此我的第一位，也是唯一的一位朋友是犹太人，并非出于偶然。我想，起初我只是同情他，后来我爱上了他。德尼是一个值得人爱的男孩，他很善良，而且灵魂高尚；同时他也值得人同情，因为他总是被人忽视，情绪伤感。我的正义感将我拖向犹太人。孩子们用来判断事物的尺度既精细又敏锐，即便在彼时彼地，当成年人都出于胆怯或迟钝而未能做出这样的判断。后来，当我更近距离地了解了"犹太人问题"，我对犹太人感到的这种团结将我推入了令人困惑和尴尬的境地。我必须知道，犹太人期待的——对我，对每个人，对整个世界——并不是让所有理解并"称赞"他们的人成为他们中的一员。这种无法说出的"合约"，使我在精神和道德的问题上与犹太人保持世界观上的团结；我始终承认并履行这份"合约"。后来我不得不意识到，大多数犹太人之间的团结削弱了这种团结。我必须明白，除了世界观上的团结之外，他们更为重要、首当其冲的需求是要我们在犹太人和犹太民族的问题上能与他们保持一致的立场，这一认识让我感到震惊。"合约"并不是这么说的……"合约"所说的恰恰是——（我是这样想象的）——犹太人并不是犹太人，在某些问题中我们发生冲撞，并不是反对民族主义，而是在民族主义之外或之上……我试图理解和尊重犹太人的民族主义；只是我不知道该拿它怎么办，就像对于亚美尼亚或马其顿少数民族的民族主义那样，我无能为力。我感觉到不安和我无法满足的需求；有一天我必须明白，"犹太人问题"不可以碰触，既不能支持，也不能反对，但我也不顺从……

德尼，他是一个"富家子弟"，但从不看重自己家族的声望。他的祖父母在附近租下一片土地，他父亲住在自家的房子里，并靠家产的利息生活。德尼是家中最小的孩子，是疲惫、年长的父母很晚才生下的儿子；或许对这个晚得不成体统的新生命，家里人并未抱太大的热情。德尼是一个胖墩墩、慢性子、眼神惶惑的男孩。我跟这个犹太男孩交朋友，让我的家人觉得有些意外；不过他们并没有反对。在德尼身上，一切都与众不同，令人感到陌生和躁动不安。他的父亲脾气火暴，像《圣经》里刻画的老朽人物，一天到晚坐在窗前，用怀疑的眼神监视我们的友谊，从不跟我说一句话；即使我跟他打招呼，他也只用愤懑的嗓音咕噜一声。我认识德尼时，他母亲就已经去世了，母亲的位置被他的父亲、孩子们和一位女伴及走马灯一样数不过来的女亲戚们占据。我的朋友是众多孩子中最小的一个，他在鳏夫身边孤独地长大，为父亲的财产感到羞耻，为老家伙总爱傲慢炫耀的、正统派的优越生活感到羞耻。有一次，德尼用罕见的诚实和尖锐告诉我说，他们家不是"庄园主"，只是土地经营商，当时他还未满十四岁。

他是一个充满感染力的孩子，不仅聪明，而且有惊人的修养。当我连作业里的句子都不敢自己写时,德尼就已经写诗了……他爱读"现代"诗歌,是他第一次把陀思妥耶夫斯基的书塞到我手里;阅读时,他持有自己的观点并进行评论,非常鄙视我们同龄人喜好的那些娱乐。我们沉浸在文字里。我们俩由衷地对字母发誓,有一天我们会成为作家或诗人……我们并不是幻想这个,而是由于我俩的相识,在心里萌生出这样的想法。我总是认为德尼比我更聪明,更"货真价实"。假若有一天我告诉他,在我俩的交往中,我为自己想象力的"低下"感到痛苦,他听了肯定会吃惊,不过我从没跟他讲过。他是一个怪人,比我更有修养,更具原创思维。总之,跟我相比,他这个人要好得多,耐心得多,也更有男人味。相识后不久,我就对这个小伙伴感觉形影难分,在我看来,那是一种严肃的、令人敬重的关系;无论在学校还是在家,人们都能容忍我们,至少在开始的时候,大家耷拉下眼皮视而不见。后来他们意识到,德尼是我的"附体恶魔";但那时我们俩已相互发誓,为了抵抗所有来自父母和学校的恐怖进攻,我们紧密结盟。

德尼在"文学世界"游刃自如,就像一位真正的作家;除了字母带给他的另外一种生活和另外一种满足之外，他一无所知。我们一起做文学游戏，就像同班的同学们玩警匪游戏……从某种角度讲，我们从来就不曾是文学爱好者。一个人如何成为作家？……我不知道。我不记得有过什么特别的"体验"促使我"下决心"当作家，他没给我灌输过作家观念，也没让我觉得自己在视觉、听觉和表达能力上有什么与众不同。当我意识到这点时，我已经开始写作了。我从来没有想过，用字母记录下自己的思想，会成为自我表达的另一种工具。我觉得，自己十四岁时就已跟现在的我一样是一位有经验的作家了；我的意思是说，虽然我不会写，但我感觉到了读书是我表达生命的一种可能，我对文学这种乐器高度敏感；或许出于天性，就跟今天一样，即便我被怀疑、教训和无数次尝试搞得晕头转向，有过不少失误，但我总是抱着职责、使命的信念投入工作，总是惶惑不安，自虐般不甘于现状，清醒地意识到自己能力的限度。我觉得，我和德尼一起选择的起点有一点高；我们一开始就读莎士比亚和陀思妥耶夫斯基；我们藐视一切不"纯"的文学……我们并不知道，也无从知道，文学不只是杰作的总和；我们一点都不谦虚，彼此之间也不，所以很快出现了分歧。德尼在他短暂的一生中，只写了短短的几行字，因为他什么都不敢开始，他对写作抱着宗教般的虔敬；当我稀里糊涂地开始给报纸写文章时，他不无忌妒地恳求我，就像一位僧侣恳求一位想要放弃信仰的同伴那样；后来，他不再搭理我……小时候我们玩"当作家"的游戏，并没有想到文章还可以有另外的写法。我现在觉得，我从刚一懂事起就为写作做准备，我从童年时代就开始工作，并不是完成一项任务，而是完成一件"大作"，即便这部作品并不完美，粗糙笨拙，充满劣质、多余的材料，但除了每次完成的任务之外，我努力把握整体，试图概观它的整体轮廓；但毫无疑问，"整体"始终隐在朦胧之中，无法看见……

德尼告诉我说，只可以用清晰的嗓音、喜庆的眼神开口说话。但是，我似乎直到今天，都被死亡的恐惧催促着，着急慌忙，开口就说。总之，他是那个沉默之人，在三十岁那年，在他想要开口之前。

5

父亲陪我去佩斯时，对我的态度非常好……在那些天里，他有目的、有意识地对我很好。我们投宿在布达的一家旅馆,十天后我才赶去学校报到。我的勇气逐渐丧失,但即便如此,哪怕把天下的财宝都给我,也不能让我流露出一丝的惶恐。距离搬进学校、换上校服的日子越来越近,我牙齿打战、满腹幽怨地等待那一时刻来临,仿佛要被关进监狱长期服刑。我们在城里走了一整天;佩斯既可怕又可恶,陌生得恐怖,大得无边无际,特别是那股"佩斯的味道",简直让人难以忍受,喧嚣,喜庆,就像一出舞台剧,如虚如幻,很不真实……我觉得,我的家乡(像一座微缩模型)是"更真实"的城市;只是后来才得到验证,我的疑惑是对的。这座大城市给我的印象更多的是贫瘠和乏味。以前我曾到过佩斯,在一次考试之后,父母带我上来住了几日,走了走亲戚;就是在那回,我们亲眼看见布莱里奥[1]用铁丝捆绑的飞行器在拉库什区上空飘过;但是,那次难得的飞行表演并未能让我感觉到震撼,反正我觉得那很自然,我说,我见识过更加神奇的事情……但在这种失落中,缺少浪荡

---

[1] 布莱里奥,即路易·布莱里奥(1872—1936),法国发明家、飞机工程师、飞行家,以在1909年成功地完成人类首次驾驶重于空气的飞行器飞越英吉利海峡著称;1909年10月7日在布达佩斯进行过表演。

不羁的青春期狂傲;我没敢跟任何人谈这个,在当时,包括"奇迹"在内,我觉得一切都"很自然",至少我觉得走在地上的人跟飞在空中的人一样神奇。我脑子里装的都是文学,敏感而高傲;我猜想在世界的后面隐藏着比现实更复杂的奇迹……在那些时刻,在我十四岁时,或许我也跟大多数人一样,是一位诗人。

我跟父亲一起度过了几天刻意为之的慈爱日子,就像一个在温情脉脉、非常人道的疯人院里可能体验到的几个瞬间。慈爱的高潮是我们俩坐在马车上跑了一整天,坐在胶皮车轮的出租小马车上,两耳听到的永远是车轮柔软、清晰的吱呀声,马蹄轻轻踏在用木桩铺成的安德拉什大街上;我从来没见过父亲如此雍容显贵,我根本不知道居然还会有这样的生活……即便如此,我还是为这种殷实的生活感到自罪;这种"自罪感",好像我对什么人做了什么邪恶的事,即使当我活得很好时(我是多么想"好好地活着!"),这种感觉也不会消失,会始终伴随我的余生。我不太考虑生活的彼岸,我不能解释这种自罪感;孩子们都是天生的"有产阶级",直到生活迫使他们戒掉无尽的欲求。我贪婪地享受着这种优雅闲适的新感受——当时正值和煦的秋日,我们每天中午都到城市公园的豪华饭店用午餐,那里的人都认识我父亲,侍者们更是百般殷勤,我是多么地为他自豪!——与此同时,我还是觉得内心焦虑,惴惴不安,在这种贵族的奢华中,我既没有绝对的安全感,也不觉得像在家里那么舒适……父亲对博物馆百逛不厌,他让我选择,我根据自己的兴趣选择了佩斯的全景画展。整个佩斯在噼啪燃烧,到处蒙着一层石灰,每个街角都建了房子;在巨大、幸福、富裕的帝都,到处都在盖宏伟的楼宇,伴着噼啪的烧石灰声,庞然巨厦拔地而起。这里的匆促和忙碌,透着一股生意的味道;在佩斯,我总是情不自禁地想起家乡那座精美的小城,想起那里文艺复兴风格的建筑,拱券式房屋。站在环路边杂乱无章、实用而呆板的居民楼前,我会感到心烦意乱,禁不住蒙羞地垂下眼帘……在倒数第二天下午,我和父亲去了"小马戏院";我期待的是与众不同、可能有点出格的节目,但结果只有几只海狗和杂技演员登台,一个戴草帽、满月脸的大胖子唱了一句这样的歌词:"您看没看到布达佩斯的夜色?……"我当即感到有些鄙视。在佩斯,我始终要当"外地人",从第一分钟开始,我就顽固地感觉自己是外地人,有意识地,带着一股羞恼的傲慢;这种感觉,即使今天在这座城市,有时也会突然袭来。

一天下午,我们坐进了出租车(当时城里已经开始跑第一批"的士",它们像上足了发条的指针,吓人地在街上飞速蹦跳),我们驶向布达的寄宿学校。父亲一直陪我到最后一刻。我攥着他的手,哭了起来,毫无疑问,分别的时刻已经到来。办公室里,一位身穿黑色教袍的神父接待了我们,举手投足都带着官场的礼貌;这位神父主持这所寄宿学校,他是一位著名的青少年读物作家和经验丰富的教育家。从这幢高大建筑的会客室里,可以望见多瑙河和佩斯的一片灰屋顶的一角;房内的墙上挂着密密麻麻的相框,相框里摆放的都是社会名流和学校资助人的照片。我的名字被写进一本厚厚的名册里,校长礼貌地跟我父亲寒暄,随后用一个聪明、干练、和蔼的动作抓住我的胳膊,好像是在安慰我说:"嘿,别怕,不会那么疼的!"他打了一个含蓄的手势,表示现在是告别的时候了……父亲把我搂在怀里,我立即无措地举目四望,仿佛大难临头,已在劫难逃,他已经没有办法救助我了!我惊恐、诧异地望着他的背影……我环视了一下房间,黑衣神父已经坐回到写字台后,点燃一支烟,缓缓吐了一口,用不带感情色彩的礼貌语调说:

"我了解你的一切。以后我会注意你的。"他这话里并没有威胁,而是宽慰。随后他伸手按了下桌铃,将我交给了一位学监。

我们三十五个人睡在一个房间里,两个年级的寄宿生在同一幢楼里学习、住宿,只在用餐时才聚在一起,在一个能容两百人的大饭堂里。我被编进了五年级和六年级学生共用的寝室里;至今我都不知道他们这样安排是因为什么——也许他们想以这种方式消灭"我的早熟",要么就是那位"了解我的一切"的神父想让我害怕他们?高大的寝室内有两排床铺,有一扇门通向盥洗室,那里有六七个水龙头和洗漱池;在大厅的尽头还有一扇门,从门后可以透过一个小窗口朝屋内窥视,在一盏蓝光的夜灯映照下,可以监视睡觉者的一举一动,值班的管理员睡着了……学监为我安排的床铺,夹在两个六年级大孩子中间;其中一位是帕普[1]的伯爵,另一位是佩斯州大庄园主的公子。年轻的学监把我带到集体工作室,告诉我哪张工作桌是我的,然后把我一个人丢下,扬长而去;偶尔有几名学员走来走去,扫地,拖地,收拾卫生,三

---

[1] 位于匈牙利西部的一个地区。

天后我们就要参加圣灵节活动，在那三天里大家可以随心所欲，新生们可以不受作息时间制约在院里和教室里玩耍，了解这座大房子的秘密。我走进工作室，坐到指定给我的桌子前；那是一张有衬垫、装饰繁复的雕花木桌，抽屉上染有墨水的污迹，桌子离窗户很近，窗外正对的是眼看就要坍塌的楼房庭院和只有仆人们进出的走廊——在漫长的囚禁中，我不知道多少次眺望过那座摇摇欲坠的兵营！——这样的桌子在房间里摆有三十多张，排成军人的方阵；与其说是住宿学校，在我的记忆中更像是军营。我看不到任何彩色的斑点，连好看些的家具、适合插在乡下花瓶里的野花也没有；我在楼里穿行，每层都有两间教室和两间寝室；我在一间大厅里发现了一张台球桌，带栅栏门的橱柜里摆满书籍。没有人搭理我。"老生"们的脸上表情迟钝，带着青春期的颓唐，他们满腹戒心地观察我；失落、伤心的我，在他们眼里也许很可笑。是啊，半年后我也会变成他们那副样子，当新生入校时，我也会变得态度冷酷，脸上带着傲慢的淡漠。到处都弥漫着一股令人窒息的气味，就像是在医院里。我在寝室里找到我的包裹，于是把东西掏出来；走廊里有一排编有号码、可以上锁的狭窄立柜，每个橱柜里都塞了被褥，味道难闻，好像洒了消毒水，或是某种石碳酸。眼前的现实令人绝望，跟我想象的一模一样。我跟学员们在一起的每分每秒，心里都感到焦虑不堪。我坐到自己床上，坐在光线变暗的寝室里，一动不动地盯着窗户。在楼下花园内，有几名"老生"正在踢球，我听到军令似的喊号声。我心怀厌恶地看着陌生的床铺，怔怔地望着无情的人群，从现在开始，我不得不在他们中间生活，睡觉，思考，永远不会再有独处的瞬间……我打了一个冷战。在昏暗的屋内，有个人一直在晃来晃去，站到我面前，他个子不高，身体羸弱，我看到一张苍白的面庞微微发光，有人用非常平静的抱歉语调说："我是克莱茨[1]；但今年我将做私教学生，因为我病得很重。"他用冰凉、柔软的手指握住我的手。

6

生活有时是友善的；在危机时刻，总会有一个个克莱茨站到我身边，他迟疑着送给我几句语调平淡的话。

---

[1] 指克莱茨·蒂波尔，后来成为眼科医生，1972年去世。

克莱茨在班里不属于理解力很强的孩子,大概跟我同岁。疾病有着某种古怪的优雅,仿佛疾病使他变得格外高贵……他已经是"大孩子们"的同学了,但他父母始终给他穿系带式、掐腰的丝绒衣服;他的手,他的脸,他的身体,他的四肢,都是那么不真实、不健康和细腻的洁白;请想象一下,与这种肤色相配的,是浅蓝色的眼睛、浅黄色的软发(用现在流行的说法是"铂金色")和长长的睫毛。在总是一眨一眨、有点发炎的眼睑下缘,深褐色的雀斑十分醒目。他走路很慢,抬手的时候也小心翼翼,说话一板一眼,咬文嚼字,流露出生性的拘谨和多虑,让人联想到一件异常贵重的瓷器;我惴惴不安地拿眼角瞥它,担心自己坐下或走动时,一不小心会碰碎它……克莱茨是个数学迷和病秧子;我的意思是说,除了数学和疾病外,他对什么都不感兴趣;就他的兴趣而言,学校作业、孩子娱乐、周围环境和我们的玩具,一切都排在第二位。他患的是血友病,很容易出血;谈起疾病,他总是态度客观而专业,郑重其事,一板一眼,满嘴都是医学名词,像一位年轻医生谈论第三者的病症。他对什么都不感兴趣,只有血友病;偶尔提到文学,他知道左拉的长篇系列小说《卢贡-马卡尔家族》里有一位小主人公就患这种疾病;每天从早到晚,他都语气严肃、不带悲剧色彩、态度客观、格外热心地讲解血友病的症状、治疗方法和自己病情的严重程度。血友病将克莱茨跟全班人隔绝开来,日常的生活起居,他凭借自己的努力量力而行。他用那双总爱眨动、有点炎症的眼睛无比严肃地关注周围的一切。克莱茨从不匆忙,不惊慌失措;他在生死之间漫步,小心谨慎,深思熟虑,好像他有大把的时间,任何事情都来得及做。我后来意识到,他在第一天晚上对我的友好,并非出于温柔的同情心,而是出于某种含混不清、突然产生的情绪;他只是想找一位同伴,一位有理解力和求知欲的同伴,他想跟他讲述几个关于自己疾病的生动细节,这些细节他几乎全都讲过,但有几点新发现。他对自己疾病的长期观察,就像对待一个宇宙或人类的核心问题。这种客观上的自私,完全占据了他的整个生命。他用佯装出来的兴趣听我讲述我的怨艾和我的观点,就像一个成年人听孩子的抱怨。克莱茨以某种与众不同的、单向的端庄方式,在疾病中提早长成了"成年人";关于生活他一无所知,但是却能跟死亡知根知底地和睦相处;他用一种慎虑的淡漠谈论毁灭,他那缓慢而单调的语气,就像谈论某个让他熟悉得生厌的话题。我始终未能完全弄清,数学——克莱茨感兴趣的另一个领域——跟他的疾病有着什么样的直接关联,一个是源于另一个的结果,疾病成了数学的前提条件,两者密不可分,至少是对克莱茨来说……有的时候我很怕他。不管怎样,在我的青少年时代,在寄宿学校里,他是第一个用人的声音跟我说话的人。

一两天之后,我明白了:我是这个社会无足轻重的贱民,我是排在最后几名的一个倒霉蛋,一钱不值,狗屁不是。我即使用从不懈怠的挣扎和随时随地的留心、谋算、龌龊和铤而走险,也可能只会一时半会儿地被别人忍受;对于平等,我连想都不敢想,我不属于他们中的一员……我在学校的第一个晚上,寝室里的"编制"满员,我们以军人的速度脱掉衣服,爬上铁床;学监踱步走到两排床铺的中间,扫了一眼那些不情愿地钻进被子、姿势僵硬、一动不动躺在床上的新学员——关上灯后,夜灯亮了,蓝色的灯泡照在三十五个孩子头上,我意识到,我被关进了笼子,在冷酷无情的监控下,如果我想活着出逃,怎么也得睁大眼睛……我意识到,家庭不再保护我,从今天开始,我不得不在"社会"上生活;这个"社会",就是睡在我周围的这些不同寻常、散漫不羁、既可向善也可趋恶的个体生命，无论他们醒着还是睡着，白天还是晚上，每分钟都被一个高高在上、强大无比的意志所监视、敲打、警告、处罚、驯服。那天晚上，我一分钟都没睡着。我暗下决心，要动用自己的全部本领，小心，谨慎，但绝不投降。接下来是一段艰难时期，只有熬过这段漫长而痛苦的时光，我才能以苦涩的教训与痛楚为代价成功地实现我的计划。首先我必须学会的是，人与人之间毫无因由，甚至毫无目的地利用一切机会冷酷地相对；这种习性来自我们的天性，对此没什么好抱怨的。对新学员来说，开始了两种生活：一种是正式的、受到监督的、在上层权力的犀利目光下生活，这种生活相对放松，还可以忍受；另一种则是无影无形，隐蔽难测，由幼稚的利益、力量、突然冒出的邪恶以及亲善的能力构成的。这已不是"帮伙"式的幻梦生活，绝对不是，我一下子跳进了齐颈深的血与肉的"社会"沼泽——我们总生活在同谋之间，眼珠乱转的虚情假意，从不松懈的"卑躬求乞"，哪怕是在两个人之间；这种坚忍不拔的努力，实际上只是为了占据主导地位的造作表演，为了在罪犯之间加强亡命徒的威信，对于这种威信，即使再大胆的家伙也不敢违抗。敏感而复杂，总之，我从上等人家孩子的个人生活，一头跌落到"拳头法则"的世界里。

很快,我学会了使用我的拳头。

7

当然,我忌妒克莱茨和血友病,忌妒他能够跟周围人保持距离,能够受人尊重地作为局外人生活在我们中间;他不住在学校宿舍,但是每天下午,他跟我们一起在教室里学习,而且学多长时间看他自己的情绪……我们其他的孩子,则像机器人一样生活、学习,像机器人一样睡觉、游戏。不管我考试考得如何,身上都像奴隶一样披着锁链。清晨,我们在盥洗室里站成一排洗漱,之后在学校小教堂里做弥撒,早餐后是半小时的"自由活动",然后上课,洗手,在一个铺着油布桌巾、能容两百人的餐厅里吃午饭,一小时的游戏时间,在神父的看管下,三小时背书,一小时散步,七点半吃晚饭,之后有半小时的自由活动时间,最后在管理员的监督下脱衣上床……有时下午,我们成群结队地去博物馆参观,每个月可以去一次剧院;萨奇瓦伊[1],就是我在国家剧院

---

[1] 萨奇瓦伊,即萨奇瓦伊·伊姆莱(1845—1939),匈牙利国家剧院演员,因扮演李尔王出名。

里见到的，他在台上扮演李尔王，吓人地吼叫，眼珠乱转。我们像王子一样舒舒服服地坐在包厢内；学校很注意自己"尊贵"的名声，他们为我们购买国家剧院和大歌剧院底层包厢的戏票；我们穿着民族盛装，戴着白色手套坐在包厢里；抹着头油，一副绅士风度，看上去就像青年军官。平时，不管是在学校，还是出门上街，我们全都身穿制服，披着军官式的斗篷，上面点缀了一大堆金黄的饰穗，下穿黑色长裤，头戴有帽檐的军官帽，活像鲁道威卡军校[1]的士官生；星期天晚上，当我跟茹莉表姑一起沿着布达的街道往家走时，步兵们经常在黄昏的天光下向我们致意。在学校里我们也穿制服，俗称"小波兰服"，做得跟军服一样笔挺，让人觉得不自在，只是没有那么多金光闪闪的穗子罢了……穿着制服，我们也自觉很高贵，像陆军中尉那样潇洒帅气；我们蹩脚地敬礼，步兵们也迟疑不决地向我们致军礼；我们在裁缝那里定制了一顶"特殊"的帽子，就像军官们戴的大檐帽。

在这所学校，走读生也都经过挑选，住宿生里有不

---

[1] 指设在布达佩斯的匈牙利王国鲁道威卡军官学院（1808—1945）。

少都是大人物的孩子。不是来自贵族、名门，就是像我这样来自富裕的市民家庭。每天晚上，"吸烟室"（管理员允许五年级以上的孩子们在午餐和晚餐后吸烟）变成了元帅府，他们分别以勋爵、骑士、伯爵或帕普伯爵相称，挨个审查每个人的出身，连祖辈和曾祖辈也不放过；开始的时候我们都不谈别的，直到确定了每个人的头衔……从那之后，我们要严格遵守这个等级。我不难理解那位当屠夫的德热舅舅，还有当过军官、后来在咖啡馆里弹钢琴的埃尔诺舅舅，我自己也不喜欢这样的环境。当我列数了上百位家族前辈，我出乎意料地发现：在元帅府里，大家对我的"奥地利贵族身份"颇感兴趣，我因此得了一两分，社会地位有所好转。但即便如此，我也站在后台，站在群众之间。

有一个男孩，叫C.Ch.伯爵[1]，他是阿尔帕德王朝[2]国王们的后裔。因此，我们对他的态度就像对王位继承人。如果晚上他来吸烟室找我们——不去那里他又能去

---

1 C.Ch.伯爵，即克洛伊·察奈尔·彼特伯爵（1896—1976），当时在读八年级。
2 阿尔帕德王朝（889—1301），匈牙利历史上第一个王朝，由阿尔帕德大公创立。

哪儿？——所有人都会站起来，一声不响地等着直到他落座，开口跟谁打招呼。如果我没有记错的话，他整个学年都不曾跟我说过一句话。最多的时候，只是我卑贱地跟着他，在网球场帮他捡球，但是对于我表现出的殷勤，他只是礼貌性地、不带任何个体色彩地冲我面无表情地点头致谢。这位有着国王血统的少年伯爵，肯定出生在一个相当贫困的家庭里，有一次我注意到他满是污点的破旧睡衣，我心里感到十分地羞惭，因为我离开家时父母总会为我备好质地柔软、做工精细的内衣内裤。

在教室里，在最后一排的墙边，坐着一个神秘、内向的年轻人。我只知道他准备当神父。起初，我试图跟这个年长的（十六岁）男孩交朋友；但跟所有人一样，他对我一口拒绝。态度冷漠，甚至用惊诧、羞恼、讥讽的语调跟我说话。没有人对他有更详细的了解；教师和学监们也认为他是我们中间较懂事、较成熟的一位……他不跟任何一个男孩交朋友，他跟文学教员一起散步，在大花园里背着手，表情严肃，踱着老气横秋的步伐。即便如此，我还是被那个门窗紧闭的傲慢心灵所吸引。我感受到他内心的叛逆，这是一个永远的敌手。如果我跟他打招呼,他会礼貌地回敬,由上到下打量我一眼,然后身子一晃,闪到一旁。他就像法国小说里描写的一个固执、狡诈、充满野心的修道院院长;当时我还没有读过于连·索莱尔[1]的故事,后来当我翻开那本书时,字里行间都能看到那位少年朋友狡黠而聪颖的微笑……他孤独地生活在我们中间,就像一个成年人。在一个星期天的下午——噢,这些沉闷、空洞、令人烦躁的星期天下午!楼道里已空空荡荡,还是没有人来接我,整整一天,我坐在吸烟室的窗前望着佩斯的楼顶出神,天色已经逐渐变黑!——就在我这样发呆的时候,这个古怪的家伙出现了;当我意识到他正走近我时,他已经一声不响地在我背后站了好久;我回过头来,在昏暗的光线中辨认出他的脸,我下意识地向他伸过手,那是一个热情、友好的动作。他抽回手,开始哈哈大笑……他慢慢从昏暗的教室里退出去,退到门槛时,仍很不友善、充满讥讽、令人害怕地哈哈大笑,让我感到毛骨悚然。

二十年后,有一年夏天,我在布达的一家饭馆里又听到了这个笑声。我可以肯定,只会是他;我慢慢转过

---

[1] 法国作家司汤达的长篇小说《红与黑》中的男主角。

脸，看到一位年轻神父坐在一群中学毕业生中间，高昂着脑袋，打着夸张的手势坐在餐桌的主位，半张着嘴巴哈哈大笑。笑声刺耳、可怕。我们的眼神碰到一起，但他并没有认出我来；我赶紧付账，离开了那里。

8

病号住在一栋单独的房子里；就跟监狱里的囚徒一样，我们也一次又一次地想方设法能住进医院。在那里，修女们为我们洗衣服，打扫卫生，给我们烧饭；只是病房负责人是一位趾高气扬的护士。这位有着克里奥尔人的皮肤、深棕色头发、性感的厚嘴唇的年轻女护士身穿制服和白色大褂，裹着浆洗挺括的白头巾，带着一股天下第一的风骚味。她不加选择地亲吻每一位交给她照料、青春期萌动的学生们，高年级同学不知羞耻地大声炫耀，绘声绘色地分享天赐的快乐；但也有可能他们只是吹牛。谢天谢地，我有幸染上了腮腺炎，终于也落到这位女护士手里。我脖子肿大，敷着冷毛巾躺在病床上，女人慢吞吞地在病床之间走来走去，她周围的一切都很脏乱、腌臜、无序，她被包围在污秽之中；医生每天来查两次房，病号们用虎口和中指使劲地揉搓体温计，好让汞柱能在查房之前升高一些，当然，做这个需要格外谨慎，只能在被子下面，而且温度不能高过 38.2—38.4 摄氏度。

确实，性情豪爽的女护士也在一天晚上吻了我；在我们病房睡了八个病人，"亲爱的护士姐姐"从一张床走到另一张床，咯咯笑着，将手伸到被子下面，抚摸男孩们发烧的身体，白色的影子在黑暗的房间里闪来闪去；清晨一听到那咯咯的笑声，我的身体再次高烧。她向我俯身，丰满的乳房碰到我的脸，从那柔软的体里散发出刺鼻的难闻气味，我感到恶心至极，我还在发烧，当她将那柔软、潮湿、水蛭般的嘴唇贴到我的唇上并开始吸吮，我感觉马上就要昏厥过去……我既不敢将她拉向自己，也没有把她推到一边，我只是一动不动地躺在床上，瑟瑟发抖，大汗淋漓。我得以在暖和、潮湿、弥漫着碘酒和乙醚味的小窝里住上几天。在隔壁病床上诈病的，是一个跟我同乡的男孩子：贝尔茨[1]。他在学校里已住了一年，属于上等阶层，自以为是，很爱吹牛；他大概只比我大一岁。是贝尔茨怂恿的那位护士，他跪在隔壁的病

---

[1] 后经学校档案证实，年级里并没有叫"贝尔特兰"（昵称"贝尔茨"）的学生，估计作家出于谨慎，在这段叙述中用了化名。

床上，当女护士吻我的时候，他在一旁鼓励我们，随后他把女人叫过去，附耳嘀咕了很长时间……男孩家跟我家是世交，小时候我们经常在一起玩耍，他是一个性情粗暴、乖戾、卑鄙的男孩，喜欢做露骨的恶作剧；我们从来不喜欢彼此，但是现在都身处异地，所以还是试图交往，我有点儿怕他……小时候我对他就心怀恐惧。在过去的三四年里，我们只在假期见面，现在我俩又碰到一起，不知怎么，我觉得自己长大了一些，也傲慢了一些，大概是受到德尼的影响，我感觉到内心蕴蓄着反叛，经历过另外的生活体验；贝尔茨恼火地意识到这点，他儿时的优势不复存在，我已经不再怕他，他粗暴、鲁莽的举止已经镇不住我了。就在接吻的第二天早晨，他开始威胁我说，要把"所有的一切"都报告给校长。

我们在同一间寝室里睡觉，在同一间教室里学习，每天从早到晚，我们每时每刻都待在一起，他折磨了我很多年，他总是乐此不疲地想出一个又一个花样翻新的酷刑。过了很长时间我才明白，我怕他，并不是因为他的威胁，而是他对我所抱的那种毫不吝啬的冷酷。我战战兢兢地活在恐惧里，因为他有时会动用极其细腻的手段对付我。他不知疲倦地纠缠我，吓唬我，声音时高时低地让我不安。他是一个英俊、瘦高的金发男孩，梳着中分头，总用犀利、狡黠的眼神看世界；他装腔作势，但一点也不愚蠢；在班级里，在游乐场，甚至在寝室里，无论我在什么地方，总能感觉到他审视的目光。当时，我似乎成了他生活的靶子；我是他的敌手，送上门的猎物，他一旦抓住就不肯放手……他像一名侦探，到处搜集关于我的"个人情报"，有一天他威胁我说，他要向学监举报我，因为我与女护士"通奸"——他喜欢用这类《圣经》里的词汇，我眼前顿时漆黑一片；我感到的并不是意料之中的惩罚，也不是难堪和侮辱，而是发现在人与人之间还存在这样一种毫不吝啬却很利己的粗蛮和残忍……我从来没有伤害过贝尔茨，总是他比我更强悍、更自信，他是这个世界的主人，在他身上，我能感觉到某种莫名的攻守同盟和一股"牛头犬""好小子"的安全感，为此我很忌妒他，有点蔑视他；无论在什么事上，我在他面前都会感到自己笨拙和无助。贝尔茨绝对"属于某个阶层"，属于那群"好小子"中的一员；我一旦凑近他们，他们就闭口不语，这些家伙们说的话，我即使屏息静气地使劲偷听，也无法捕捉到他们话里的真正含义；我猜，在世界上有很多这样相互理解、总在行动、贝尔茨类的"好小子",他们是真正的离经叛道者或重整山河者,不管怎样,他们最终"缔造"了一个让人感到惊恐、惶惑、不安的世界……贝尔茨很清楚,他心里知道得清清楚楚:种种迹象表明,我是这个世界上对他毫无用处的另一类人;这类人在人们中间传播疑惑和焦虑不安,一有机会就应该被追剿、被灭绝……他不知疲倦、精神振奋、坚韧不拔地肩负起了这一项重任。

贝尔茨的父亲是一位西班牙出身的退役上校[1],每隔一段时间就来学校探望儿子。上校把儿子叫到会议室里,抽出皮带,二话不说,劈头盖脸就是一顿狠揍;揍完之后,丢给儿子一个福林并扬长而去。对于父亲的殴打,贝尔茨并不在乎,他掸掸衣服,就像狗抖掉身上的雨滴;但是他把得到的福林像战利品一样积攒起来。学校管理员每星期分给我们一次"零花钱";就是这点零钱,他们也会作为教育开销记到本来就很可观的账目上。具体能给多少,我记不清了,一星期我们得到一两个福林,还是一个月?不过有一点是肯定的,偶尔发给的那点零花钱少得可怜,怎么也不够用来为单调乏味的住校生活增

---

[1] 经专家考证,指曾在炮兵部队服役的古兹曼·米克萨。

添甜蜜……"增添甜蜜",这个词对孩子们来说一点也不抽象,低年级孩子用零花钱买糖果或棒棒糖,高年级孩子买烟草和名为《纸捻》的青少年杂志。我们都已经是半大小子,学校斯巴达式的膳食制度,即使你的肠胃细如芦苇,经常也会吃不饱;我们请"走读生"为我们从城里捎来解馋的零食,最受欢迎的是"泰尔苹果",那是一种用巧克力和丁香混制、包着银纸的棒棒糖,再有就是夹着香草酱的维夫饼干……我们成天吃这一类零食;家境好或年龄大的孩子则会买一些更正经、更男人的东西,比如沙丁鱼罐头、咸面圈和猎人肠。贝尔茨经过细心盘算,用父亲给他的福林偷开了一个小卖铺。

他把写字台的抽屉布置得像调料店的货架,里面井井有条地摆放着各种各样、让人看了肠胃蠕动的百味美食:酸鲱鱼、咸面圈、维夫饼干、水果蜜饯、风干肠,当然还有烟草和香烟。这个秘密仓库很快驰名校园。从新生到毕业生,各年级的学生都到他那里采购。"生意"完全按照贸易原则进行;贝尔茨必须以精心、周到的服务向顾客销售优质商品,如果有快要变质的剩货,他晚上自己抓紧吃掉,早晨补上刚到手的新货。我至今都不理解,这家伙中了什么邪?怎么会热心于这种小买卖?

他是一个富人子弟,跟那些从他手里买东西的孩子一样,跟我们所有在这家贵得宰人的学校里读书的学生一样,他能从家里得到所需的一切;父母给他定做"特别"的制服,他也戴着白手套、身穿民族盛装坐在国家剧院的包厢里,坐在我们中间,他跟其他学生一样享受同等的待遇,接受同样的管束,可贝尔茨还是喜欢做生意……他的杂货铺生意红火。在这样"上流社会"的学校里,这种情况实在不同寻常:一个男孩向他的同伴借钱——就像在卡西诺赌场里,一名成员向一个手头吃紧的玩家提供高利贷借款。全校学生都替贝尔茨保密,掩护这座秘密仓库,保护这条走私渠道……贝尔茨精心储备的各种美食,不分昼夜地供大家随时选购。我永远忘不掉他那得意的神情,下午,在教室里,他狡黠的脸上做出无辜的模样,假装背书地趴在课本上,用奸猾的眼神窥寻"客户"发出的秘密信号;我们用复杂的莫尔斯电码告诉他,我们想吃"泰尔苹果",还是想买五十克风干肠(更容易饿的家伙们,早在午餐时就提前往兜儿里塞面包),之后,我们以"解手"的名义离开教室,回来时,若无其事地从贝尔茨桌边走过,动作熟练地接过我们想要的商品并揣进口袋……每个星期六,贝尔茨结算账目(他有一本明细账，记得百分之百准确无误），手脚麻利地收回欠款。他在耳根后夹一支铅笔，搓着双手坐在商品前，听着我们的解释和抱怨，用得意的神情瞅着"账本"，上面详细记录了每笔赊账与开销……很遗憾，没过多久我也跻身他的欠债人之列；我要花几个月时间承受自己轻易上钩的后果。

有一天，他站到我跟前，用讥讽、傲慢的眼神从上到下地扫了我一眼，然后瞅着别处，用不经意的口吻说："我跟你们家很熟。我可以贷款给你。"这种仁慈出人意料，我满心狐疑，猜他没怀好意，在我手头的零花钱花完之前，我尽量跟他做现金交易。但是，我最终入不敷出，又实在忍不住价高物美的"泰尔苹果"的诱惑，终于第一次犹豫不决、心贪嘴馋地接受了他提出的贷款建议。没过多久，我对厚着脸皮向贝尔茨讨货已习以为常……午前，我要一整盒沙丁鱼；午后，我跟他讨风干肠吃；从早到晚，我几乎每小时都跟他要维夫饼干。他一本正经、有求必应地提供服务，并一丝不苟地用铅笔将每笔生意记到他红麻布封皮的小账本里；几天后，我拿着刚分到的"零花钱"，想跟他消掉一两福林的赊账，但他礼貌地做了一个阻止的手势，固执地跟我重复道：

"我跟你们家很熟。咱们半年后再结。"贝尔茨的姿态是那么绅士和谦恭,给了我那么长的"贷款周期",但"我跟你们家很熟"这句话,并不能让我彻底安心。半年过去了,圣诞节前,他带着冷冰冰的眼神站到我桌前,给我念小本上记的欠账。我欠了他一笔难以偿还的债款——好像超过了三十帕戈[1]。"请在节前结清。"他用一本正经的平淡语调通知我。我的回答简短而强硬:"很遗憾。现在我也需要用钱。"

我真想冲他哈哈狂笑;这是多么愚蠢的游戏!……我知道,只要我耸耸肩膀告诉他,只管跟我讨债好了,不过他要明白,后果对他最不利;他跟我们做交易的秘密一旦暴露,不仅他那位西班牙出身的上校父亲会揍他,他还很可能会被学校开除……我俩四目相峙,心里都很清楚,这笔账不可能一笔勾销,我早晚得还……别的不说,贝尔茨不可能善罢甘休;在这场特别的角逐中,他胜利了,肠胃的脆弱出卖了我,我的嘴太馋,不是他的对手,我在贝尔茨面前像另一个人,总之我不得不还他钱。在漫长的几个月中,我在贝尔茨那里赊账要吃的,

---

[1] 匈牙利旧货币,流通于1927至1946年间,后由于货币贬值被福林取代。

我们两个都知道，贷款的意义不过如此；贝尔茨抱着胳膊站在我面前，简直就像狡诈的威尼斯商人。

"用名誉担保。"他平静地说。

"用名誉担保。"我咬着牙根咕哝道。

"用名誉担保"，在我们有着封建特色的校园世界，这句话有着生死的意味。第二天，我们都回家过圣诞节。三十帕戈！也许在家里的银行，都没这么多钱……圣诞节过后，我紧张得已经三天吃不下饭，睡不着觉，我最终向父亲进行了忏悔。父亲把钱给我，并向我保证，他不会把这事说出去。贝尔茨一声不响地接过钞票，把它们捋平，揣进口袋，望着地板和我的鞋尖。出于愤怒，我浑身发抖，我满怀羞辱地黄着脸、咬着唇站在他跟前，无措地等着，不知道现在将发生什么。他的回应出人意料：他突然把头一扬，瞪了我一眼，做出一副可怕的表情，然后拔腿跑掉。从那以后，我们俩再没有说过话。

9

寄宿学校……身穿囚衣的服刑者人影，像鬼魂一样排成鹅队踯躅蹒跚。手淫，在男孩子中相当普遍。夜里，我们在寝室里忍受季节交替，面面相觑；下午，我们在教室里读课文或做作业，不时溜出去上厕所，然后挂着黑眼圈摇摇晃晃地回到教室。绝大多数孩子并不掩饰这种心病；两百多个年轻、健康、春情勃发的鲜活生命挤在这里，身体挨着身体，在危机四伏的青春骚动中，经常顾不得去想别的什么，唯有听从肉体的指令。我在寄宿学校度过的那几年里，记得发生过两桩少年爱的丑闻，有一天下午，校监突然来到学生宿舍，发现那个被叫作"帕普[1]伯爵"的、长了一副马脸、笑如马嘶、个子高得有违自然的青春期少年正在教三年级的小学生体验手淫的快乐；当时"伯爵"已经读七年级，立刻被学校开除了。另外我还听别人说，有一位年轻教师很喜欢叫年轻学生去他家里"复习"；这位教师确实教了不到半学期课，就从学校里消失了，但是男孩们并没有透露秘密——假如真有这样的秘密——所以我对这类丑闻只是听说，并不直接知道……

在高年级的走读生中，大多数是对住校生心怀同情

---

[1] 帕普，匈牙利西北部的一座城市。

的"佩斯孩子",他们穿戴时髦,是年轻的风流子;他们已是不折不扣的男人了,头顶硬檐礼帽,泡咖啡馆,去电影院,把自己打扮成花花公子,恬不知耻地信口编纂情爱体验。我们怀着心灵的焦渴听他们的绯闻,我们既是囚徒,又是孩子,在学校纪律与青春期的双重危机中情感泛滥。慢慢地,我也"学会了";乐此不疲地活在虚妄之中,即便为了赢得再小不过的一点点优势,也能够转着眼球绞尽脑汁;只有凭靠被团伙驯服了的温顺、持久不懈的同谋般团结和警惕才能够取胜……我意识到,我被要求完成的所有一切,都不过是猴子的机灵和驴子的见识,还有被驯化之后紧咬牙关的顺从。我们很快就跟校方的权势,跟教师和管理员们议和了。但是,我跟大多数同学自觉自愿、心安理得地与之议和的那些东西始终无法达成和解,我实在无法接受那类令人难以忍受的热忱期待,那类低级、廉价的荣耀,那类令人不屑、狡黠奸猾的惩罚式肯定;与我们教育者的意图,与惩罚的事实相比,这一切更加刺痛并伤害我的自尊。"这是他们的工作。"当学监"警告"我们时,我这样想,并耸一耸肩……但是,受到警告的羊群更喜欢长鞭,是啊,他们像对忏悔一样充满了期待,遭到鞭挞之后,他们可以

第四章

再无顾忌地投身那些甜言蜜语的小罪孽的怀抱。与严厉的校规校纪相比,同伴们更让我备受折磨。我怀着心悸和惊诧,不可思议地审视他们的娱乐、他们的游戏、他们的读物、他们的罪孽和品德;他们的一切都这般粗鄙、这般低级,无论"罪"与"罚",都像纸牌游戏一样随便得令人羞惭……某种原始的"需要"在我体内反叛。我渴望别样的"罪孽",并且乐意承受它们,假如需要的话,我还乐意承受别样的"惩罚"——但是,情况依然如旧……他们的快感需求、敌意的态度、靠不住的承诺、对罪恶感的麻木不仁和机关算尽、假情假意的野蛮羞辱了我。也许我口无遮拦,缺思少虑,但这使我在跟他们一起度过的日子里,得以远离各种各样矫揉造作的小集团;"假若为了自己的归属、平安、藏隐和被供养,我必须付出这样的代价,"我想,"那我还是不要为好……我更乐意孤身独处,遭人嘲笑、危机四伏地孤身独处,远远地观望,看他们如何逢场作戏,满足欲望,争风夺势。"这种惊恐的疑虑,很早就压得我喘不过气。后来,即便生活的经验,也难以减轻这种最初的、令人困惑的惊恐。

逢年过节,我回乡探家,穿着盛装走在小城河畔的林荫道上;或许正是这套盛装,这身"成年人"打扮,成为我年少时就在屈辱、卑贱的环境下失掉"童贞"的原因之一。圣诞节,我回到家中,一切听从母亲的安排;对我来说,真实的家庭场景已变得虚无。在筹备过节那几天,所有的一切都很"神秘";然而,当母亲依然如旧地努力为圣诞节游戏营造出灵动、细腻的气氛,试图通过精心的策划让那些日子充满惊喜,我们已经是成年、世故的男孩子了;几乎每次在点燃蜡烛的那一刻,母亲都用阵阵抽泣释解身心的紧张,晚餐的时候,她早已精疲力竭,坐在椅子上就睡着了……节日的魔力总是一次次重现:我喜欢这些日子,仿佛母亲想用她手中并不完美的小工具,将永远闪光的"和平世界"的传说与善良人的童话焊接到一起。十四岁那年,我知道了成年人的"一切",但仍然偷偷地等待耶稣到来。在那一年冬天,我牙齿打战地回家过节,穿着军官式制服神气地走在小城河畔的林荫道上,从里到外都冻僵了,就因为我曾郑重其事地向学校里的一位朋友——泽姆普林州大庄园主的儿子发誓,我要在圣诞节假期做"那件事"。这个泽姆普林的男孩也不过刚满十四岁,在一个周日的午后,他去了州政府大街的一个"那种地方",并且做了"那件事"。一连几个月,他都喋喋不休地讲述自己可悲的英雄壮举,直到我发誓绝不能落到他的后面。我很难从那次因"蛮勇"造成的伤痛中痊愈；事情过去了许多年，我才稍稍忘掉一些内心的忧虑与震惊；直到高中毕业，我都未能摆脱这种惊恐的困扰，漫无目的地在大都市的街上徘徊，始终不敢放纵自己，不愿再去那些同龄人都争先恐后、乐此不疲地寻花问柳的地方，用那般廉价、肮脏的性爱泥淖解除恼人的性饥渴。我许下"誓言"，并凭借"蛮勇"做了那件事；之后留下了惊厥的记忆，那种令人痛苦、难以解脱的"罪恶感"，后来折磨了我许多年。

圣诞节的前几天，我去了鲜花大街；当时雪花纷飞，下午四点就天已黄昏。我只记得那是一个充满了凡士林、煤油和肥皂气味，并且烧得非常暖和的房间；关于那次造访，别的我什么都记不得了；我不知道我在女人那里待了几分钟，还是个把小时？……我想，我是闭着眼睛走进那个房间的，就像被送去做手术的人，心灰意冷，感觉将自己的命运交到了别人的手中。随后，记忆立即变得灰暗，没有色彩，在任何金色的光芒下我都不能忍受在那暧昧的轮廓上投照感情色彩。过了一会儿，我重又回到街上，走在干净整洁、白雪皑皑、洋溢着圣诞氛围的街巷里，自我感觉糟糕透顶。回到家，一家人坐在客厅里；已经点灯，家人在装点圣诞树。我觉得自己非常龌龊，再次深深地鄙视"他的现实"。我感觉自己被人蒙骗。难道这就是他的"秘密"？多么粗鄙，多么下贱，多么可怜啊！十四岁那年，我失掉了童贞；此后多年，我都活在一种自愿、孤傲与羞恼的自闭之中。

10

那年圣诞节，我们是在自己家的"新房子"[1]里度过的。父亲终于如愿以偿。新房子气宇轩昂，大贵族气派，或许当时在全城也找不出第二栋；但我只逗留了短短几日，只为回家。我想嗅嗅"家的气味"，我去了公寓楼那套老房子——父亲的办公室还设在那儿——站在一层的悬廊上，倚着"伯利恒"的栏杆俯看宽敞的庭院和隔壁花园里的核桃树；透过二层玻璃制造商维恩列布家敞开的窗户，仍能听到屋里传出的钢琴乐声。

我不想在这儿描述"自己家的新房子"，因为解剖图式的再现乏味无聊。那里有十多个拱顶式房间，里里外

---

[1] 指搬到梅萨洛什大街的新家。

外都富丽堂皇；花园里岩石环绕，传说般的喷泉汩汩喷涌；走廊的栏杆上藤蔓缠绕，落英缤纷，飘满庭院；门楣上有一块天然巨石，上面刻着家族的徽章。有一段时间，我在回家的头几日，总觉得在家里不舒服。站在院内，可以望到隔壁穷人的庭院和喧嚣的楼上；我们从"世俗的"的邻居们眼中，觉察到许多复仇的敌意。楼上住着一家加利西亚移民，热热闹闹一大家子，女孩们整日穿着又脏又旧的破衣裳在悬廊上转悠，嬉笑叫喊，在敞开的窗户旁捉跳蚤，在更衣时展露自己的魅力，不以为然地接待那些轻佻浮浪、走马灯般更换的求爱者……我父亲确实认真地想过，他想买下那间"窑子"，将"穷鬼们"从这条安静、纯洁的街巷里赶走；但是他们要价很高，所以我们不得不忍受他们的诅咒。"移民来的"姑娘及其家人过着喧闹嘈杂、动荡不安的生活；她们穿着花里胡哨的破衣裳，总在下午裹着披肩倚在走廊上闲聊，将小道消息、闲言碎语连同脏水一起泼进小城的阴沟，在邻居家的下水道里哗啦作响。可恶的邻居令我们家人束手无策；"硬挤到这儿"的城外流民让我们感到当面受辱，他们如此无端无礼地侵入到我们风雅、骄逸的生活中。那些欢快开朗、友善大方的"移民"女郎，我始终一个都不认识；但在我回家探亲的短暂时间里，出于难以克制的好奇心，我经常偷眼朝喧闹、不洁、粗俗的邻居家张望，只是由于受到某种虚伪的、"绅士"的羞耻感约束，才没有利用女郎们毫不掩饰的美意……我想，我必须跟家人保持一致，不能跟那群"俗人"站到一起；她们要是没有如此欢乐、顽皮、满不在乎、毫不掩饰地沉溺于"孽海"该有多好啊！……我坐在藤缠蔓绕、大玻璃窗明亮的豪华客厅内，手捧着书卷，带着傲慢、回绝的神情翻看两本课外读物，并将充满欲望的眼神投向比吉卜赛人还要喧闹、身体丰满、俗不可耐、出于无限的满足与无辜而胡言乱语的雌兽们。我不能有失身份地接近她们，不能将家族的荣誉葬送在那些快乐的小妇人身上。从楼道到顶楼，我们家的一切都设计精心，不同凡响；我父亲被推选为律师职业管理委员会主席，城里的社会名流上门做客，庭院里的喷泉汩汩喷涌……我垂下眼皮继续看书，落寞无聊。

即便后来，这种市民阶层的团结意识也让我跟含混暧昧、许多迹象表明是卑劣和不洁但又充满了甜蜜诱惑的娱乐保持距离。有时候我这样想，跟"快乐"保持距离，也是跟那种忘乎所以、放浪不羁的精神状态保持距离；这种精神状态是有代价的，在大多数时候，其代价就是我们要为激情付出"我们的声誉"……一个人将自己从阶层团结的义务中解脱出来，敢于以各种可能的形式接受快乐，这是一桩复杂的任务。在邻居家楼上，在那片温热的"沼泽"里，那些人心满意足地窃窃私语；这种在生活中渗透，但不是很诱惑，永远成不了思想，很可能不太洁净、不太健康，并非不具风险的状态惹人深思……我不能跟他们站到一起，因为在我们家的饭厅里，壁炉里烧的是原木，这样的壁炉全城能够有几座？……随着时光的流逝，我明白了，其实壁炉并不重要。我对我们的邻居抱有某种隐秘、伪善，却也相当强烈的同情心。他们活得是那么快乐，也许并不快乐，只是勉强活着；他们每次呼吸都会在肺里吸满生命的能量，自由自在，并不需要进行刻意的团结。事实上，无论是从哪个角度讲，都是宿命将这群无产者迁到这里与我们为邻；生活大概出于平衡的意图，使我在"命运的打击"之下，在布置得过度奢华的自己家里，跟花园、跟喷泉、跟从墙上飘落的五叶铁线莲、跟壁炉、跟十几间拱券式房间、跟刻有家族徽章的大门进行补偿性复仇。生活中没有那么顺畅的事，我们刚扬扬自得地耸耸鼻子，立即嗅到刺激性气味；我们刚舒舒服服地坐进各个角落都经过精心设计的"自己家"里，隔壁就搬来一家叫声刺耳的无产者，那是跟我们格格不入的另一个世界，在我们鼻子底下散发着泔水的恶臭和难闻的气味。我说不出到底因为什么，但我认为，生活的这种安排再正常不过。

在隔壁贫民楼里还住了一位"革命者"[1]，他是当地社会民主党的领导人，原来是一个印刷工人，后来成了编辑和人民领袖；他编辑了一份周报，并在出版物中执着、无情地揭露"资产阶级"的罪恶勾当……透过隔壁楼上的窗户，这位革命者自然能看到我们，看到女仆将资产阶级的午餐端进烧着壁炉的饭厅里，看到如何培养资产阶级后代；他不止一次将我父亲写进他的报纸。许多年后，这座小城也掀起了为时只有几周的赤色运动，仆人们丢下我们不辞而别；住在隔壁楼的居民们不费吹灰之力就占领了整个世界，我们那位"革命者"邻居的表现却与众不同。当时他已成为当权者，担任地方的人民委员，随时可以将我父亲逮捕入狱；但是，不用我们请求，他就派人送来了食品，他这么做完全是出于自愿，出于

---

[1] 指舒拉尼·拉尤什（1885—1969），印刷工人、社会民主党政治家。1904年后移居到考绍，《考绍工人报》编辑。

善心，他禁止他的任何同志进驻我家。在那些革命的日子里，这个"资产阶级家庭"里的每位成员，都不曾被伤害半根毫毛。我们像是空气，无产者邻居对我们视而不见。

11

在这片风景里，有一段盛夏的记忆若隐若现；那是一个真正的夏天，阳光灿烂，晴朗无云，后来我也许再没遇到过那样的夏季。我们在"班库"租了一幢带花园的别墅，度过了情感丰富、身心舒畅的几个星期；那几周的盛夏假日，没给我留下任何误解或不快的记忆。

自从上了寄宿学校，我跟家人的距离为我在家中赢得了令人愉快的特权。我们无需明言就达成了协议，严厉的家规对我来说不再成为束缚；我走上了自己的路，今后，我们只需用客气的谅解彼此忍受。就在那年夏天，我变成了一个毛手毛脚的怀春少年，孩子们不再接纳我进入他们的隐秘世界，成年人尚未允许我接近他们；我在两岸之间茫然游荡，在这种青春期极度敏感的状态下，心灵用某种扬声器接收并回放生活的噪声。避暑别墅坐落在松树林边，居高临下，俯瞰城市，掩映在茂密的大森林间；在林边大约建有六七栋别墅，不远的地方，在露易兹泉前，一家歪七扭八的客栈也一连几个月住满了前来避暑的市民。当然，住在别墅里的人都各过各的，互不干扰，保持距离。开放式的门廊前，花园里开满香气袭人的野花；在隔壁院落避暑的妇人们，在花园草坪上靠在躺椅里做手工；午茶后，老爷们在门廊下喝葡萄酒；日落时分，马车将丈夫们从城里的办公室拉到这里。在我们隔壁住了一位市议员，副州长也在这里租房度过几个星期的假期，他是个有着络腮胡须、膀阔腰圆的男人，让人联想到约卡伊小说里的主人公——那位举止威严的匈牙利大庄园主。来这里避暑的还有一对大法官夫妇，他们不仅拖家带口，随行的还有正在办离婚的、多愁善感的弟媳妇，那是一位肌肤柔嫩、雪白的美丽少妇……妇人们不是做手工，就是读《基督山伯爵》；当时，这部名著刚出匈牙利文版，分册问世……松林很热，到处弥漫着松脂的芳香。我们过着这样的生活，就像红色封皮的"大学小说库"某部作品里的主人公；除了《基督山伯爵》之外，还可能放在妇人针线筐里的，就是这本红皮书。有一位风度翩翩的佩斯年轻律师向离婚中的漂亮少妇求爱，避暑的妇人们与他热心结盟。那年的夏天特别闷热。黄昏时分，我们去林子里采蘑菇。

最后那些天，我是在林中度过的。几星期后，暴风雨吞没了整个山麓，一直席卷到弗列斯马洛姆山谷。一连几个星期，每天清晨我都一个人钻进树林，发疯般地游荡，仿佛预感到末日将至，想要在这里迅速积攒起够享用一辈子的记忆素材。气候干燥，烈日将空旷之地烤得枯槁焦黄；但在密林深处，神秘的潮气滋养万物，到处都是清凉和树影，散发着刺鼻、霉腐的松林气息，我至今都能通过呼吸回想起小时候动荡岁月里那令人窒息、浓烈袭人的气味。有时，我在树林里遇到那位"不收支票"的名律师，他经常避开人群，兜里揣着包了层皮套的酒壶，手里攥着捕蝴蝶的网具，兴奋地追逐白翅膀的菜花蝶。当万籁俱静，在密林中央，即使远隔许多公里，仍能听到山谷里伐木的拉锯声。一连几天我都躺在这里，有时随身带一本书，但是很少翻开来读；我在树林里饮泉水，吃野果，从空气、阳光、气味和天籁中萃取养分，在我看来，这至今都是"大自然"的偏方；十几年过去，虽然我很少离开屋子，但我应感激那几周的体验，使我后来即使在外国城市的文学咖啡馆里也能重温这种体验并产生共鸣,我对这个从不否认。对我来说,"大自然"不是校园风格、心灵美好的文艺节目;它跟我存在着真实的关联;我偷偷地守望这种体验,后来也一样,即便我觉得这种表述有些可疑,有些陈腐,尤其是有一点"反文学"。是啊,这就是那年"盛夏"在林中发生的事……好几个星期没再下雨。

彼得—帕尔日的下午,一个振奋人心的浪漫喜讯从度假村里传出:我母亲和其他阅历丰富的女士们,预感到一个狂欢的时刻即将来临。可以肯定的是,就在这天下午,那位风度翩翩的佩斯年轻律师将公开向那位在婚姻中失意、温柔可爱、与我们同乡的漂亮少妇求爱。

我们在门廊下铺好餐桌,准备享用午后茶点,跟平日相比略显隆重。空气中充满五月的欢乐。求婚者从佩斯运来一箱礼花,老爷们从城里请来一支吉卜赛乐队;酸葡萄酒和苏打水从午餐开始就镇在凉水盆里。为了这顿午后茶点,每个人都很郑重地穿戴打扮;我不想破坏节日的气氛,也换上一身笔挺的学校制服。我为自己家的别墅能成为如此隆重的节庆会场而感到高兴;副州长,这位大人物也将来我家吃下午茶……如果他情绪很好的话,等一会儿会拉小提琴。多么丰盛,多么隆重,充满了夏季成熟的祥和。这天下午,这里将举办一场市民风俗的订婚仪式……我父亲穿着一件条纹外套坐在那儿,靠着门廊的护栏一边抽雪茄,一边跟副州长闲谈。山坡上,在泉水旁的客栈里,吉卜赛人在为畅饮啤酒的游客们卖力演奏。我母亲端出迈森瓷的餐具、大蒜图案的汤杯和卡罗维发利[1]的玻璃杯布置餐桌。桌子上摆好了很大的牛奶面包、装在小瓷壶内的奶油、带绿叶的木莓,还有盛在水晶碗里的蜂蜜和黄油。

当副州长被人叫到花园里时,我们已经围桌而坐。两名州里来的骑兵腰板笔直地站在那儿,将一封信递到副州长手里。

他撕开信后,走回到门廊,站在门槛,一声不吭。他面色苍白,蓄着一副跟民族英雄科舒特一样的络腮胡子;听到噩耗,他的脸上现出了惊恐的神情。

"怎么了,安德列?"父亲走到副州长跟前问。

"皇储被刺杀了。"副州长紧张地挥了一下手说。

巨大的沉默,使吉卜赛音乐显得很近,响声震耳,仿佛他们就在这个院子里演奏。在场的人围着桌子,手

---

[1] 捷克西部波希米亚地区的一座温泉城市。

里端着大蒜图案的汤杯,一动不动地坐在那儿,身体僵硬地盯着某个盲点,仿佛在玩无声游戏。我盯着父亲的眼神;他将茫然的目光投向天空。

  天空是一片亮蓝色,那是夏日稀薄的淡蓝。不见飘浮一丝云朵。

后记

流亡的骨头

余泽民

1

我第一次看到并记住了马洛伊·山多尔（Márai Sándor）这个名字，是在 2003 年翻译匈牙利诺奖作家凯尔泰斯的《船夫日记》时。凯尔泰斯不仅在日记中多次提到马洛伊，将他与托马斯·曼相提并论，称他为"民族精神的哺育者"，还抄录了好几段马洛伊的日记，比如，"谎言，还从来未能像它在最近三十年里这样地成为创造历史的力量"；"上帝无处不在，在教堂里也可以找到"；"新型的狂热崇拜，是陈腐的狂热崇拜"……句句犀利，睿智警世。

我开始买马洛伊的小说读，则是几年后的事。原因很简单，我在给自己翻译的匈牙利作品写序言时，发现我喜欢的作家们全都获得过"马洛伊·山多尔文学奖"，包括凯尔泰斯·伊姆莱（Kertész Imre）、艾斯特哈兹·彼得（Esterházy Péter）、克拉斯诺霍尔卡伊·拉斯洛（Krasznahorkai László）、纳道什·彼得（Nádas Péter）、巴尔提斯·阿蒂拉（Bartis Attila）和德拉古曼·久尔吉（Dragomán György）。可以这么说，当代匈牙利作家都是在马洛伊的精神羽翼下成长起来的，所以我觉得应该读他的书。

我读的他的第一本小说是《反叛者》，描写了第一次世界大战后一群对现实社会恐惧、迷惘的年轻人试图远离成年人世界，真空地活在自己打造的世外桃源，结果仍未能逃出成年人的阴谋。第二本是《草叶集》，是一位朋友作为圣诞礼物送给我的，后来我又从另一位朋友那里得到一张这本书的朗诵光盘。坦白地说，《草叶集》里讲的生活道理并不适合所有人读；准确地说，只适合有理想主义气质的精神贵族读，虽是半个世纪前写的，却是超时空的，从侧面也证明了一个事实，什么主义都可能过时或被修正，但理想主义始终如一。我接下来读的是《烛烬》《一个市民的自白：考绍岁月》《一个市民的自白：欧洲苍穹下》，这使我彻底成为马洛伊的推崇者。也许，在拜物的时代，有人会觉得马洛伊的精神世界距离我们有点遥远，跟我们的现实生活格格不入，但至少我自己读来感觉贴心贴肺，字字抵心。马洛伊一生记录、描写、崇尚并践行的人格，颇像中世纪的骑士，用凯尔泰斯的话说是"一种将自身与所有理想息息相牵系的人格"。

十年前，译林出版社与我联系，请我推荐几部马洛伊的作品，我自然推荐了自己喜欢的几本，并揽下了《一个市民的自白：考绍岁月》《一个市民的自白：欧洲苍穹下》《烛烬》《一个市民的自白：我本想沉默》的翻译工作，而《伪装成独白的爱情》《草叶集》《反判者》则分别由郭晓晶、赵静和舒荪乐三位好友担纲翻译。译林引进的这几本书中，《烛烬》和《伪装成独白的爱情》，台湾地区曾出过繁体中文版，但是从意大利语转译的，有不少误译、漏译和猜译之处，马洛伊的语言风格也打了折扣，不免有些遗憾。当然这不是译者的过失，是"转译"本身造成的。所以，值得向读者强调的是，译林推出的这套马洛伊作品，全部是从匈牙利语直译的，单从这个角度讲也最贴近原著，即使读过繁体中文版的读者也不妨再读一遍我们的译本，肯定会有新的感受。

2

马洛伊·山多尔是20世纪匈牙利文坛举足轻重的小说家、诗人和剧作家,也是20世纪历史的记录者、省思者和孤独的斗士。马洛伊一生追求自由、公义,坚持独立、高尚的精神人格,他经历了第一次世界大战、第二次世界大战和冷战的风风雨雨,从来不与任何政治力量为伍,我行我素,直言不讳,从来不怕当少数者,哪怕流亡也不妥协。纵观百年历史,无论对匈牙利政治、文化、精神生活中的哪个派别来说,马洛伊都是一块让人难啃却又不能不啃的硬骨头,由于他的文学造诣,即便那些敌视他的人,也照样会读他的书。无论是他的作品,还是他的人格,对匈牙利现当代的精神生活都影响深远。

1900年4月11日,马洛伊·山多尔出生在匈牙利王国北部的考绍市(Kassa),那时候还是奥匈帝国时期。考绍市坐落在霍尔纳德河畔，柯伊索雪山脚下，最早的文献记录见于13世纪初，在匈牙利历史上多次扮演过重要角色。马洛伊的家族原姓"格罗施密德"（Grosschmid），是当地一个历史悠久、受人尊重的名门望族，家族中出过许多位著名的法学家。18世纪末，由于这个家族的社会威望，国王赐给了他们两个贵族称谓——"马洛伊"（Márai）和"拉德瓦尼"（Ládványi）。

马洛伊在《一个市民的自白：考绍岁月》中这样描述自己的家庭："我走在亡人中间，必须小声说话。亡人当中，有几位对我来说已经死了，其他人则活在我的言行举止和头脑里，无论我抽烟、做爱，还是品尝某种食物，都受到他们的操控。他们人数众多。一个人待在人群里，很长时间都自觉孤独；有一天，他来到亡人中间，感受到他们随时随地、善解人意的在场。他们不打搅任何人。我长到很大，才开始跟我母亲的家族保持亲戚关系，终于有一天，我谈论起他们，听到他们的声音；当我向他们举杯致意，我清楚地看到他们的举止。'个性'，是人们从亡人那里获得的一种相当有限、很少能够自行添加的遗产。那些我从未见过面的人，他们还活着，他们在焦虑，在创作，在渴望，在为我担心。我的面孔是我外祖父的翻版，我的手是从我父亲家族那里继承的,我的性格则是承继我母亲那支的某位亲戚的。在某个特定的时刻,假如有谁侮辱我,或者我必须迅速做出某种决定,我所想的和我所说的,很可能跟七十年前我的曾外祖父在摩尔瓦地区的磨坊里所想的一模一样。"

马洛伊的母亲劳特科夫斯基·玛尔吉特是一位知识女性,年轻时毕业于高等女子师范学院,出嫁之前,当了几年教师。父亲格罗施密德·盖佐博士是著名律师,先后担任过王室的公证员、考绍市律师协会主席和考绍市信贷银行法律顾问,还曾在布拉格议会的上议院当过两届全国基督民主党参议员。马洛伊的叔叔格罗施密德·贝尼是布达佩斯大学非常权威的法学教授,曾为牛津大学等外国高校撰写法学专著和教科书,其他的亲戚们也都是社会名流。马洛伊的父母总共生了五个孩子,马洛伊·山多尔排行老大,他有个弟弟盖佐,用了"拉德瓦尼"的贵族称谓为姓,是一位著名的电影导演,曾任布达佩斯戏剧电影学院导演系主任。对于童年的家,马洛伊在《一个市民的自白:考绍岁月》中也有详尽的描述,工笔描绘了帝国末年和两次世界大战之间东欧市民生活的全景画卷。

3

在马洛伊生活的时代,考绍市是一个迅速资本主义化的古老城市,孕育了生机勃勃的"市民文化",作家的青年时代就是在这样的环境里度过的。自身的经历为他的创作提供了丰富的素材,形成了他作品的基调,并决定了他的生活信仰。在马洛伊的小说里,"市民"是一个关键词,也是很难译准的一个词。马洛伊说的"市民"和我们通常理解的城市居民不是一回事,它是指在20世纪初匈牙利资本主义的黄金时代形成的一个特殊社会阶层,包括贵族、名流、资本家、银行家、中产者和破落贵族等,译文中大多保留了"市民"的译法,有的地方根据具体内容译为"布尔乔亚"、"资产阶级"或"中产阶层"。

在匈牙利语里,市民阶层内还分"大市民"和"小市民"。前者容易理解,是市民阶层内最上流、最富有的大资本家和豪绅显贵;后者容易引起误解,并不是我们所说的"小资"或"小市民",而是指中产者、个体经营者和破落贵族,而我们习惯理解的"小市民",则是后来才引申出的一个含义,指思想局限、短视、世俗之人,但这在马洛伊的时代并不适用。因此,我在小说中根据内容将"小市民"译为"中产者"、"破落者"或"平民",至少不带贬义。马洛伊的家庭是典型的市民家庭,有较高的社会地位,家境富裕,既保留奥匈帝国的贵族传统,也恪守市民阶层的社会道德,成员们有很高的文学、艺术修养,孩子们被送去接受最良好的教育。

马洛伊在十岁前,一直跟私教老师学习,十岁后才被送进学校。青少年时期,马洛伊先后四次转学,每次的起因都是他反叛的性格。有一次,他在中学校刊上发表了一篇文章,提到了天主教学校的老师们惩罚手执手杖、头戴礼帽、叼着香烟在大街上散步的学生,结果遭到校长的训诫,马洛伊愤怒之下摔门而去,嘴里大喊:"你们将会在匈牙利文学课上讲到我!"还有一次转学,是因为他离家出走。

1916年11月21日,马洛伊正在国王天主教中学上文学课,校长走进教室宣布:"孩子们,全体起立!国王驾崩了！"过了一会儿又说："你们可以回家了，明天学校放假。"马洛伊后来回忆说："在这个重要的历史时刻，我们由衷地高兴。我们并不清楚弗朗茨·约瑟夫国王的死意味着什么。国王死了，国王万岁！"马洛伊就是一个倔强、自信的早慧少年，不但学会了德语、法语和拉丁语，而且很早就在写作、阅读和口头表达能力方面表现出超群的天赋。1916年，他第一次以"萨拉蒙·阿古什"（Salamon Ákos）的笔名在《佩斯周报》上发表了小说处女作《卢克蕾西亚家的孩子》，尽管学校教师对这个短篇小说评价不高，但对酷爱文学的少年来讲，这无疑是一个巨大的鼓舞。从这年起，他开始使用家族的贵族称谓"马洛伊"。

1918年1月，成年的马洛伊应征入伍，但由于身体羸弱没被录取，后来证明没被录取对他来说是一种幸运：没过多久，一战爆发，马洛伊有十六位同班同学在战场上阵亡。同年，马洛伊搬到了布达佩斯，遵照父亲的意愿，在帕兹马尼大学法律系读书，但一年之后他就厌倦了枯燥的法学，转到了人文学系，接连在首都和家乡的报刊上发表文章，并出版了第一部诗集《记忆书》，深获著名诗人、作家科斯托拉尼·德热（Kosztolányi Dezsö）的赏识。科斯托拉尼在文学杂志《佩斯日记》中撰写评论，赞赏年轻诗人"对形式有着惊人的感觉"。但是,此时的马洛伊更热衷于直面现实的记者职业,诗集出版后,他对诗友米哈伊·厄顿(Mihályi Ödön)说,他之所以出版《记忆书》,是想就此了结自己与诗歌的关系,"也许我永远不会再写诗了"。

4

马洛伊中学毕业后,一战也结束了。布达佩斯陷入革命风暴和反革命屠杀。一是为了远离血腥,二是为了彻底逃离家庭的管束,马洛伊决定去西方求学。1919年10月,他先去了德国莱比锡的新闻学院读书,随后去了法兰克福(1920)和柏林(1921)。在德国,他实现了自己的记者梦,为多家德国报刊撰稿,最值得一提的是,年仅二十岁的他和托马斯·曼、亨利希·曼、西奥多·阿多诺等知名作家一起成为《法兰克福日报》的专栏作家;同时,他还向布拉格、布达佩斯和家乡考绍市的报纸投稿。"新闻写作十分诱人,但我认为,在任何一家编辑部都派不上用场。我想象的新闻写作是一个人行走世界,对什么东西有所感触,便把它轻松、清晰、流畅地写出来,就像每日新闻,就像生活……这个使命在呼唤我,令我激动。我感到,整个世界一起、同时、经常地'瞬息万变''令人兴奋'。"

在德国期间,他还去了慕尼黑、多特蒙德、埃森、斯图加特……"我在那里并无什么特殊事情要做,既不去博物馆,也不对公共建筑感兴趣。我坐在街边的长凳上或咖啡馆里,总是兴奋地窥伺,揣着一些复杂念头,不可动摇地坚信现在马上将要发生什么,这些事会对我的生活产生巨大影响。在绝大多数时候,什么也没发生,只是我的钱花光了。熬过漫漫长夜,我抵达汉堡或柯尼斯堡。"在德国,与其说是留学,不如说是流浪,他有生以来第一次作为一个不屈从于他人意志的个体在地球上走、看、听、写和思考。

魏玛是歌德的城市,那里对马洛伊的影响最深最大。"在魏玛,我每天早晨都去公园,一直散步到歌德常在炎热的夏日去那里打盹儿的花园别墅。我走进屋里转上一圈,然后回到城里的歌德故居,在光线昏暗的卧室里站一会儿,那里现在也需要'更多的光明';要么,我就徘徊在某间摆满矿石、手稿、木刻、雕塑和图片的展厅里,仔细端详诗人的遗物,努力从中领悟到什么。我就像一位业余侦探,正隐藏身份侦破某桩神秘、怪异的奇案。"在魏玛,他找到了自己精神的氛围:"住在歌德生活过的城市里,就像假期住在父亲家那样……在歌德故居,每个人都多多少少能感到宾至如归，即使再过一百年也一样。歌德的世界收留旅人，即便不能给他们宽怀的慰藉，也能让人在某个角落栖身。"

在德国期间，自由、动荡、多彩的生活使马洛伊重又燃起写诗的热情，他在给好友米哈伊·厄顿的一封信中表示："在所有的生活任务之中只有一项真的值得人去完成：当一名诗人。"1921年，他的第二部诗集《人类的声音》出版，著名诗人萨布·吕林茨（Szábó Lörincz）亲自撰文，赞赏有加。同年，他还做了一件重要的事情——翻译并在家乡杂志上发表了卡夫卡的小说《变形记》和《审判》，成为卡夫卡的第一位匈牙利语译者和评论者。马洛伊承认，卡夫卡是对他影响最大的作家之一，不是在写作风格上，而是在文学精神上。

1921年，对马洛伊来说是个重要的年份，他在柏林与玛茨奈尔·伊伦娜（昵称"罗拉"，这位考绍的名门闺秀也是为了反叛家人而出走柏林）一见钟情。从那之后，马洛伊与她相濡以沫六十三年；从那之后，罗拉不仅是他的妻子，还是他的旅伴、难友和最高贵意义上的"精神伴侣"，几乎他以后写下的所有文字，罗拉都是第一位读者。

1922年马洛伊的散文集《抱怨书》在家乡出版，其中有一篇《亲戚们》，描写了自己的亲戚们和青少年时代的生活，为后来创作《一个市民的自白：考绍岁月》提供了框架。

1923年，马洛伊与罗拉在布达佩斯结婚，随后两人移居巴黎。"我们计划在巴黎逗留三个星期。但是后来住了六年。"马洛伊在《一个市民的自白：欧洲苍穹下》里详细地讲述了戏剧性的巴黎生活，他在索邦大学读书，去图书馆翻杂志，做一些勉强糊口的工作，给德国和匈牙利报纸撰写新闻，并陪罗拉经历了一场险些让她丧命的重病……尽管在巴黎的生活十分贫寒，但精神生活十分丰富，作为记者，他看到了一个更大的世界，他亲耳聆听过阿波尼·阿尔伯特在日内瓦的著名演讲，见到张伯伦向这位曾五次获得诺贝尔奖提名的匈牙利政治家致意……在这期间，他还去过大马士革、耶路撒冷、黎巴嫩和伦敦，最重要的是读了普鲁斯特；毫无疑问，《追忆似水年华》对他后来创作《一个市民的自白：考绍岁月》和《一个市民的自白：欧洲苍穹下》影响至深，难怪评论家经常将他俩相提并论。

马洛伊在1924年6月20日写的一封信里说："巴黎吸引我，因此不管我一生中会流浪到哪里，最后都会回到这里。"在巴黎期间，他的第一部长篇小说《屠杀》在维也纳问世，同时他还创作了一部游记《跟随上帝的足迹》。

5

"有什么东西结束了,获得了某种形式,一个生命的阶段载满了记忆,悄然流逝。我应该走向另一个现实,走向'小世界',选择角色,开始日常的絮叨,某种简单而永恒的对话,我的个体生命与命运的对话;这个对话我只能在家乡进行,用匈牙利语。我从蒙特勒写了一封信,我决定回家。"1928年春天,马洛伊回到了布达佩斯,但罗拉继续留在巴黎,因为她不相信马洛伊心血来潮的决定:"我名下的公寓还在巴黎,罗拉还留在那里,她不相信我的心血来潮。"

一方面,马洛伊自己也心里打鼓:"我不安地想:回去后我必须要谨言慎行;必须学会另一种匈牙利语,一种在书里面只选择使用的生活语言,我必须重新学匈牙利语……在家乡,肯定不是所有的一切我都能理解;我回到一个全新的家乡……我必须再次'证实'自己是谁——我必须从头开始,每天都得从头开始……我在家乡能够做什么呢?"另一方面,马洛伊了解自己是"一名能从每天机械性的工作中省出几个小时满足自己文学爱好的记者",了解自己与生俱来的"匈牙利作家的命运"。他离开家乡,是为了找到自己;回到家乡,则是为了成为自己。

这时的匈牙利,已经不是他离开时的那个祖国。1920年签订的《特里亚农条约》,使原来的"大匈牙利"四分五裂,丧失了72%的领土和64%的人口;考绍市也被划归给捷克斯洛伐克。马洛伊没有回家乡,而是留在了布达佩斯。这时的他,已经是著名的诗人、作家和记者了,他的文学素养、独立精神和世界眼光,都使他很快跻身于精英阶层,成为社会影响力很大的《佩斯新闻报》的记者。

1928年,马洛伊出版了长篇小说《宝贝,我的初恋》。1930年,随着青春小说《反叛者》的问世,开启了马洛伊小说创作的黄金时代。《反叛者》的主人公们是一群青春期少年,他们以乌托邦式的挑战姿态向成年人世界宣布:"我们不想与你们为伍!"他们以纯洁的理想,喊出了战后一代年轻人对世界、对成年人社会的怀疑。这部小说于1930年被译成法语,大作家纪德读后,兴奋地致信这位素不相识的匈牙利作者;存在主义思想家加布里埃尔·马塞尔亲自撰写评论。这部小说与法国作家让·科克多的《可怕的孩子们》,成为当年欧洲文坛的重要事件。同年出版的《陌生人》,则根植于他在巴黎的生活感受,讲述了一个长大成人的男孩如何面对自己的内心世界。

1934年至1935年,马洛伊完成了他自传性质的代表作——《一个市民的自白:考绍岁月》和《一个市民的自白:欧洲苍穹下》,时间跨越世纪,空间纵横欧陆。在《一个市民的自白:考绍岁月》中,他绘声绘色地讲述了自己的家族史和青春期成长史,生动再现了两次世界大战之间东欧新兴市民阶层的生活全景画卷。他用工笔的手法翔实记录了一战前后市民阶层的生存环境、生活习惯、家族传统、人际关系、审美趣味、道德准则、行为规范和社会风俗,刻画之详之细,如同摄像机拍摄后的慢放镜头,精细到各个房间内每件家具的雕花和来历、父母书柜中藏书的作者和书名、妓院房间墙上贴的告示内容和傍晚在中央大街散步的各类人群的时尚装扮。书里有名有姓的人物多达上百个,从皇帝到女佣,从亲友到邻里,从文人、政客到情人、路人,每个人都拥有个性的面孔和命运的痕迹。从文学水准看,该书毫不逊色于托马斯·曼的《布登勃洛克一家》和普鲁斯特的《追忆似水年华》。

在《一个市民的自白：欧洲苍穹下》中，马洛伊回忆了并不久远的流浪岁月。从德国、法国、英国、瑞士等西欧国家，写到东欧的布达佩斯，不仅讲述了个人的流浪、写作和情感经历，还勾勒出欧洲大陆在两次世界大战之间动荡不安、复杂激进的岁月影像，各地人文历史宛然在目，无数历史人物呼之欲出，真可谓一部大时代的百科全书。更重要的是，《一个市民的自白：欧洲苍穹下》以宏大的篇幅记录了一位东欧年轻知识分子的生理和心灵成长史，对内心世界的变化刻画得毛举缕析、委曲毕现，其揭露之酷、剖解之深和态度之坦诚，都是自传作品中少见的。如果让我作比的话，我首先想到的是萨义德的《格格不入》和卡内蒂的"舌耳眼三部曲"。

不过，也正是由于坦诚，马洛伊于1936年官司惹身，他当年的一位神父教师以毁誉罪将他送上法庭，另外作者的几位亲戚也对书中披露的一些细节感到不满，因此，马洛伊被迫销毁了第一版，支付了神父一笔可观的赔偿款，并对该书进行了大幅度的删减，主要删掉了对天主教寄宿学校中男孩们暧昧的情色生活的描述和关于几位亲戚的家庭秘闻，减掉了至少三章的篇幅，还删掉了大量的真实姓名，有的人物则用化名代替。从那之后的近八十年里，读者只能看到删节后的《一个市民的自白》，2015年时译林出版社推出的《一个市民的自白》就是以1936年后的删节本为底本翻译的。

时过五年，我终于能弥补这一遗憾。2020年疫情期间，我根据匈牙利新出版的《一个市民的自白》的全本，补译了所有被删减的文字，增补了数十条注释，向中国读者呈现出作品的原貌。同时，我还翻译了马洛伊最重要的遗稿《一个市民的自白：我本想沉默》。

马洛伊生前曾在日记里多次提及《一个市民的自白：我本想沉默》这部作品，并把它视作《一个市民的自白》第三部。但是这部作品之前从未出版，甚至没有人见到过它的手稿。直到马洛伊去世多年后，其手稿才被裴多菲文学馆的研究人员在整理马洛伊遗物时偶然发现，并在作者去世二十四年后与读者见面。这次译林社将《一个市民的自白》的全本拆分成《一个市民的自白：考绍岁月》和《一个市民的自白：欧洲苍穹下》，并与《一个市民的自白：我本想沉默》一起作为"马洛伊·山多尔自传三部曲"推出，对广大的"马洛伊迷"来说是一个福音。

6

从1928年回国,到1948年出国,马洛伊小说的黄金时代持续了整整二十年。毫无疑问,马洛伊是我知道的世界上最勤奋、最多产、最严肃,也是最真诚的作家之一,在当时的匈牙利文坛,他的成就和声誉无人比肩。

在马洛伊的长篇小说中,1942年圣诞节问世的《烛烬》是语言最精美考究、故事最动人、情感最深沉、风格最强烈的一部。两位老友在离别多年后重逢,在昏暗、空寂的庄园客厅里秉烛对坐,彻夜长谈,追忆久远的过去,一个成了审判者,另一个成了被审判者。年轻的时候,他俩曾是形影不离的金兰之友,相互交心,不分你我;后来,其中一个人背叛了另一个,甚至有一刻动了杀机,结果导致一系列悲剧。马洛伊讲故事,不仅是讲故事,还用莎士比亚式的语言怀念逝去的帝国时代,以及随之逝去的贵族品德和君子情谊，他通过两位老人的对话告诉读者，悲剧的根源不是一时的软弱，而是世界秩序坍塌时人们传统道德观念的动摇。1998年，《烛烬》最先被译为意大利语，随后英文版、德文版问世，之后迅速传遍世界。至今，《烛烬》仍是马洛伊作品中翻译语种最多、读者最熟悉、市场最畅销的一部小说，后来被多次改编成电影、话剧和广播剧。不久前，书评家康慨先生告诉我，他正在读我刚出炉的《烛烬》译稿，激动得禁不住大声朗读，并摘出他最喜爱的关于音乐、友情、孤独、衰老的段落发给我，说书写得好，也译得好，我心里不仅感到安慰，还感到一种"古代君子"的情愫在胸中涌流，我希望，它能通过我的翻译在我身上留下一部分，也能让读者们通过阅读留下一些。

《真爱》是一部婚姻小说，通过两段长长的独白，先出场的是妻子，随后出场的是丈夫，从两个截然不同的阶层、视角、修养和感受讲述了同一个失败的婚姻。他们两个都以自己的生活经验判断对方，都以自己的真实看待这段婚姻。按照马洛伊的观念，这个婚姻注定是失败的，因为与生俱来的修养差别和阶层烙印。其实这个观点，作者在《一个市民的自白：考绍岁月》中就清楚地表述过："大多数的婚姻都不美满。夫妻俩都不曾预想到，随着时间的推移，有什么会将他们分裂成对立的两派。他们永远不会知道，破坏他们共同生活的潜在敌人，并不是性生活的冷却，而是再简单不过的阶层嫉恨。几十年来，他们在无聊、世俗的冰河上流浪，相互嫉恨，就因为其中一方的身份优越，受到过良好的教育，姿态优雅地攥刀执叉，或是脑袋里有某种来自童年时代的矫情、错乱的思维。当夫妻间的情感关系变得松懈之后，很快，阶层争斗便开始在两个人之间酝酿并爆发……"

《草叶集》是马洛伊流传最广的散文集，谈人生，谈品德，谈理想，谈哲学，谈情感，为那些处于痛苦之中和被上帝抛弃的人指点迷津。作者在1943年自己的日记里写了这样一段感人的话："我读了《草叶集》，频频点头，就像一位读者对它表示肯定。这本书比我要更智睿、更勇敢、更有同情心得多。我从这本书里学到了许多。是的，是的，必须要活着，体验，为生命与死亡做准备。"

与马洛伊同时代的大诗人尤若夫·阿蒂拉（József Attila）高度称赞他，称他为"匈牙利浪漫主义文学伟大一代的合法后代"。

7

浪漫主义作家的生活并不总是浪漫的,更准确地说,浪漫主义作家通常会比常人更多一层忧患。在新一场战争临近的阴霾下,马洛伊的精神生活越来越沉重。他的自由主义思想、与主流文化的冲突和他桀骜不驯的个性,以及他犀利的语言和独立的人格,都使他在乱世之中从不动摇意志,从不依附任何势力,从不被任何思想冲昏头脑,他与左翼的激进、暴力保持距离,他对右翼的危险时刻充满警惕,因此使得当时各类右翼对他的厌憎就像二战后左翼对他的记恨一样深,无论哪派都视他为"难斗的天敌"。

1934年10月12日,对马洛伊来说是个悲伤的日子,他父亲的去世对他打击很大。虽然父亲很少跟他在一起生活,但在精神、品德和修养上给予他潜移默化的影响非常大。中学毕业时,马洛伊曾写信向好友倾诉,并这样描述自己的生活榜样:"一个许多人敬重但很少有人喜欢的人,一个从来不向外部世界妥协、永远没有家的人。也许在这个坍塌的家里正是这个将我们维系在一起:无家感。"父亲的死,使马洛伊陷入内心更深的孤独,当时很少写诗的他,在悲痛中写了一首《父亲》。

1930年代初,德国纳粹主义日益嚣张,托马斯·曼于1930年10月17日在柏林贝多芬厅发表著名的《德意志致词》,直言不讳地称纳粹主义是"怪僻野蛮行径的狂潮,低级的蛊惑民心的年市上才见的粗鲁",是"群众性痉挛,流氓叫嚣,哈利路亚,德维斯僧侣式的反复诵念单一口号,直到口边带沫",为此受到希特勒的迫害。马洛伊与托马斯·曼的观点一致,他也率先在匈牙利报纸上撰文,提醒同胞提高警惕,结果遭到本国的民粹主义者憎恨,视他为激进的左派分子。1935年,他与流亡的托马斯·曼在布达城堡会面,更坚定了他的反法西斯立场。

1939年2月28日,罗拉为马洛伊生了一个可爱的儿子,取名"克利斯托夫",但孩子只活了几个星期,不幸死于内出血。从那之后,马洛伊写了一张字条放在文件夹里带在身边,字条上写着:"克利斯托夫,亲爱的克利斯托夫!你别生病!!!"葬礼之后,他长达几个月沉默不语,写了

一首诗《一个婴儿之死》:

> 他留下了什么？他的名字。
> 他头发的香气留在梳子上。
> 一只维尼熊，他的死亡证明。
> 一块带血的破布和一条绷带。
> 世界的万能与全知啊，
> 我不懂，为什么要对我这样？
> 我不叫喊。活着并沉默。
> 现在他是天使，假如存在天使的话——
> 但这里，在地下，一切都无聊和愚蠢，
> 我不能原谅任何人，永远不能。

就在马洛伊丧子的同年，二战爆发，马洛伊感到十分悲愤，他在《佩斯新闻报》上发表了一篇题为《告别》的文章，写道:"现在，当黑暗的阴云笼罩了这片高贵的土地，我的第二故乡，它的地理名称叫欧洲：我闭上了眼睛，为了能更清晰地看到这一瞬间，我不相信，就此告别……"

8

1944年3月19日,德军占领了匈牙利。马洛伊在日记中悲愤地写下:"耻辱地活着!耻辱地在百日行走!耻辱地活着!……我心里仿佛有什么东西在3月19日破碎了。我听不到我的声音;就像被乐器震聋了耳朵。"

三天之后,作家夫妇逃到了布达佩斯郊外的女儿村(Leányfalu)避难,当时,罗拉的父亲被关入了考绍市的"犹太人集中区",罗拉的妹妹和两个孩子跟他们在一起。马洛伊还在日记中记录了一件事:曾有一个女人找到他们,说只要他们付一笔钱,就可以让他们在盖世太保的秘密帮助下搭乘一架红十字会飞机飞往开罗,但被马洛伊回绝了……后来证明,马洛伊的决定使他们幸运地躲过一劫,搭乘那架飞机的人全部被送进了德军在奥地利境内建造的茅特森集中营。这一年,他没有出新书。

1945年2月，马洛伊在布达佩斯的公寓于空袭中被炸成了废墟，六万册藏书的毁灭，象征了文化的毁灭。战火平息后，马洛伊创作的新戏《冒险》公演大获成功，他用这笔收入买了一套一居的公寓，在那里住到1948年流亡，之后他母亲住在那里直到1964年去世。

战后，有关当局请马洛伊出任匈牙利-捷克斯洛伐克友好协会主席，被他拒绝了，因为他无法在自己的家乡被割让、自己的同胞被驱逐的情况下扮演这个玩偶，他说："恐怖从法西斯那里学到了一切：最终，没有人从中吸取经验。"他不但拒绝当主席，还退出协会表示抗议，这一态度，自然受到左翼政府的记恨，他被视为危险的右派、"与新社会格格不入的资产阶级残渣"。

回顾历史，无论右派左派，都是对马洛伊先攻击，后拉拢，拉拢不成，打压噤声；最后，连他的肉身存在都会令当权者不能容忍，于是逼迫他流亡西方……不过有趣的是，马洛伊在文学上卓越的造诣、优雅的风格和高超的水准使他的作品充满了魅力，令人欲罢不能，不管持有哪派观点的人都忍不住会去读他的书。因为不管他写什么都会独树一帜，都会触动人心，都拥有不容否认的文学价值和人文思想。

1947年，马洛伊虽然当选为匈牙利科学院院士，拥有名衔和勋章，但由于他的文学风骨、他的抗拒性沉默、他与主流文学保持清醒的距离，最终他仍难逃脱当局的打压。1948年，马洛伊永远地离开了故乡。

自从1948年8月31日马洛伊和罗拉离开匈牙利后，至死都没有再回到那片土地。他们走的时候十分孤独，没有人到火车站送行。在瑞士，匈牙利使馆的人找到他问："您是左派的自由主义作家，现在95%您想要的都得到了，为什么还要离开？"马洛伊回答："为了那5%。"

他们先在瑞士逗留了几周，之后移居意大利的那不勒斯，在那里一直住到1952年。1949年，马洛伊仅用了三个月的时间，写完了他的又一部重要作品《土地，土地……！》，这部回忆录讲述了流亡初期的生活，直到1972年才正式出版。在《一个市民的自白：我本想沉默》被发现之前，这本书一直被评论界视为《一个市民的自白》的第三部，现在看来，它应该是第四部。马洛伊在《土地，土地……！》中写道："我之所以必须离开，并不仅仅因为他们不允许我自由地写作，更有甚者的是，他们不允许我自由地沉默。"

在意大利期间，他开始在《自由》日报和"自由欧洲电台"工作。

9

1952年,马洛伊和罗拉移居美国纽约,并在伦敦出版了流亡生涯中写的第一部作品《和平的伊萨卡岛》。1954年在《文化人》杂志发表长诗《亡人的话》,被誉为20世纪匈牙利诗歌的杰作。身在异邦,心在家乡,马洛伊曾在纽约的中央公园里写过一首小诗《我这是在哪儿?》,流露出他背井离乡的无奈和惆怅:

> 我坐在长椅上,仰望着天空。
> 是中央公园,不是玛格丽特岛。
> 生活多么美好——我要什么,就得到什么。
> 这里的面包有股多么怪的味道。
> 怎样的房屋和怎样的街道!
> 莫非现在叫卡洛伊环路?

这是怎样的民众啊！——能够忍受匆忙的脚步。

到底谁在照看可怜祖母的坟冢？

空气醉人。阳光明媚。

上帝啊！——我这是在哪儿？

1956年10月，匈牙利爆发了人民自由革命，马洛伊在"自由欧洲电台"进行时事评论。次年，马洛伊夫妇加入了美国国籍。1967年马洛伊夫妇移居意大利南部的萨莱诺市。

1973年，马洛伊和罗拉去维也纳旅游以纪念结婚五十周年，但没有回近在咫尺的祖国。自从马洛伊流亡后，匈牙利查禁了他的作品。1970年代，匈牙利政府为了改善国际形象，不仅解禁了马洛伊的作品，而且邀请他回国。然而，马洛伊的骨头很硬，他表示只要自己的家乡还不自由，他就决不返乡，甚至禁止自己的作品在匈牙利出版。1974年底他们返回美国，1980年移居圣地亚哥，在那里度过晚年。

20世纪，欧洲有许多文人过着流亡生活，但很少有谁流亡得像马洛伊这样决绝和孤独，他的骨头本来就很硬，流亡更是把它磨砺成了钢铁。托马斯·曼战后也没有回德国，但他可以说"我在哪里，德国文化就在哪里"。德国人都在读他的书，以这位坚决的反法西斯作家为荣。可马洛伊呢？

他的匈牙利文化在哪儿？他代表的高尚文化已经成为历史，冷战的文化充满了谎言，即便他的祖国不禁他的书，他也自己坚持沉默，捍卫自己坚守的道德价值和文化价值，不与政治和流行为伍，但他一生没有放弃母语写作，也不为西方的市场写作。流亡期间，他不停地写作，没有出版社给他出书，他就自己出钱印，至少罗拉是他的读者。

流亡期间，他先后出版了长篇小说《圣热内罗的血》（1965）、《卡努杜斯的审判》（1965）、《在罗马发生了什么》（1971）、《土地，土地……！》（1972）、《强壮剂》（1975）、《尤迪特……和尾声》（1980）、《三十枚银币》（1983）、《青春集》（1988），诗集《一位来自威尼斯的先生》（1960）、《海豚回首》（1978），戏剧《约伯……和他的书》（1982），以及1945年至1985年的《日记》。在这些作品中，最重要的除了《土地，土地……！》外，就该算《尤迪特……和尾声》了。

其实，《尤迪特……和尾声》是《真爱》的续篇，以一对情人独白的形式，将四十年前写的故事延续到了现在，延伸到了美国，为逝去的时代和被战争与革命消灭了的"市民文化"唱了挽歌。毫无疑问，作者在书里留下了自己的影子——站在被炸毁的公寓废墟中央，站在几万卷被炸成纸浆的书籍中央，直面文化的毁灭。这是马洛伊一生唯一一部续写的小说，可见他对这部书情有独钟。作者去世后，《真爱》和《尤迪特……和尾声》被合订在一起出版，就是读者将要读到的中文版《伪装成独白的爱情》。

在流亡的岁月，马洛伊除了与爱妻罗拉相依为命，不离不弃，还领养了一个儿子亚诺士，亚诺士结婚后生了三个孩子，他们成了作家夫妇的感情慰藉。然而岁月无情，从 1985 年开始死神一次次逼近他，他的弟弟伽博尔和妹妹卡托于这一年去世。1986 年 1 月 4 日，与他厮守了半个多世纪的爱妻罗拉也离开了他；秋天，他那位电影导演的弟弟盖佐去世。1987 年春天，养子亚诺士也不幸去世，白发人送黑发人，马洛伊再次陷入深深的悲痛。就在这年秋天，他留下了遗嘱。

10

1988年，随着东欧局势的改变，匈牙利科学院和匈牙利作家协会先后与他取得联系，欢迎他叶落归根，但他还是没有动心。岁月和历史已经让他失去了一切，他不想失去最后一分对自由理想的坚持。

遗憾的是，马洛伊未等到祖国自由，他太老了，太孤独了。

1989年1月15日，他在日记里写下了最后一行："我等着死神的召唤，我并不着急，但也不耽搁。时间到了。"

2月20日，他写了最后一封信给好友、遗稿托管人沃罗什瓦利·伊什特万（Vörösváry István）夫妇，他在信中写道："亲爱的伊什特万和亲爱的伊莲：我心灰意懒，不能再这样下去了。我始终疲乏无力，再这样下去，很快就不得不进医院接受看护。这个我想尽量避免。谢谢你们的友谊。

你们要好好照顾彼此。我怀着最好的祝愿想念你们。马洛伊·山多尔。"

2月21日,马洛伊在圣地亚哥家中用一枚子弹结束了自己的生命,他以自由地选择死亡这个高傲的姿态成为不朽。"所有的一切慢慢变成了回忆。风景、开放的空间、我行走的大地,所有的一切都充满了启示。所有的一切都讲述着这条遭到损毁、已然流逝、痛苦而甜美的生命,所有的土地都粘挂着无可挽回的、残酷的美丽。也许,我还有很少的时间。但是我要作为死者经历我的人生:我的羞耻(这个羞耻就是在这里维生,就是我在这里度过的生命之耻)不允许做另外的判决。"马洛伊生前曾这样说。1942年,他还写过一首《在考绍》的诗,在中年时就平心静气地讲述了生与死的轮回:

> 严肃的,令人回忆的
> 与亡者以你相称的
> 与先人相互慰藉的
> 骄傲和独一无二的
> 旅行,这也是宿命——
> 我从这里开始,或许

也在这里结束。

就在马洛伊离世那年的秋天,东欧剧变,柏林墙倒塌,匈牙利也发生了体制改革。他自由的梦实现了,但他提前去了天上。从1990年开始,他的全部作品在匈牙利陆续出版,政府还追授他"科舒特奖章",这是历史上第一次将这个奖章颁发给亡者。从某个角度讲,马洛伊这根流亡的骨头以他的坚忍不屈,战胜了残酷的时间。匈牙利还设立了慧眼识珠的"马洛伊·山多尔文学奖",推出了一位又一位的后继者,其中包括继承了他精神衣钵的凯尔泰斯。正如匈牙利文学评论家普莫卡奇·贝拉所言:"假如,有过一位其生活方式、世界观、道德及信仰本身等所有的一切就代表着文学的作家,那么毫无疑问,这个人就是马洛伊·山多尔。在他的文字里,可以找到生命的意义;在他的语言中,可以窥见个体与群体的有机秩序,体现了整个民族的全部努力和面貌。"

马洛伊一生都没有放下笔,总共写了五十多部作品,长达十几卷的《日记》具有极高的历史、文学和思想价值。去世后,他的全部作品在匈牙利出版,留下的遗稿也陆续面世,新出版了至少有二十多部著作。

"死亡的诗人仍在勤奋工作",这是马洛伊曾经形容他的文学启蒙恩师科斯托拉尼·德热时写下的一句话,实际上这句话也适用于他自己。

很希望译林出版社的这几本马洛伊作品只是我们认识马洛伊的开始,也希望这位已成为天使的老作家能通过文字坐到我们中间,他是凡间极少见到的高尚、独立、聪慧、坚忍、柔情、勤奋,而且品质上几乎没有瑕疵的人。即便因为他,我也愿相信:存在天使。

2022年1月22日,布达佩斯

图书在版编目（CIP）数据

一个市民的自白. 考绍岁月 /（匈）马洛伊·山多尔著；余泽民译. —南京：译林出版社，2023.1
（马洛伊·山多尔作品）
ISBN 978-7-5447-9362-9

Ⅰ.①一… Ⅱ.①马…②余… Ⅲ.①长篇小说－匈牙利－现代 Ⅳ.①I515.45

中国版本图书馆 CIP 数据核字（2022）第 137350 号

Egy polgár vallomásai by Márai Sándor
Copyright © Heirs of Márai Sándor
Csaba Gaal (Toronto)
Simplified Chinese edition copyright © 2022 by Yilin Press, Ltd
All rights reserved.

著作权合同登记号 图字：10-2019-585 号

Portrait copyright © Bartosz Kosowski

一个市民的自白：考绍岁月 [匈牙利] 马洛伊·山多尔 / 著 余泽民 / 译

责任编辑	张　睿
装帧设计	陆智昌
校　　对	孙玉兰
责任印制	颜　亮

出版发行	译林出版社
地　　址	南京市湖南路 1 号 A 楼
邮　　箱	yilin@yilin.com
网　　址	www.yilin.com
市场热线	025-86633278
排　　版	南京展望文化发展有限公司
印　　刷	中华商务联合印刷（广东）有限公司
开　　本	787 毫米×1092 毫米 1/32
印　　张	11
插　　页	4
版　　次	2023 年 1 月第 1 版
印　　次	2023 年 1 月第 1 次印刷
书　　号	ISBN 978-7-5447-9362-9
定　　价	68.00 元

版权所有·侵权必究

译林版图书若有印装错误可向出版社调换。质量热线：025-83658316